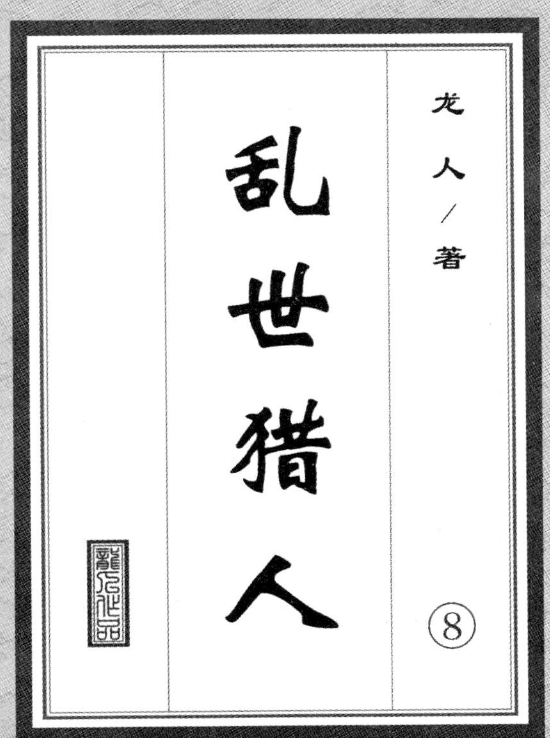

二十一世纪出版社集团
21st Century Publishing Group
全国百佳出版社

图书在版编目（CIP）数据

乱世猎人：全 14 册 / 龙人著．-- 南昌：二十一世纪出版社集团，2017.10

ISBN 978-7-5568-3104-3

Ⅰ．①乱… Ⅱ．①龙… Ⅲ．①长篇小说－中国－当代 Ⅳ．① I247.5

中国版本图书馆 CIP 数据核字 (2017) 第 243763 号

乱世猎人：全14册 龙 人 著

责任编辑 敖登格日乐
出版发行 二十一世纪出版社集团
（江西省南昌市子安路75号 330025）
www.21cccc.com cc21@163.net
出 版 人 张秋林
经 销 新华书店
印 刷 北京龙跃印务有限公司
版 次 2018年2月第1版 2018年2月第1次印刷
开 本 710mm×1000mm 1/16
印 张 224
字 数 2327千
书 号 ISBN 978-7-5568-3104-3
定 价 700.00元（全14册）

目　录

第一百零一章　人剑双痴

剑痴的脸色变得极为难看，几乎有些扭曲变形了！

“你们可以走，只要留下失魂草和他，今晚之事我可以不予追究！”那神秘人物依然声冷如冰，其口中的他自然是指昌久高。

众人心头发毛，看见这神秘人物出手的人，只有两个，一个是剑痴，另一人则是凌通，因为凌通的目光自一开始就未曾离开过神秘人物的双手。

那罩于袖袍之中根本看不清模样的手，在陈志攀的手伸出之时，便露出了两个指尖，然后凌通就听到了陈志攀的闷哼，这一切的发生只在电光火石之间，就是凌通也无法看清神秘人物出手的整个过程，唯剑痴一人看清了其中的经过，但他想出手相救，却已是不及。禁不住心头骇异莫名，他想不出世上究竟是谁具备如此可怕的功夫。

在他脑中所显出的高手很快被一一排除，而无一与眼前这神秘得无法想象的人物相似。

场中立刻成了剑拔弩张之局，气氛一下子异常紧张起来，杀机亦不断暴升。

“朋友既然如此说，不妨拿些手段出来让我们看看。”剑痴也极为不屑地道。

凌通暗想：“你虽然十分厉害，难道我们这么多人还会怕你不成?”想到此处，目光之中充满了挑衅之意，反正现在场面由剑痴撑着，有热闹不凑白不凑，更何况他的确也想了解这神秘人物的底细。

“你们真的很想看吗？”那神秘人物的语音之中充满了浓浓的杀意。

“哼，别以为装神弄鬼别人就怕了你，想要带走他，先来问问老子手中的刀！”立在凌通身后的老者粗声道，火气似乎特别大。

“很好，那你们便去死吧……”话未说完，神秘人物已经不见了。

凌通出剑了，但他的剑才出一半，便觉手上一股大力传至，使他拔出一半的剑又按了回去。

那是一只冰凉的手，有若万丈玄冰，只让凌通寒到了心头。

凌通的动作也快如疾电，就在那只手搭上他手中之时，已经将萧灵震至一旁，并同时扫出了一脚。

他对自己的脚力功夫极为自信，自从功力大进之后，他一踢之力足以开碑裂石。此刻他虽然没有看到神秘人物如何动作，但感到有风自身边掠过，一种怪异的风！他相信这阵风就是神秘人的杰作，因为他的心神和注意力一刻也未曾离这怪人。

“嘭……”一声爆响，凌通的这一脚的确踢到了实处。

“呀！”一声惨叫传到凌通的耳中，但凌通却没有分毫喜悦，反而只有说不出的惊骇与惧意，他清楚地知道，自己这一脚绝对不是踢在神秘怪人身上，绝对不是！

因为，他清楚地感觉到，有一股力量使他的这一脚在中途改变了方向。

这股力量究竟是谁的，他不猜也知道，但他的脚的确踢到实物了，这正是一种无奈，也是他最不想的结局。

发出惨叫声的，是立在他右边的一位道长，凌通的这一脚印在他的腹间，只将他踢得倒跌出两丈来远。

凌通也被一股力道推得立不稳身形，当他定神之时，眼前尽是剑芒，似是想吞噬万物的剑芒，在时空之中虚幻成一幕淡淡的云彩。

这是剑痴的剑，凌通熟悉得不能再熟悉了。

那神秘人物呢？

凌通没有发现，也许这人本身就是一缕虚无的空气，而在密若云雾的气芒之中被绞碎、撕烂。

陈志攀和其他人似乎也阵脚微乱，不知道应该如何出手。

凌通终于拔出了剑，这正是剑痴剑气四溢、扩散之时，若带冰寒的刃锋，割体生痛，然后，剑芒一灭！

剑痴的身形在剑影之中一片模糊。

凌通出手了，他必须出手，那神秘对手太可怕了，可怕得有些不可思议，连剑痴如此可怕的剑法，也只在刹那之间被破去。

他到底是谁？仍没有人看清对方的真正面目，给人印象最深的，就是那双充满死气却又难以捉摸的眼睛。

“砰！”凌通的剑刺在了对方的身上，但犹如刺在一个大大的气团之上，那是一件黑色的披风。

剑痴一声狂嘶，身形电射而起，与此同时，已有八件兵刃找到了目标。

凌通的劲气似乎完全找不到落实的地方，一股闷气直涌心头，那力气无处逸泄的感觉只让他想吐血三升。

还不仅仅如此，凌通在刹那之间竟发现那八件兵刃的目标是他！

神秘人物不见了，没有人看到他是如何逸走的，但也没人来得及思考这个问题。那八件兵刃的主人骇然收劲，凌通的衣衫仍被劲气割破，狼狈地自地上滚开。好好的一件虎皮袄却变得破破乱乱，凌通心下恼怒之余，也忍不住抹了一把冷汗，刚才若非那八人强行住手，只怕他此刻已经命丧黄泉。

那八人强行收劲，真气霎时逆转而上，忍不住狂喷出一口鲜血，竟在瞬息之间同时受伤，这几乎是不可能发生的事情，却成了事实！

剑痴的面巾已被劲气割裂成两半，露出一张苍老而愤怒的脸，但他这一剑却绝对不苍老！

“好一招铁剑断山！”

说话的却是那神秘怪人，声音依然那么冰冷，比声音更冷的，不是他的话语，而是一双手！

神秘怪人的手，惨白惨白，没人会相信这是人的手！

在所有人的思想之中，只有僵尸才具备这种可怕而丑陋的手！

剑痴发现了一张网，一张以十指织出的网，没有人能形容这无数爪影为什么有如此神奇的魔力！

剑劈下，疯狂的剑气若山洪般狂撞向那张巨网。

无声无息，没有人想象中的那么精彩和狂野。

只是在劲风之中，神秘怪人的长发拂动，分开了一些，露出了半张脸。

半张让人触目惊心的脸，在那半边脸上纵横交错地保留着数十道刀痕！

天空中飘落一片指甲，长约一寸，晶莹剔透，却是落在凌通的身前。

风吹即过，能够看清神秘怪人半边脸的却只有剑痴一人而已，是以剑痴感到惊愕、吃惊。

让剑痴惊愕吃惊的还不是那半张可怖的脸，而是一只手，一只骷髅般的手！惨白惨白的五指紧紧钳住他那柄倾注了全部劲道和精神的剑！

然而在他根本未曾从错愕之中恢复过来之时，另一只骷髅般的手已按在了他的胸口上。

尖利的指甲配合惨白惨白的手指尽数刺入剑痴的衣服。

"呀！"剑痴一声惨叫，鲜血狂喷着向天空之中倒跌升起。

若残虹般凄艳的热血惊醒了凌通，也惊醒了在场的所有人。

剑痴的剑，已化成满天飞蝗，闪着点点银光的碎片疯狂地向众人射到，出手者仍是神秘莫测的怪人。

凌通忍不住心头的惊骇，剑痴的武功他自然知道，剑痴的功力他也十分明白，可是以剑痴如此高深的武功也只能够斩下对方的一截指甲，且似乎是如此不堪一击，那这神秘人的武功是如何可怕便可想而知！

剑痴身形飞出好远才落下，但却并未倒地，口中惨笑道："厉害！厉害！好厉害的幽冥鬼手！嘿嘿，却未掏出老夫的心！"

那神秘怪人一爪竟未洞穿剑痴的胸口，未曾掏出对方的心脏，也是一愣，口中却冷冷地道："白莲社的传人果然不坏，竟能损我一片指甲，你也应该感到骄傲了！"

凌通暴吼一声，脚上踏出一片暗云，出剑、挺身，却是自万俟丑奴那里偷学来的一式黄门左手剑剑招。

这几日来，凌通的功力大进，想到万俟丑奴和尔朱追命的交手，不知不觉中竟偶然感悟到万俟丑奴当时的剑意，这还是得益于凌通剑法起源于蔡风的笔法，因此，竟让他能自万俟丑奴的剑法中体悟出一两式，而在这一刻因为对手太强，凌通才迫不得已使出这式连自己也没有把握的剑招。

“咦?”神秘怪人有些惊异，似乎想不到凌通如此小的年纪，竟有这般修为和剑术，但他却并不在意。

虽然凌通这一剑的确极为潇洒，但因所学不精，故破绽仍然存在，只要有破绽，就注定一个结局，败!

击败凌通的是一片指甲!

锋利无比的宝剑竟无法斩断对方一片指甲，这是凌通做梦也没有想到的。

指甲弹在剑锋之上，一股汹涌无伦的气劲顺剑而至，凌通的右手有若烧红的烙铁一般，身形暴跌而出，宝剑也随之脱手而飞。

“嗖……”一支劲箭以一种难以觉察的速度向神秘怪人的背门射至，更有两枚极细的银针。

出手的人是萧灵，她绝不能让神秘怪人伤了凌通，是以她出手了!

神秘怪人没有回头，却是以魅影般的身法向那柄剑掠去。

这的确是一柄好剑，他的指甲在一弹之下竟留下了一道浅浅的伤痕，这也是使他震怒的原因，竟然在一个晚上损伤他的两片指甲，怎叫他不怒不惊?

剑痴深深感觉到对方杀机的暴升，更知道这神秘怪人的可怕，怎会让对方先一步夺剑?

箭矢落空，却是飞向陈志攀!

“小心!”萧灵忍不住喊道。

陈志攀正在不知该如何出手的当儿，见箭矢迎而飞来，忙挥剑疾挡。

更有数人向天空之中的怪人撞去，谁都知道，绝不能让对方夺得这柄利剑，否则众人只有待宰的份儿。要知道，这些人中，以剑痴武功为最，凌通却也不差，可在举手投足之间两人全都溃不成军，更使他们这十余人损伤大半，怎叫他们不惊?只是他们想不到世间究竟有哪位高手是这副模样!

“砰砰……”那怪人的身子旋转成一道陀螺，几人犹未曾碰上其身，就已经被那旋转的劲气撞跌出去，重重坠落。

剑痴大惊，那怪人身体周围竟有一层护体罡气，能练至罡气护体之人，江湖之中确是寥寥无几。这还不说，单论速度之快，剑痴就绝对无法与对方相比。

眼见那怪人就要抓住绝世宝剑，突地一声“叮”响，宝剑在空中横射而过，竟向剑痴的面门射至。

出手的人是凌通，凌通也知道这之间的厉害关系，也许，神秘怪人杀他们根本就用不着宝剑利器，但若宝剑真落在对方的手中，那他们这些人只会死得更快！

剑痴心头一喜，双手一翻，将宝剑稳妥地接在手中。

“当！”一声爆响。

剑痴惨叫着跌了出去，一柄飞刀竟在剑痴的心口爆成碎片。

神秘怪人虽然没有抓住宝剑，却抓住了凌通射出磕飞宝剑的那柄飞刀，而在剑痴伸手接住宝剑之时，飞刀也跟着到了剑痴的胸口。

飞刀没有刺入剑痴的体内，但那夹有无比强横劲气的一刀，却让他内腑几欲碎裂，未曾抓稳的宝剑再一次飞上天空。

所有的人都大惊，也大奇，这样凶猛的一刀，竟然无法洞穿剑痴的胸口，这几乎有点不可能，可却是事实！

大胡子和另外几人一把接住剑痴下坠的身体，但冲劲太大，竟使几人同时倒退四五步才刹住脚跟，但却已踩入火中。

几人大惊，立刻跃出火海，伸手乱拍，而神秘怪人再次掠向空中，目标仍是那柄剑！

“看我的毒箭！”凌通一急，几柄飞刀一齐射出，口中所喊的却有些乱套，但并没有人注意。

那神秘人物根本就没有在意，因为他知道，这些废铁绝对不会放在他的眼中，能伤他的，也许就只有这柄锋利无比的宝剑！而能用这柄剑威胁到他的人，则只有剑痴！

剑痴用一柄普通的剑就可以斩去他的一片指甲，若用这柄宝剑，伤他也并非不可能，神秘怪人似乎对于铁剑门剑法的厉害之处极为清楚，是以他定要先夺下这柄剑，抑或毁掉这柄剑！

就在他伸手去抓宝剑之时，剑锋突然调转，飙射向他的咽喉。

一股冰寒刺骨的剑气直透入他的体内。

天空中，多了一只手，一只天生就是握剑的手，而这只手，此刻就搭在宝剑的剑柄之上！

没有人看清天空中什么时候多了这个人，没有人会想到竟会有这样一个人物出现得如此及时。

神秘人物大惊，一股剑意竟已在剑气之前先侵入他的体内，那是一柄自心头升起的剑！

——心剑！

来人是谁已经不再重要，重要的是如何摆脱这样可怕的一剑，这样凌厉的杀招！

神秘人物在退，飞退！若掠波之燕，若暗影幽灵，倒退的身法也是快得难以想象。

握剑的人在进，在追！就像是附骨之蛆，也像是拂过的风，没有人能看清他的面貌，众人所能感觉到的便只有两道气旋在天空之中飞掠。

"吼！"一声暴吼，却发自一向阴沉的神秘人物口中。

火光一盛，四方的火苗竟脱离火海向场中飞来，更使火势一齐向中心焚烧，似是有一种无形的牵扯之力，将它们的势头硬生生改变了。

场中众人大惊，谁也没有想到会有这般异象出现，急忙四处躲闪，凌通更是护着萧灵闪跃不定。

唯有剑痴忍不住惊呼道："幽冥鬼火！"

火苗漫天飞舞，竟全聚于两道暗影周围，瞬间，神秘怪人竟然似燃着的一个大火球，身形不再移动。

"轰！"一声惊天动地的爆响。

沙石、草木、火星，狂舞乱飞，天地为之一暗。

几乎所有的人都感觉到气旋的冲击，似乎难以立稳身子。

当众人看清场中的一切之后，那神秘怪人不见了，好像刚才只不过是一场恶梦！

不见的，还有昌久高，他在神秘怪人消失的一刹那消失于这块地面之上。

场中静立着一人，拄剑而立，就像是一座高不可攀的山峰，挺直的背，让人找到了剑的感觉！

无论从什么角度去看，这都是一柄完美无瑕的绝世好剑，但他的的确确只是一个人，一个活生生的人！

有时候，人和剑本就没有任何分别，人就是剑，剑也就是人……

有一点东西落在凌通的头上，不重，却让他从惊愕之中回到了现实，当他伸手自头顶拂落那点东西之时，骇然发现那是一片指甲，一片一寸来长，晶莹剔透的指甲！

不是一片，是四片！在萧灵的脚旁仍有两片，而在屹立的人剑下有一片。这并不是剑痴所斩下的，而是那比神秘人物更为神秘的剑手之杰作。

场中一片沉默，像是暴风雨过后那片刻的沉寂。

神秘屹立着的人收回了剑，缓缓地扭过头来，露出一张狰狞可怖的面具，像是暗夜中的厉鬼。

"门主！"除凌通和萧灵之外，余人尽数跪下，恭敬地呼道。

"梦醒前辈！"凌通有些不敢相信地轻轻呼了一声，萧灵却有些不知所以地抱紧凌通的腰。

"众位起来吧！"梦醒的声音极轻，却很有力度。

众人迅速立起，垂手立于一旁。

梦醒抬起手中的剑，看了看，轻赞道："屠魔果然不同凡响！"

凌通一怔，知道梦醒是在称赞自己的剑，不由乖巧地道："若是前辈喜欢，这柄剑就送给前辈，当是晚辈还当初赐丹之情好了。"

梦醒一声轻笑，却没有人知道他的面上表情，淡然道："我已经不需要任何神兵利器，这只会阻碍我剑道的修行，但你却不同，你还需要这柄剑来弥补剑法的不足，好好珍惜这柄剑吧，待有朝一日你觉得它有碍你的剑心之时，再送人也不迟！"说着轻轻一弹，墨剑若纸片般飞至凌通面前，在临近三尺之时，剑身陡转，剑柄对着凌通。

凌通轻松地接过墨剑，对梦醒的身手惊羡不已。

“此剑名为屠魔，实为正义之剑，出于三百年前的冶铁大师归元子之手，以漠北阴山的寒阴铁所铸，此乃归元子的三大名剑之一，你可要好好珍惜。”梦醒淡然道。

凌通只知道这柄剑乃是宝剑，却从不知此剑的来历，更不知道这剑质是什么寒阴铁，但他却不得不佩服梦醒的见多识广。

“剑兄的伤势如何?”梦醒关心地问道。

剑痴苦涩地一笑，道：“这家伙好可怕，若非门主亲至，恐怕我们这些人只得跟阎老五去受苦了。”

众人不由得有些好笑，但都知道剑痴脾性极为诙谐，一向不拘小节，也就不以为怪。这时，剑痴从胸口掏出一大块铁板，只见铁板之上，有五点焦黑的指印和一道刀痕，显然正是刚才所受的一爪一刀留下的痕迹。

众人不由得瞠目结舌，这神秘人物的武功竟可怕如斯，若是剑痴没有这块护胸铁板，只怕真的已经死上了两次，而且死得很惨。

众人想到方才剑痴那惊人的一击，却只是斩下对方的一片指甲，而付出的代价几乎是剑痴的性命，禁不住心有余悸。

梦醒望了望众人，淡淡地道：“大家要小心行踪，幽冥宗之人数十年来都没有在江湖中露面，今日却于此出现，看来天下又有得乱了。这次的行动更要小心谨慎，若是魔门和幽冥宗联手，你们便终止所有的行动，等我解决了另外一些事情之后，再由我来亲自出手。”

众人的神色极为不自然，这群人之中唯有剑痴对幽冥宗有所了解，他却默不作声，因为他深深知道幽冥宗的可怕。

那是四十五年前，江湖的动乱自南朝开始，齐高帝萧道成刚即位不久，朝政本就有些不稳，而此时在天下第一大正义组织白莲社之后又崛起了两股极为神秘莫测的实力，那就是冥宗和邪宗！

邪宗传自域外，乃继魔宗之后拥有最为邪恶的实力，以一种与禅宗、道宗完全相反的修行方式，使自己迅速强大。

冥宗的行迹最为诡秘莫测，几乎掌握了天下所有的异术，其门人个个似是鬼魅精灵，无迹可寻，但却横行四处，可谓为天下最可怕的杀人组织，他们行事从不讲究原则，绝对无情，只有利益与利益的结合。

就因这两宗的崛起，使得整个江湖、整个天下都动荡不安，被杀的黑白两道人物多不胜数。

终于因此而激怒了白莲社的众高手，白莲社始创于慧远大师，虽在百多年前与魔宗大决战，损伤极惨，但经过数十年的休生养息，终成天下第一大组织，囊括儒、释、道三家的高手精英，就是南北两朝的帝王也得对之礼敬有加，皆因敬重这些人物，更因为这些人一心为着天下的太平而努力。

白莲社的高手再次与邪宗、冥宗展开了决战，但这两宗的实力之可怕，实已远远超出了所有人的估计。

后来，在南北两朝的朝廷及黑白两道的高手与白莲社的合力之下，终于将两宗赶出神州大地。

邪宗从此远逸海外，传说被逐至极西的天竺国，而冥宗被赶至极北的阴山之背，后来才有人传说，冥宗之所以祸乱江湖，乃是宗内叛徒所至。冥宗的起源比魔门更早，乃是一群为避秦时之乱而潜隐于世外桃源的武林高手。

当初秦始皇以武力夺得天下后，对整个武林人物极为忌惮，就下令对江湖中大量高手以不择手段阻杀，更对各派的武功典籍进行焚烧。

春秋战国之时，百家争鸣，不仅是各道膨胀的高峰期，更是各种奇术和武功膨胀之期，皆因乱世生存之道为强存弱亡，是以那个时期，几乎是人人习武，奇才辈出。墨子、伍子胥、孙武、范蠡、孙膑、田单；白起、王剪、赵牧……其中最有名的江湖人物却数荆轲和专诸等数位刺客。

因为荆轲的刺杀，使得嬴政对江湖人物恨之入骨，而冥宗就是于那时潜隐于世外桃源，这一群人不仅仅多为顶级高手，更有一些奇人异士，深谙奇门遁甲、五行之术……

这些人都是厌倦江湖生活，才会潜居，与世隔绝淡泊一生，世人也根本不知道世间还有这样一群人的存在，直到东晋之时靖节先生（注：靖节先生是指陶渊明）作一篇《桃花源记》之后，才知道这一宗的存在。

靖节先生之后再探世外桃源，但因始终无法破开奇门遁甲，只好无功而返。后来，一代宗师刘子骥更是费尽心血，可仍无法进入世外桃源一观，但江湖之中也从此多了这样一段密事，那就是冥宗！

只是这样一群人生活的范围极为有限，后来人口越来越多，虽然都有一身绝世的好武功，但因大都是近亲联姻，变得有失伦理，更因血缘相近，其后代渐渐产生了退化与畸变，或先天性不足，数百年的演化，终使之末落，难得再找出很出色的高人。

直到后来，有一武学奇才，终于再次重辉祖上留传下来的绝世武功，但其人极丑极丑，更生就一副畸形。那人忍不住在这种狭小的封闭空间之中生存，于是带着一群可怕的人物反出桃花源，废除桃花源不准涉足尘世的祖训，也就酿成了四十五年前的大乱。

而这畸形的武学奇才就是冥宗的宗主不拜天！

不拜天之所以会反出桃花源，却是因为邪宗妖女花如梦。

花如梦于偶然之机闯入世外桃源，立刻吸引了世外桃源所有男人的眼光。花如梦本以为自己的武功已经是江湖一流，谁知却连桃源中的一个小童都敌不过，这才知道此地正是靖节先生和刘子骥所寻找的世外桃源冥宗。于是就怂恿不拜天闯出桃花源，而她自己更充当不拜天的宠妾。要知道，当时花如梦那妖异的美，在江湖上已是无可匹敌，何况是在这样一个先天性不足的世外桃源之中呢？所有的女人也都为之自惭形秽，所有的男人皆为之倾倒。虽然这些人生性淡泊，不为名利所动，可是爱美乃人之本性，又有谁能够抗拒花如梦的魅力呢？

在那段日子中，桃花源中的所有人都为之疯狂，所有的人都失去了心理上的平衡，终于一发而不可收拾。世外桃源中单纯的人们终于涌出了桃源，破除数百年来的祖训。

冥、邪两宗联合，的确是惊天动地、鬼哭神嚎，尤其冥宗的武功，更是深不可测，天幸这一群人思想单纯，更多的是先天性不足，致使他们不能将祖传武学发挥到巅峰。否则，只怕四十五年前一役，惨败的乃是白莲社和朝廷及武林黑白两道的高手，而非冥、邪两宗了。

后来不拜天终于知道花如梦只是在利用他，更偷走了他们的祖传武学，因此大为震怒，与邪宗反目成仇，这才使得天下武林人士侥幸战胜，不拜天更声称，从此不再踏足中原，领着门人奔赴极北的阴山之背。

白莲社在此一役中也分解开来，其战局之惨非外人所能知道，高手几乎尽亡，而不拜天终因数大高手的联手，才重伤而退。而这数大高手却是北魏孝文帝之父拓跋弘，南梁武帝之父萧顺之，及叔孙怒雷、宇文霸道、尤百态、胡开心，后来甚至劳动了奇人烦难大师和天痴尊者联袂而至。

那时的烦难大师并未出家，却拥有刀圣之称，后与不拜天立一赌约，若是不拜天败阵，就永不再踏足江湖。

终于，二人决战于华山之巅，那的确是惊天动地的一战，观战的尽是当世武林杰出人物，包括天下所有够资格的高手，但却也只不过十八人而已。

这一战，烦难大师与不拜天几乎耗尽了全身功力，在决战至第五天之时，不拜天终于因先天性的不足，败了一刀。

烦难大师依约放了他，不拜天有感烦难大师的一颗善心，又想到邪宗之人的阴险恶毒，终于毁剑而去。

这场江湖浩劫是近数百年来最惨重，也最为阴暗的一次，是以江湖中人根本就不想提起这场让人会在恶梦中惊醒的往事，新一代年轻人自然也便不会知道这段惨烈的江湖浩劫了，也就未曾闻听过冥宗这一支就很神秘的派系。

但剑痴却极为清楚，因为铁剑门本是白莲社的支系，而铁剑门的高手在这一役之中不知死伤多少，使得铁剑门在江湖中的威望大损，并开始末落，因为铁剑门内的高手实已到了青黄不接之境，更有许多武功失传，这就成了铁剑门的遗憾。

而在刚才那神秘人物一出手的时候，剑痴就发现这正是当年冥宗的绝学。

本来冥宗经过数百年淡泊的生活，那些杀性极重、极为歹毒的武学已渐渐淘汰，但是到了不拜天这一代，由于他对武学的天赋异于常人，加之后来被花如梦引至歧途，竟创出了无比阴邪的武学。

但那神秘怪人的身份到底是谁？却是无人可知，大概连梦醒也无法知道。

剑痴却明白，一个能在梦醒手下救人并顺利逸走的人，其武功之可怕已经再不能用普通的可怕来形容。更何况，梦醒出手正是在对方错愕之际，若是正面交锋，谁胜谁负倒的确难料，而此人又在冥宗会是什么地位呢？

众人的心情有些沉重。

梦醒意态依然是极为潇洒，淡淡地道：“也许这人并不是冥宗之人，而是邪宗之人，当年花如梦偷走了冥宗的武典，至今日，想来也应参透了其中的奥妙。此人若是邪宗之人也不为奇，你们可以去与蔡伤或葛家庄取得联系，告知此事，让他们多作防备，以便被敌人所乘！”

剑痴一震，立刻明白其中的利害关系，恭声道：“属下明白，这就立刻去通知葛家庄。对了，要不要告知四大家族之人？”

梦醒想了想，道：“你可以与广灵刘家及晋城叔孙家族联系，相信叔孙怒雷不会不作表示，但关键是要小心你自己的行踪，对方的身手和武功都非同小可，紧记！勿与对方硬拼，保存实力。”

“属下明白。”剑痴和诸人同声道。

“小朋友，你的武功的确是进步神速，但在剑招之中仍有很多漏洞，你要牢记自己所施展出的剑招必须绵、密、不愠不火，意清心定神不张，方能渐握剑心，否则剑道永无大成之时。剑之道在于法而非招，在于心而非眼，用眼多则心易乱，物为障，障迷心，心迷则剑不成剑。攻敌而非意在杀敌，而在于颓其心，破其心则其剑自破，是以，你虽习得剑招，却未习剑心，这就是你破绽的根源！”梦醒淡淡地道，声音极为柔和，却若一记闷雷击在凌通的脑中，在他的心中犹若闪电划过，仿佛于黑暗中看见了一丝光亮。

“嗵！”凌通重重地跪下，福至心灵似的诚恳道：“请求前辈指点迷津！”

众人一愣，全都将目光移向梦醒，梦醒似乎也没想到凌通会来如此一手，不由笑道：“既然你诚心相求，老夫也未曾觅得传人，不如你就做我入室弟子吧？”

“师父在上，请受徒儿三拜！”凌通极会把握时机地大磕其头，心头那个喜呀！却是无法形容的。

“入我门中，就得遵守门规。一不能滥杀无辜；二要有为正义献身的勇气；三不能恃强凌弱；四不能犯淫戒，五不能同门相残。你可做得到?”梦醒肃然问道。

“徒儿做得到!”凌通答得极为坚定。

“好，从今日起，你就是我的第一个徒儿，为师知你有事南行，而为师也不能带你在身边，这里是为师对剑道的一些心得和修心之法，你拿去好好参悟吧。”说完梦醒自怀中取出一本小册子递给凌通道。

凌通伸手接过，却被梦醒扶起，不由得有些错愕。

“为师一有空就会去南朝找你，这段时间你可以干自己想干的事情，只要能好好练功便行，其余的事你不用管!”梦醒认真而肃然道。

“师父?”凌通有些不舍地道。

梦醒也不再说什么，只是伸手在凌通的肩上轻轻拍了拍，似是以示嘉许。这才转身向剑痴道："时间不早了，大家赶快离开此地吧。”

“是……”

金蛊神魔的脸色极为难看，但却并没有发作，因为他面对的正是那个抢回昌久高的神秘人。

昌久高脸上的神色也极为不自然，沉声道："我一定会夺回失魂草!”

“妄自暴露行踪，乃是一种不智之举，我们眼下重要的不再是失魂草，而是即将赶至的刘家，是以，我并不想节外生枝。”金蛊神魔冷冷地道。

昌久高一脸不甘心，但此行却是由金蛊神魔说了算，他没权作出决定。

“尊者可知道这群人的来历?”金蛊神魔十分客气地问道。

那神秘怪人的脸依然深深掩在长发之中，双目却是紧闭，似乎对这一切并不甚关心，只是淡淡地道："我初至中原，对于江湖的动态并不清楚，据估计，这可能是白莲社的一群剩余力量，而这些人并不值得担心，你要提高警惕的是一个戴着鬼脸之人，此人的武功已经达至心剑之境，就是我也没有把握占得他半丝便宜，你们还是小心为妙!”

金蛊神魔心头暗骇，天下间有人居然能练至心剑的境界，那其剑术不就可独步天下?！但这人究竟是谁呢？为什么不以真面目示人?

昌久高却是亲眼见到了那可怕的一剑，是以，他并不作声，因为对方的可怕是不用置疑的，就连不死尊者都只能选择退，其可怕是多么不可想象。当然，他们并不知道，不死尊者也在这一剑之下损失了四片指甲，这已经足够让他们震骇了。

“不知道不活尊者什么时候能到中原呢？”金蛊神魔充满希望地问道。

“不活尊者最迟在明年清明之前会赶到，也很可能在元宵节便能赶到中原。”不死尊者依然没有睁开眼睛，淡淡地道。

“那没有失魂草，毒人岂不是不能够去炼制了？”昌久高有些遗憾地插话道。

“只能暂时停止！”金蛊神魔果断地道。

蒙城，乃淮北一所重镇，一向是南北两朝必争之兵家要地。

北朝烽火连天，战乱纷起，正是动荡不安、人心惶惶之时，更有不少难民纷纷涌向南朝，而北朝更怕南朝趁机浑水摸鱼，攻城掠地，是以，这些两国相邻的要地都有重兵把守。

蒙城正是这种兵多将众的重镇，无论是水陆两路，还是骑兵，更有宿州、涡阳相辅，随时都有作长久战的准备。

虽然北朝内部已烽烟四起，但绝不给南朝任何机会，南朝也不敢做出任何举措，谁也不能也不敢轻视北魏！自孝文帝大力推行汉化之后，北魏朝中猛将迭出，更有谋士如云，此刻对北朝用兵实属不智之举，一个不好，仍会激得万物皆兵，那就不划算了。因此北魏的南方依然未受烽火波及，百姓勉强可以安居，这也是南朝未用兵的原因，也是因为当年萧宏的教训令人影响太深。

刘府的队伍南出蒙城，早已经接到朝廷的密旨，加之刘家在南朝的势力，兼且蒙城守将刘玄乃是刘家嫡系，自然是没有做出任何阻拦，反而增派两千步兵让两位偏将亲自压阵探路，以确保刘家这支队伍的安全。

刘府的幕僚及家将与本身所带的兵众，竟达两千五百多骑，如此众多的人马的确足够保护这些人的安全。

刘瑞平却想走水路，顺着涡河而下直抵怀远，到达怀远便已经完全属于南朝之地。而靖康王的部将定会在这之间相迎，那时候也就是刘府家将和蒙城兵将回返之时，刘瑞平也便会再难返故国，因此，她不想再乘马车去见更多的人。

河上有大船三艘，小艇六艘于前面开道，刘瑞平所在的那艘船上，安置了一百家将与刘府的主要人物，而南朝的特使却是在另一艘官兵夹杂的船上。

河道极宽，剩余的官兵全在岸上护行，只要有半点问题，就可立即支援，但谁都知道，除非是对方调集了大队兵马前来，否则谁来找麻烦都只会是死路一条，那些山贼流匪更是望风止步。

刚行出蒙城三十里地，南朝的信使便兜头迎上。

众官兵立刻停住行军，以小艇将信使运送到船上。

刘承东的脸上露出一丝欣慰的笑容，那信使一上船，立即就发现了立在甲板上的他。

"还不见过大总管！"刘承东身边的一位特使喝道。

"见过大总管，萧传雁大将军已在前方十里之处扎营，特吩咐小的前来传讯！"那信使立刻单膝而跪，恭敬地道。

"萧传雁？王府中还派谁来了？"刘承东极冷地道。

"王爷还派来了外务大总管萧边副。"那信使答道。

刘承东的脸色稍缓，淡然道："既然是萧总管也到了，那就好说，你回去复命，半个时辰后，我们必可赶到！"

"还有，王爷已经赶到怀远，在怀远亲迎王妃的南行。"那信使补充道。

刘承东的脸上泛起了一丝难以察觉的笑容，道："好，我自有安排，你先去吧。"

"是！"那信使又迅速乘小艇上岸，而就在此时，另一艘小艇之上跃上一人。

"禀大总管，十里之外的驻军将领的确是萧传雁，兵马在两千左右，营为背靠北山，顺坡而扎，结为圆阵！"那人沉声道。

"好！你做得很精细！"刘承东嘉许地道，他身边的南朝特使有些吃惊，禁不住对刘家的实力再次作了一个估计，单凭这个探子的能力就没有人敢小觑刘家，他居然在这么短暂的时间内将对方的实力摸得如此清楚，若是交战，萧传雁已经输了一筹，这是根本不能比的，而刘家这种兵分水陆两路而行，就已经让对手完全无法摸清实力，无论是在战略上，抑或是在手段方面，刘家这种准备已经占了绝对的优势。这种水陆并进之举，更使战术灵活多变，遥相呼应，而坚不可破。

刘承东并不在意别人如何想，只是淡淡地吩咐道："与他们会合!"

蒙城的兵将并不随刘府家将一起靠近萧传雁的营地，而是在其营地之外的两里外驻足，并未扎营，只要刘承东众人安全进入萧传雁的营内，他们就可顺利返回蒙城。

来接应的是萧传雁和萧边副，只带了十几名护卫，且并不带任何兵刃，更可以表现出对刘府的尊重及靖康王的诚意。

刘府的五百名家将把刘瑞平与嫁妆送入萧传雁的营中。

刘瑞平始终坐于一顶大软轿之中，合八人之力相抬，绝不会与任何人打照面，也并无人知道刘瑞平的真实面目。当然随行的人当中，自有见过刘瑞平真实面目的人。

刘瑞平的营帐早已搭好，处于各营帐的中央，与将军所在的营帐成对立状，是一个极大的紫色牛皮帐，可避寒风，更显得美轮美奂。

以刘瑞平的紫牛皮营帐为中心，周围环绕着五个稍小的营帐，这似乎是一个独立的整体，每个小营之中都驻有三十名刘府家将，而在各营帐之中更设有仆妇丫头的小帐。

刘承东也不得不承认这营帐的设立之巧妙，刘瑞平对这种设计的营帐似乎也极为有兴趣，她最喜欢的色料，正是紫色，而此刻，她的心情似乎不错，因为她知道，一切都已经在蔡伤的估计之中。

刘瑞平一步入帐内，一切的行动便都已经与外界断绝，那五营之中的刘府家将便替代了这里的守卫，一切的饮食起居也全都由刘府之人负责，这是萧边副和萧传雁的命令。

让人有些不解的是刘承东并不愿意留在此地让萧传雁为他洗尘，坚决要返回，理由就是怕引起北魏的不满，是以就率同大部分家将，与蒙城派来的兵士返回蒙城。

这似乎是一个理由，但却大大出乎萧传雁和萧边副的意料之外，不过，刘家行事向来都是极为出乎人意料之外的，而刘承东与蒙城兵将尽快返城，也减少了他们许多心理压力，虽然他们迎娶刘家的大小姐并不是什么很神秘的事情，但对方数千人马的确也是一个威胁。

天并未黑，萧传雁与萧边副本意为刘家众人洗尘，但既然刘承东这个主头回返，虽有三老之一的刘傲松，却也不用太费周章，征得刘傲松的同意，竟也不休息地赶路。

刘瑞平刚松口气又要拆帐起程，若是没有蔡伤的提示和策略，她肯定会大发脾气，非得待上一晚。但此刻她却欣然上路，因为一切都正如蔡伤的初步估计，没有太大的变故。

“禀将军，再过一盏茶的时间就可到虎谷口，先头部队已经在虎谷的另一边扎下了营！”探子迅速回报道。

萧传雁并没有说什么，因为他知道，只要过了虎谷，自己就有足够的实力去应付任何北朝的追击和攻袭。虽然他明知道蒙城的兵士在一般情况下绝不会有任何异动，那全都属于极为不明智的举措，可在他的心中隐隐总觉得有些不太妥当，是以，他才会立刻揭营而起，直赴虎谷。凭借虎谷的天险足以抵抗大批的追兵，而立于不败之地。

天空中微微划过一道阴影，萧传雁禁不住抬头望了一望，却是一大群鸟雀，像是连成了一片云彩，他的眉头不由微微一皱，心想哪里来的如此多的鸟雀？唯有秋月和海燕的脸上泛出了喜色，禁不住向轿内的刘瑞平小声道：“小姐，鸟雀满天。”

“啊，夕阳将落了。”轿中传出极为轻柔而优雅的回应声，众人也便再无话。

辎车极多，光是刘府的嫁妆就已不少，更有数量不算多的粮草，但看上去，仍觉得辎车极多。

从蒙城至怀远并无官道，因为这之间的地面乃是两朝的分隔段，谁也不想开辟出一条官道来，以便利对方的攻击，但却有涡河为主要通道，涡河之水流自怀远汇入淮河，是以水路却是较为易行，可萧传雁并没有选择走水路。

虎谷乃是一条狭长的谷地，并不是像一线天那般险峻，但却因两山相夹，形成了一个凹陷的低谷。谷两边不是很陡，却有着极险要的攻击之利，擂木、滚石可极方便地投掷。如此地带，若以一千人相守，定能硬拼敌军一万，且胜数极大，也难怪萧传雁对虎谷如此看重。

“啪！”一束旗花在天空中爆绽而开，萧传雁脸上现出一丝微笑，那是己方之人已经扎好营寨的暗号，若是己方之人在虎谷另一边扎好了营寨，这虎谷之中自是没有任何危险了，是以他的两千多将士毫不犹豫地步入了虎谷。

虎谷极静，下午的太阳稍有些偏西，而越过山头的阳光并不能照到谷底，是以谷底的光线不是十分明亮，可依然能看清那败草枯藤乱生乱长，并没有多少生机。

刘傲松策马疾行数步，赶上刘瑞平的轿子，与守在一旁的秋月、海燕打了个眼色，他已经隐隐地感觉到气氛有些不妙，而刘家的探子绝对不会出错！

秋月立刻伸手搭在轿子上，曲指在轿身轻敲了三下，动作极为自然，谁也未曾发现她曲指的动作。

刘瑞平并未作答，她也根本不需要作答，因为虎谷的两边山顶上出现了数也数不清的人影。

萧传雁第一时间作出发应，其实不等他开口，早就已经有士兵箭上弦，这是一种本能，战士的本能！

萧传雁和萧边副的心头在发凉，他们清楚地感觉到这些人的来意不善，因为对方的弓箭早已搭在弦上。

“保护王妃！”萧边副的第一反应就是这么一句话。

而萧传雁脑中的第一个问题，便是他的先头部队。刚才明明放了旗花，而此刻却出现这些敌人，那只有一个可能，就是先头部队已经与这群贼人同流合污，才会让他陷入这种死局，但此刻已经绝不能犹豫，也没有机会犹豫。

“保护王妃，冲！”萧传雁闪电般拔出佩刀一挥，暴吼道。

“杀呀！”两旁山头的伏兵，劲弩齐松，箭若雨下，霎时便已使萧传雁的阵脚大乱，但奇怪的却是这些人并不用攻击性更猛的滚石、擂木。

萧传雁长刀幻出一片灵花，护人护马，一马当先，竟向山头冲去，他必须以手中的刀杀开一条血路，犹如有一团烈火在他的心头燃烧，他是一个将军，一名战将，从来都不会为危险而畏怯，是以，他带着身边的一群人疯狂地向山头冲去。

萧传雁的勇武，激得士气如虹。

刘傲松却并未曾表现得太过激烈，只是极为冷静地对待这一切，一切的一切都未出乎他的意料之外，这反而更证实了一个结果，那就是蔡伤的计划并没有偏离轨道。

官兵们结成一道人墙，向虎谷之外冲去，他们没有第二条路可走，要想活下去，就必须冲！那是唯一的一线生机。

萧传雁越来越清楚地看清了山顶伏兵的模样，禁不住激怒如狂，正要大骂，突然觉得背上一阵刺痛。

低头一看，却发现一截剑刃已自胸前透出，忍不住一声狂呼，而便在此时，他看见了萧边副，一脸阴笑的萧边副！

剑，是萧边副的，偷袭者也是萧边副，这一切使追随萧传雁身后的人也全都愕住了。

“呀！”一名亲兵大怒，狂扑向萧边副。

“你这奸细！”又有几名亲兵此刻才知道反击。

萧边副的身形若飞鸟一般掠下马背，避开五件兵刃的攻击，却来不及取回刺入萧传雁腹中的长剑。

“呀！”一名亲兵以身体为萧传雁挡箭，数十支劲箭将他的身体钉成了刺猬，却也为萧传雁挡过了厄运。

“撤！”一名偏将大呼，一把抱过萧传雁，就向山谷之底冲回，他知道这样绝对无法冲上山头，就是冲上了山头，也只会是死路一条，但退回山谷又会怎样呢？难道那样就能逃得一死？不过，此刻已容不得他思考太多问题了。

"结车阵!"一名偏将极为知机地吼道。

辎车本已经被冲得东倒西歪，听得这么一呼，迅速便又再一次运行起来。

虎谷谷底虽然不是很宽敞，但却只受到两个方向的攻击，排成两列横阵，却是可行的，但两边的敌人处于高处，箭矢俯射而下，车阵依然是失去了应有的作用，伤亡之惨重，却是难以想象的。

刘府的家将也都中箭而倒，竟也无法抵抗这些如疯雨般的劲箭，一百多名家将一路上倒下一大半，而刘傲松竟也中了数箭，只是他似乎并无痛苦之色。

秋月和海燕的功夫并不弱，竟可以抵挡住而未曾受伤。

轿中的刘瑞平并没有动静，似乎她对外界的情况并不在意。那八名轿夫一倒，立刻便有人顶上，这样竟使大轿未曾落下，尽管轿身已经钉满了箭矢。

山上伏兵的攻击，山下兵士的还击，组成了一道凄美的景致。

因为山上伏兵未曾用滚石，使得山上也有很多人遭到箭厄，山谷中的人数比之山顶多，只是碍于地利尽失，先机尽丧，损伤就无法估计了，更是还击无力。有数倍的兵力，而无用武之地，山顶之上的伏兵并不敢冲下来作近身相搏，那样就根本无法保住这有利的地形。

山谷底下之人也便无法冲破对方的箭网，攻至山头，仰攻敌人乃是兵家大忌，可此刻却是没有办法。

山谷口突然喊杀声大作，竟另有伏兵，萧传雁重伤而回，看到此情景，也只能暗自兴叹，他怎么也没有料到萧边副会向他下手，但这却是事实！还有那些自北朝回来的特使们竟也一个个窝里反，将矛头对准了自己人，让萧传雁大为震骇。

"萧将军伤得怎样?"刘傲松挡开数箭，抢到萧传雁身边问道。

萧传雁周围都有盾牌手相挡，竟然不惧箭雨，但却"咳"出了一小口血，惨笑道："我可能不行了，你带着王妃冲出去……到怀远就会有王爷的人相迎。他们……他们是郑王的人，告诉王爷，小心郑王。"

"将军，他不是大总管!"一名亲兵浑身浴血地冲了回来，手中竟拎着一颗血淋淋的人头，一只手骇然抓着一张萧边副的人皮面具。

“什么？那大总管呢?”萧传雁更惊。

刘傲松也禁不住诧异莫名，他也想不到这个王府外务总管竟是别人伪装的。

萧传雁这才明白，为什么自己会有些心神难安，原来并非因为北魏的兵士，而是因为身边潜伏着这样的一个敌人，可惜一切都已经太迟了，现在唯一能做的就是冲出这道死亡的山谷，望着部下一个个地倒下，他的心很痛，甚至比那假萧边副刺的那一剑更痛！

在山谷口的伏兵正是他的先头部队，谁也不曾想到，这些在一个时辰前仍是并肩作战的人，此刻却相互残杀。

第一百零二章　血腥之途

蔡伤的神色极为肃穆，眉头紧锁，眺望着远山，似乎有解不开的心事。

三子在一旁并不敢说话，似乎是生怕惊忧了蔡伤的思路，但他却不明白这冥宗究竟是怎样的一个组织，居然能使连魔门都不放在眼里的蔡伤如此担心。

铁异游的神色也极为凝重，他曾生在南朝，对冥宗的了解极多，自然明白冥宗比魔门更为可怕，魔门虽然实力强大，但他们至少仍能够知道魔门的最终目的，而且此际，对魔门的实力和动向都有所注意，可冥宗却完全不同，没有人知道他们的目的，兼且他们比魔门更为神秘莫测，行事根本没有原则可讲，再则冥宗之人无一不是高手，怎会不可怕?

“礼敬和擎天的失踪会不会与冥宗有关呢?”铁异游淡然问道。

“难道冥宗对刘家也会感兴趣?”石中天有些惊疑地问道。

“我们不能排除这个可能。”蔡伤依然未曾扭转头来，若有所思地道。

“如果是这样，那三公子的事情岂不更为棘手?”石中天有些疑虑地问道。

“的确，风儿的事本已经够棘手的了，若加上冥宗插手其事的话，我们就可能很难控制整个局面了，也许以能丽和刘姑娘之力可以制伏风儿，可这前去南朝的路上，定会十分艰难。”蔡伤悻悻地道。

“难道以主人的无相神功还不如‘太乙天罡’吗?”铁异游有些不平地道。

蔡伤涩然一笑，道：“这是不能相比的，一种是佛门最高内家神功，而另一种则是道家最高先天真气，佛、道两家虽然渊源相近，却也有其本质上的差别。佛乃以心度众生，解众生化佛缘，是以佛家所习之功乃以祥瑞温和著称，其质为外向，可化桀气，除心魔，通筋洛络，涤心洗志；而道家所求，非普度众生，而是修心之道，注重自身所修，其内功心法更具一种洗髓开智之效，通过一种玄门之气激活每一寸肌肤，使生命得到新生，这就是'无相神功'与'太乙天罡'的区别。"蔡伤认真地道。

"可这区别也不太大，若主人以'无相神功'逼出那枚金针，至少可以使三公子暂时恢复本性呀？"石中天不以为然地道。

"要知道，那金针一旦拔出，就再也无法重新使他的百脉暴涨到极端，也就是将永远失去让风儿真正恢复本性的机会，即使暂时恢复了本性又能如何？过一段时间他就再也不受控制。更何况风儿自小便修习无相神功，在他百脉膨胀的当儿，他体内的无相神功也激发到了极点，我的无相神功根本就失去了作用，反而会相互抵触，使之血脉爆裂而亡，这也就是我为何一定要带他前去南朝的原因。当世之中，只有陶师叔的'太乙天罡'才能解救风儿。陶师叔发过誓，绝不会再踏足江湖，自不能千里迢迢赶来此地。"蔡伤也有些无奈地道。

"万恶的金蛊神魔，定要将他千刀万剐，方解心头之恨！"铁异游狠声道。

"那只得等风儿事了之后，我在明年清明还得往华山一行，了却二十五年前一桩心愿，这里的一切还得中天和你多多担待。"蔡伤吸了口气道。

"二十五年前之约？"石中天和铁异游同时显出一丝不解的神情，他们还从未听蔡伤提起过此事，这时突然闻听主人居然还有一件未了之事，且是在主人潜隐如此多年之后方才道出，自让他们不解。

"不错，二十多年前，柔然便早有南侵的野心，且一切都在积极地准备着，而就在此时，柔然王派出他的第二个儿子先行入主中原，以探天下武林的虚实，那人就是今天的阿那壤。二十多年前，阿那壤便已经是一个不世高手，有柔然第一勇士之称，而我师父早已得知柔然的狼子野心，便命我前去挫挫阿那壤的锐气，因此，我就与阿那壤约战华山之顶，最后阿那壤败在我的‘怒沧海’之下，但也是第一个在我‘怒沧海’之下不死之人。因此，他返回柔然，阻止了柔然入侵中原的计划，但条件却是二十五年之后再战华山！”蔡伤回忆道。

“主人大可不战，想来阿那壤也只是想找回面子而已，并不能当真。”石中天道。

“既已承人之诺就不可反悔，即使我不去，手握沥血刀之人也应在华山之顶相候，这是江湖人的承诺！且柔然势力强大，对边关六镇大肆破坏之后，侵战中原的野心日盛，若不挫其风头，中原大地将会再陷入一片水深火热之中，我岂能独善其身？在我奔赴海外之前，能够多为天下做一些事，就尽上一份力吧！”蔡伤严肃地道。

石中天的表情永远都掩在那深深的刀疤之下，无人能看出他的脸色变化。

铁异游却显出了狂热的斗志，虽然眼中隐忧深重，却是一副毫无畏怯之势。

“老爷子，我们要不要去助刘家一臂之力？”三子问道。

“刘家有足够的实力去应付诸般变化，我们目前最重要的是找出薛三和礼敬他们的下落，否则，我们始终受人所制，先机尽丧！”蔡伤沉声道。

“铁剑门的兄弟来报，不是说很快就应该有他们的消息吗？”石中天问道。

“铁剑门的人一向行事极为神秘，他们如此说，定是问题异常棘手，是以，我们必须配合铁剑门的行动。至于风儿的事就交由我亲自去办好了，你们尽最大的可能也要找出薛三他们的下落！”蔡伤果断地道。

“要不要跟庄主说一声？”铁异游问道。

“葛荣日理万机，就不用劳烦他了，你们先下去，三子留下来。”蔡伤似乎有些疲惫地道。

众人一呆，铁异游和石中天诸人依言退了出去，唯留下蔡伤与三子。

大轿终于再也无法推进，因为已经没有了抬轿之人，近两千士卒犹如在笼子里待人屠宰的羔羊，竟没有任何反击的力量，这的确是一种悲哀。

而对方之人未免也太为凶狠，竟是不想留任何活口，就是想要投降也是不可能。刘府的家将也已一个个中箭而亡，秋月、海燕及刘傲松也全都不例外，而萧传雁的亲兵因盾牌之故，竟可拖到山上的伏兵冲下，进行近身搏杀。这些人悍不畏死，更不会投降，哪怕只有最后一滴鲜血，也会拼！虽只有近百人，但杀伤力却无比强大，他们知道再冲也只是枉然，那只会死得更快，为了使自己的有用之躯杀敌更多，就只有等！等待对手与之近身搏杀！

这些人都经过萧传雁的严格训练，故一个个作战经验丰富无比，他们围成圆阵，将刘瑞平与萧传雁护在中间，伏兵竟一时无法攻破。双方死伤极为惨烈，但伏兵比之这些亲兵多出数倍，这种局面总会有破灭的一刻，只是迟早的问题。

更多的人却是在对刘家的嫁妆进行清理、查找，竟将一车车嫁妆翻得一片混乱，却没有人敢伸手染指一块宝物，可见军纪之严谨，也难怪这些伏兵一个个冷酷无情。

“费明，你这叛徒！”萧传雁怒不可遏地吼道，一挣扎之时，伤口血丝又渗了出来。

“将军，识时务者为俊杰，要怪只能怪你自己冥顽不化，才会落得如此下场。”说话者正是萧传雁属下的先锋偏将费明。

“你们把大总管怎样了？”萧传雁仍忍不住问道。

“也没什么，只是这个人比你更冥顽不化，我们只好请他暂时去一个地方享福去了。”费明的话十分猖狂。

一摊鲜血飞洒而过，溅在萧传雁的脸上，滑至嘴中，咸咸的，一股莫名的悲痛自他的心头涌起，望了望只剩下四五十名忠实的属下，和那些横行的三四百伏兵厮杀，萧传雁心中升起了一股莫名狂热的杀意。

“萧传雁，你就乖乖受死吧，或许我仍可给你们一个全尸，又何必做这种无谓的挣扎呢？”一道冰冷的声音传了过来。

萧传雁的眸子中爆出强烈无比的怒火，说话之人正是郑王的亲信代忠祥！

“代忠祥，你这只疯狗，灭绝人性的畜生，杀了这么多自己的兄弟，你还有何脸面去见你的祖宗？你还有何脸面妄自为人？你不会有好结果的！”

代忠祥的脸色变得无比难看，阴沉地道：“哼，你骂吧，待会儿我要你求生不得，求死不能！”

“哼，凭你也配?!”萧传雁怒火中烧，杀意狂涨，虽然胸腹间的伤口在抽搐，却无法阻止他杀意的狂涨。

“呀！”一名兄弟的头颅滚落在萧传雁的身边，在鲜血的刺激下，萧传雁竟奇迹般地站了起来，浑身更似笼罩着一层挥之不去的烈焰。

“将军！”几名亲信忍不住惊呼出来。

“哦，你还有力气站起来，看来是我低估了你。”代忠祥讶然道。

萧传雁嘴角边逸出一丝痛苦的笑意，眸子刹那间变得通红，定定地盯着代忠祥，声音冷得若自冰缝中逸出的寒气一般：“你要对自己所做的一切付出代价，谁也救不了你！”

代忠祥的心头禁不住打了个寒战，竟没来由地对这样一个将死之人产生了一丝畏惧之感，费明也在同一时间捕捉到了萧传雁散发出的浓烈杀气和战意，这完全不应该出现在一个重伤者身上的杀气和战意竟奇迹般地支持着萧传雁向前迈出了一步。

萧传雁向代忠祥迈出了一步，若山岳般的气势就因为这一步而狂涨。

代忠祥竟后退了一步，他距萧传雁三丈，三丈之间仍有数层人墙，可是他却清晰地感觉到萧传雁所散发的气机若一柄利刃般直逼他的面门。

萧传雁的右手缓缓抬起，若牵动着一片云，一阵风，是那么专注、那么沉重，眸子也在这个时候闭上，像是在用心地感受着血腥味。

守在轿子周围的亲兵门破开了一条缝隙，他们不由自主地破开了一条缝隙，在他们的心底有一种极为压迫的感觉。

那种感觉来自一只手，萧传雁的手，沾上了丝丝血迹的手！

血自那截剑尖上滴下，而流在这只洁白修长的手上。

费明和代忠祥的脸色变得极为难看，有些像是雨天灰暗的云。

费明的口中低低呼出三个字："不灭法!"但却只有他身边的几个人才真正听清了他的低呼，可真正能明白这三个字含义的人却只有他一人而已，因为这的确是一个可怕的噩梦。

血芒一闪，萧传雁的身形已经穿过那道裂开的缝隙，一只手深深透穿一名伏兵的胸膛。

血肉爆飞，那名伏兵便因此而爆裂成无数块碎肉，没有人能够想象这是怎样的一种惨状。

萧传雁的身形没有任何人可以阻挡，踏着散飞的血肉肠脏，他只有一个目标，那就是代忠祥!

没有人能够想象萧传雁的速度，几乎已经完全突破了人体的极限。

代忠祥也终于与费明一样，呼出了三个字："不灭法!"

刀与剑在这一刻似乎已经完全失去了其应有的作用，萧传雁就像是一阵风，一阵死亡的风，更若一颗巨大的恒星掠过，而那些伏兵则是无辜的小行星，在这阵死亡之风掠过时，不停地爆裂、肢解，就只因为那只滴血的手!

惨号之声，怒吼之声，就像是地狱的屠场。

阴影升自代忠祥的心头，是死亡的阴影，他从来都没有想到死亡会如此接近，如此可怕，更没有想到，所有的人都全低估了萧传雁，那是一种错误，致死的错误!

他浑身的肌肉有些僵硬，那是一种死亡的压力，也是来自萧传雁如疯如狂的气机，有若一块块无形的巨石挤压着他每一寸肌肤。

"受死吧!"费明知道，他再不出手，代忠祥只有一个结局，那就是死亡!是以他出手了，但他击出的却是一块巨大的石头，他不敢向萧传雁出刀，也没有这份胆量，甚至连近身都不敢。

"将军，小心!"那些亲兵忍不住惊呼出声，萧传雁的出手使他们的压力大减，他们更知道若想保留住最后的生机，便必须跟在萧传雁的身后冲杀，死守着轿子只会是死路一条!

萧传雁没有在意，而就在那块石头砸在他身上之时，突然爆裂成无数碎石乱射而出。

那是萧传雁的脚，若鬼影般的脚，依然没有任何人可以阻住他片刻。

代忠祥在退，就在那巨石爆裂的刹那间，萧传雁施于他身上的压力稍松，哪怕只有半点机会，他都不会放过。

“轰！”一声爆响，萧传雁的手穿过了代忠祥踢出的石头。

依然是那只带血的手，但带血的手更红、更鲜艳、更灿烂，那是萧传雁喷出的一口鲜血！

“他已受了重伤，不要怕他！”费明心中生出了一股莫名的恐惧之感，但仍然禁不住高呼出来。

代忠祥更是恐惧莫名，他深悔不该激怒萧传雁，那对他绝对没有半点好处，绝对没有！但后悔已经没有丝毫用处。

他必须面对现实，面对那只带血的鬼手！

他出了刀，一刀重重地斩在那只带血的手上，然后他发现一件奇事。

刀碎，碎裂成无数的小块，那是一只无坚不摧的手，在他仍未曾从惊愕中醒过神来时，一阵昏眩之感传入他的脑中。

代忠祥倒在地上后，唯剩的一点知觉告诉他，肋骨碎了，是因为那只带血的手！

费明呆住了，这是什么功夫？这是怎样的一个人？没有人能够告诉他！

就是萧传雁也不能，因为他的生命已经不再属于他，而是完全嫁接给了这只手，这只带血的手，这就是“不灭法”的可怕之处——躯体无形，意志不灭，杀意一起，战意永存！

萧传雁究竟已经达到了“不灭法”的什么境界呢？他究竟是什么人？为何拥有邪宗传说中的灭世秘学“不灭法”？

没有人知道，或许只有萧传雁自己清楚。

“呀！”代忠祥的兵士竟也全不顾及自己的生死，疯狂地扑向萧传雁，竟要抱住他，但他们却对“不灭法”之可怕太低估了，而在萧传雁身后的亲兵也并非吃白食的。

代忠祥的兵士根本就无法靠近萧传雁的身躯，抑或他们的速度完全跟不上，虽然他们人多势众，可全都不堪一击！

费明也飞扑而上，他隐隐感觉到萧传雁绝不是无懈可击的，只是他没有找到对方致命的弱点，但却不能眼睁睁地看着代忠祥去死，他的目标是对方那柄未曾拔出的剑！

"噗！"一声脆响，代忠祥的脑袋瞬息间被那只带血的手击爆，没有人来得及相救。

这一击更使所有人都愣住了，包括萧传雁自己，在他击爆代忠祥的脑袋之时，他突然停住了，呆立着并睁开了那双紧闭的眸子，一片茫然之中，却发出一声淡淡的笑意，杀意大消，似乎杀死代忠祥就是他最终的目的一样。

费明骇然自空中坠下，心中升起一种从未有过的惊惧。

"你们先走！"萧传雁的声音很轻，也很严肃认真。

那剩下的几十名亲兵一呆，但既是将军之令，只得遵从，更何况他们刚才所见的萧传雁那种神秘莫测、恐惧骇人的武学，自然放心。

"费明，你做得很好！"萧传雁静静地立着，山谷之中变得十分寂静，萧传雁在片刻间竟让数十人惨死得莫名其妙，是以，伏兵中没有任何人敢踏上一步，全被萧传雁的神威所震慑。

萧传雁的眼睛再一次闭上。

费明心中早已为之吓怕，急忙狂退，而那些伏兵也知道，刚才萧传雁闭上双眼乃是施展最可怕的杀招，也忍不住全都退了一步。

萧传雁的亲兵迅速冲上山顶，并不再理会刘瑞平，因为他们知道，若想带着轿子离开，只会是败亡一途，绝没有生还的可能，而此际他们若能冲出重围，给靖康王报信，或许仍能救下王妃，更能应付郑王的阴谋，权衡利害关系，他们只得——冲！

山谷之中吹过一阵血腥之风，浓浓的血腥味，似乎极为刺鼻。

萧传雁并没有动，甚至连那只带血的手也未曾抬起，只是静静地立着，似乎已经没有了生机，哪怕一丝一毫！

“杀了他！”费明强压住心头的恐惧，低呼道。

那些伏兵向前逼进一步，形成合围之势。

“用弓箭！”费明从惊慌中复苏过来，喝道。

众人这才恍然，一时箭雨纷飞。

萧传雁缓缓倒下，没有闪避，甚至连一声惨叫都未曾发出，因为他早已经离开人世，就在他第二次闭上眼睛之时！

他的伤势的确太重，虽然他的意志和战意全都转移到那只带血的手上，可并没有永存下来，但费明却知道，萧传雁的“不灭法”只是练得一些皮毛，否则那只带血的手就不会跟着他的身体死去。

萧传雁的死倒使众伏兵全都愣住了。

也就在此时，一声轰然爆响在这些惊愕的伏兵中间炸开。

跟着，硝烟狂起，碎石横飞，惨呼之声，交织成一片混乱不堪的场面。

费明仍未弄清是怎么回事之时，又是一阵巨爆在他身边不远处炸开，一股滚热的气流夹着碎石没头没脑地飞至，竟使他一个踉跄，立足不稳地跌出几步，又是惨叫四起。

硝烟散发着浓浓的、呛人的火药味，更使众人的视线一片模糊。

这下可真是大大出乎众伏兵的意料之外，就连在大轿之中一直都未曾吱声的刘瑞平也发出了一声惊呼，碎石竟将大轿砸得千疮百孔。

“小心，镇定！”费明高呼道。

轿中的刘瑞平只觉得轿身再起，有若腾云驾雾一般飞了起来。

“大胆贼人！”费明在恍惚之间竟发现有几人抬起轿子若飞般向谷口掠去，禁不住怒吼着飞扑而上。

“哼，跳梁小丑，也敢言勇！”一声冷哼自费明的身边传至，同时一股无形的劲力，竟使费明身不由己地飞跌而出。

当他还没有反应过来之时，脑门便“嗡”的一声，昏了过去，却是撞在巨石之上。以费明的功力，仍然抵抗不住那种要命的冲击，他做梦也没有想到，自己竟连对方的样子都未见到，就在半招之间败得如此惨重，对方的武功，比之萧传雁的“不灭法”更为可怕！

惨叫声再起，一道飓风在山谷间旋起，碎石杂草若狂龙一般飞旋起来，充盈着毁灭性的能量。

这一群可怜的伏兵，竟若风中败草，四跌而出，根本就无法立稳身子，甚至连东南西北都无法分清。

飓风敛去，山谷之中一片狼藉，所有活着的人全都呆愣地望着周围的一切，满目凄惨更胜人间地狱。

大轿不见了，众人甚至没有看清楚来者的样子，来如风去亦如风，但谁都不敢去想象对方武功究竟有多高，有多可怕！

沙尘渐降，如死一般寂静！山谷中的血腥之气浓郁得像酒，异样的酒！

费明悠悠醒来，头顶在渗出鲜血，刚才对方的一掷之力只差点没让他脑浆迸裂，想到那可怕的敌手，禁不住心有余悸。

"将军，你没事吧？"一名队长见费明挣扎着站起身来，禁不住喜问道。

"我没事！大家快收拾这些东西赶快离开这鬼地方，以免节外生枝！"费明一手捂着头顶的伤口，吩咐道。

众人想到刚才那一阵惊心动魄的厮杀和那可怕的神秘人物，哪里还敢再作太多的逗留？迅速收拾那几大车嫁妆，也不想再理会究竟是谁抢走了轿子。

游四正在出神之时，突闻得亲兵来报高欢求见。

游四不由得打起精神传见高欢。

高欢的神态极为恭敬，他知道自己的命可以说是游四所救，更何况此际的游四乃是葛荣身边的第一大红人，在军中的影响力极大，若非高欢的身份也极特殊，就是想见游四也不能这样直面相见。

"高兄请坐！"游四极为客气，他自有他的做人原则，更知道高欢的确是个人才。

"四爷客气了！"高欢有些受宠的感觉，恭声道。

"哪里的话，我们早就是朋友了，高兄何须见外？只不知高兄的伤势可好些?”游四打了个哈哈笑问道。

“谢谢四爷关心，那一点伤早就不碍事了，高某今日前来，是有一件密事要告诉四爷。”高欢肃然道。

“哦?”游四微微有些惊异，却并没有发问，只是静静地听着。

“在两年前，鲜于修礼曾派人到各城之中窃金盗玉，前前后后竟有数百万两金银之多!”

“啊!”游四忍不住惊呼一声打断了高欢的话头，“继续说下去!”游四又道。

“他早就准备用来起事之需，若想起义，没有金银的后补，那全没可能。是以，他早将这批金银财宝藏于内丘，准备他日起事时就取出来用，而鲜于修礼眼下就要起事了，大概会动用这批金银财宝，不知四爷可有什么打算?”高欢说着双目盯着游四，不再出声。

游四神色有些阴晴不定，良久方淡然问道：“高兄是从哪里得到这消息的呢?”

高欢毫不掩饰地道：“因为两年前我正是他所邀请的人之一，也就因为如此，我才在邯郸城中遇上了蔡风!”

游四不再奇怪，蔡风当初的确讲过与高欢诸人相识的经历，也知道邯郸城中发生了几起大案，到目前为止仍未曾找到案情的头绪。

“庄主吩咐过我，不能与鲜于修礼为难，大家同为起义着想，能更多一股对抗朝廷的势力，我们就会更清松一些，他要起义就让他起义吧，这些问题不用去过多地考虑，如果我们为这些银子多增一份阻力，也不划算，高兄不用为此事而劳心了。”游四极为平静地道。

高欢却为之一呆，想不到游四居然是这样一番回答，禁不住微微有些失望。

林疏疏，风细细，一抹残阳斜照大地。

没有鸟雀的鸣叫，没有野兽的出没，唯有死寂一片。

天地之间，充盈着一种难以描述的肃杀，不是因为这已是深冬，更不是因为那缕缕寒风，而是因为一个人！

一个挺立如剑的人，一柄无锋无芒只有无尽杀意的剑！

沉重、冷厉、肃杀，似乎没有半丝生机，立于林间更有一种格格不入的感觉，不仅仅与这片树林格格不入，更与整个天地、整个冬天格格不入。

那是一种感觉，很清晰很真实的感觉。

长袍的下摆微微随风而动，那细细的纹浪，那淡淡的轻摇，就像那张掩于大竹笠之下的脸，透着一股难以理解的神秘。

林间唯有一条路，是条不宽的小路，像极懒的蝮蛇般延伸向远方。

而这个人，正是斩断蝮蛇的凶手，他立着，就没有人能够再从这条路上走过。

的确，有人停了下来，四个！本来若狂风骤雨一般的冲势在刹那之间停了下来，若钉下的钉子，完全突破了那种惯性的约束。更难得的，却是他们配合得竟似天衣无缝，一齐刹足，不多进一步也不少进一步，就连他们肩上所抬的一顶极大的软轿也未曾晃动一下，单凭这一点就足以证明这四个人的可怕。

这四个人的确可怕，可是他们却知道前方挡路之人更可怕，正因为他们可怕，才会更深切地体味到别人的可怕！

四人立稳脚步，却并未曾放下所抬的轿子，只是以一种近乎对待野兽的目光打量着前方那位神秘而可怕的挡路者，心中充满了惊诧。

神秘挡路者缓缓抬起头来，露出一张冷漠的俊脸。

他赫然正是——蔡风！变成了毒人绝情的蔡风！

绝情的目光似乎极为深邃，抬起的头，却并非是去看那四个抬轿之人，而是穿过轿子，遥望着自远处缓缓行来的人。

一个全身都裹在黑巾之中的人。

那人似乎也感觉到了绝情的存在，不知是因为绝情的目光太过敏锐，还是那人太过敏感，反正他感觉到了绝情目光的存在。

四目相怼，有若两道电火在空中碰撞，两人的心头忍不住同时一震。

一股莫名的战意自绝情的心头升起，眸子之中自然而然流露出一种野性而狂烈的兴奋，他的手缓缓抬起，轻轻将竹笠向上推了一推，再一次恢复了内心的平静，身上却散发出一股从未有过的战意，若烈火在焚烧。

那裹在黑巾里的人行动更缓，每一步都似乎经过精心地选择与考虑，行得那么慎重、那么小心。

风，几乎从这一刻开始渐渐凝固，渐渐消失或变味，那是一种无奈的死寂和肃杀。

空气似弓弦一般绷紧，使人有一种喘不过气来的感觉。

山雨欲来……

费明的目光四处打量，脸上似乎有矛盾之色。

“将军，我们不是去固镇与田将军会合吗?”代忠祥的副将尤无心奇问道。

“临时改道，刚才那神秘人的出现，就是表明我们的行踪可能已在别人的掌握之中，若我们不改变道路的话，很可能就会坠入敌人所设的圈套之中，到时我们只会落个全军覆没的下场!”费明解释道。

尤无心这才似有所悟，想到那神秘人物，此刻依然心有余悸，哪还会怀疑有他?

林间缓缓飘来一阵薄雾，极淡极淡，就像是每个人口中所吐出的热气一般，更为寒冬添了一丝朦胧的虚幻。

“希聿聿!”战马有些躁动不安地嘶叫起来，依然前行的将士们心神全都绷紧，似乎也跟着战马的不安而不安起来。

费明的脸色却逐渐恢复了镇定。

“啊!”一名兵士似乎是吃错了什么东西一般，突然捂住肚子闷哼起来。

“怎么了?”尤无心迅速策马赶上来问道。

“我的肚子好痛!”那人闷哼着答道。

“啊，我……我肚子也痛得厉害……”

尤无心暗惊，突然似乎也隐隐感觉到肚子有些绞痛，而眼前的迷雾似乎越来越浓，禁不住骇然惊呼道：“雾中有毒！”

费明突地晃了一晃，脸色剧变，有些不敢相信地捂着肚子，低呼道：“不可能！”

片刻之间，惨叫声在队伍的每个角落中响开，包括尤无心，但费明却极为顽强地运功相抗，而马匹却似乎仍只是保持着那种不安的状况，并未发现什么异样。

林间在刹那间变得一片惨然。

那被黑布蒙住了整个头脸的人终于驻足了，隔着轿子，隔着抬骄人，相距五丈之远立下了足，静若巨川，那自黑布间挤出的眼神竟似刀锋一般锐利。

与之相对的，是绝情的眼神，坚定而冰冷，自有一股透入骨子深处的傲意。

绝情的意思已经清楚地展示在别人面前，没有任何掩饰。

大轿缓缓落下，但轿内却没有丝毫的反应，好像空无一人，但绝情却感觉到了那种生命气息的存在，里面有人！甚至呼吸都极为紧张，他没有深想轿中之人为何会呼吸急促，当然，在这种气氛之中，不紧张的人才真有些奇怪。

那全身都裹着黑巾的人似乎犹豫了半晌，才淡漠地问道：“你也想插手这件事？”

绝情悠然一笑，那丝冷漠在嘴角泛起一圈奇特的涟漪，竟有着一种让人格外心颤的魅力。

“不是我想插手这件事，而事实上，是你不该插手这件事！”绝情的声音有若淡淡的寒风。

“哦，你是刘家的人？”那全身裹满黑巾的神秘人物奇问道，一股浓浓的战意却在他的眸子之中燃烧，愈来愈烈。

“我并不需要告诉你太多，也没必要！”绝情的话极傲极狂，手依然很悠闲地插在衣袖之中。

“哼，想自我们手中夺人，先得问问我们手中的兄弟！”那四名轿夫声色俱厉地吼道，绝情眼角斜斜地瞥了四人一眼，以一种无比轻蔑的语气道：“你们的手中只是些破铜烂铁，不值一哂，我看你们还是省一些的好。”

那四名轿夫大怒，暴吼一声，自四个方位同时扑到，快得有些炫目。

绝情眼角微微闪出一丝惊讶，低低地唠叨了一句：“原来是‘南天四象阵’！”

他不再怠慢，移脚跨步，直挺挺地向其中一人身上撞去，竟完全无视对方可以洞穿任何躯体的利刃，像是完全不惧死亡一般。

这种送死的打法的确出乎所有人的意料之外。

绝情知道，绝不能让对方有将“南天四象阵法”摆好的机会，否则，就算是可以破阵，也会损耗一些的力气，而他的对手却非这四个人，而是比这四个轿夫更可怕的神秘人物，他也绝对不能让对方有半丝机会可乘。

出乎意料的不仅仅是这四个人，还有那神秘人物，他本想借此看看绝情的武功路数，可是绝情这种似乎完全不要命的打法令对方根本无法看出深浅，其实绝情早已明白对方的用心，是以，他出手绝对不会让对方摸清自己真正的实力所在。

剑，划破了绝情的衣衫，且刺入衣中，但那轿夫的脸色却变了，变得无比难看。

那是因为一只手，一只要命的手，手是绝情的，绝情深深藏于衣袖中的手，突然出现了。

一只手轻松至极地夹住那刺入衣服中的剑尖，而另一只手却以快得不可思议的速度捏住了那名轿夫的咽喉。

破衣、夹剑、捏脖子，所有动作一气呵成，那完全不是肉眼可以映射的速度。

绝情没有用力，他并没有杀死这名命悬于他手中的轿夫，但轿夫却死了。

轿夫死了，死在想杀绝情的另一人手中，那是致命的一剑！

这一剑算得极准、极精妙，几乎可以刺死虚空中的蚊子和苍蝇，但这很精妙准确的一剑本是为绝情预留的，可是出人意料的，却是刺入了自己人的心脏。

原来，绝情和被他捏住脖子的轿夫，在别人完全感觉捉摸不到的时间之中，调换了一个位置，因此，这被他捏住脖子的人代替他去死了。

一道亮光自绝情的腋下穿过，由前而后，却是被绝情夹住剑尖的剑。

剑式的角度之刁钻，方位之准确，竟与一名轿夫攻击的方向完全相反，是以，那名轿夫的剑撞在了自绝情手中飞出的剑身上。

他脸上吃惊的表情就像是看到一个人吃毛毛虫一般，两剑的撞击之力大得惊人，竟使他的手心有一阵麻痛之感，攻击绝情的剑式立刻溃不成军。

在他自己散漫的剑影之中，他看到了一抹黑影，在不断扩大，直至毫无阻隔地印在他的胸膛之上，他才发现那无限扩大的黑影，竟是绝情的脚。

"咔嚓!"是骨头碎裂的声音，那名轿夫的胸膛立刻下陷，鲜血自他的口中狂溢而出，奇怪的是，他的躯体并没有飞跌而出，只是像碎了的泥人，瘫软于地，再也找不到任何骨质的感觉，只有一摊碎肉。

"嘭!"那名刺死了自己同伴的轿夫正自愕然间，那具仍穿在他剑上的尸体竟若雷霆一般给他巨烈一击。

若山洪般狂泄而出的劲气自剑身、尸身传至，竟使他立足不稳，倒跌而出。

剩下那人的剑终于击到，且划破了绝情的长袍，但再刺下去，却是绝情的幻影。

能捕捉到这阵风的人，只有一个，那就是另外一阵风!

更狂更野的风，充盈着一种毁灭的气势，没有任何规律的飓风，这也就是绝情突然化作一道轻风的原因。

他放过这最后一名轿夫不伤不杀，不是因为他不想，而是他的确没有这个能力，因为一阵无比强烈的杀意和气机已经直接攻入了他的气机之中。

那神秘人物终于忍不住出手了，但依然是迟了一步，那四名足以在江湖中列入一流高手的轿夫，面对绝情的格杀，竟完全没有反抗能力，只那么一招半式就两死一伤，这是谁也没有想到的，包括那神秘人物！因为他不相信一个如此年轻的人会有如此可怕的武功，即使是一代武林天骄蔡伤在这个年龄之时也不会可怕如斯，是以他对绝情估计错了。

任何低估敌人的人都会付出惨重的代价，而那神秘人物的代价就是他三名忠实下属的死亡，但他终还是出手了。

亡羊补牢为时未晚。

费明神色间微微有些痛苦，而在此时，他终于听到了一阵极有节奏却又极轻的脚步声，心头微安。

呻吟之声渐小，因为有些人早已气绝，唯有少数人仍在同死神挣扎，但只是有气无力的呻吟。

尤无心的功力较费明浅薄，脸色有些泛青，显然毒气已经侵入了他的血液，他不敢开口说话，紧闭着嘴唇，运功专心抗毒。

费明睁开眼来，一群极为熟悉的面孔映入了他的眼帘。

"青锋师兄，快给我解药！"费明微喜道，一开口真气禁不住一泄，脸色更难看一些。

尤无心一颤，忍不住开口大骂道："他妈的，原来你故意引我们进入死地！你这奸细！"

费明并不理会他，只是出声又道："轿子和刘家小姐不知道被什么神秘人物抢了去，那人的武功太可怕了，快去帮帮绝情公子！"

来人正是韦睿最为钟爱的弟子之一赵青锋，仅次于石泰斗，一位花了十六年时间闯出十八层地狱的年轻人。

赵青锋的脸色微变，并不是因为费明所说那轿子和刘家大小姐的事，更不是因为尤无心的话，在他的眼中，尤无心只是一个死人，根本就不值一提，昌义之早就命令他不能留下一个活口！

赵青锋是一个绝对不会故作大惊小怪之人，自十八层地狱中磨炼出来的人物，无论是心智，抑或是情感及心灵修为方面，都绝对是一流的，可是他仍忍不住有些变色。

林子中已经围了近百人，这全都是赵青锋属下的精英，每个人都是一脸冷漠。

“费师弟，你也中毒了?”赵青锋知道问也是白问，从费明的脸色也可以很清楚地看出，费明的确中毒了。

但费明竟是魔门之人，却并不是所有人都知道的。

“你难道没有预服解药吗?”赵青锋不等费明回答又急问道。

费明的脸色一下子变得苍白无比，有些无力地道：“我预服了解药，可全不管用。”

“这怎么可能?”赵青锋不敢相信地道。

“是真的，二师兄!”费明再次闭上眼睛，缓声道。

赵青锋的脸色急变，在众人仍莫名其妙的当儿暴喝道：“大家快撤出这片树林!”也在同时一把抓起地上的费明，转身就向林外掠去。

“费明，你这叛徒、奸细，不得好死!”尤无心无力地呼道。

那一百多人似乎也明白了什么，跟在赵青锋身后向外掠去。

“嗖嗖嗖……”一轮迅疾无伦的劲箭自四面八方射来。

事出突然，竟有二十多人中箭而倒。

赵青锋突然刹住脚步，因为他明白，退后已经太迟了。

的的确确是已经迟了，就在他们最初的埋伏圈之后，围着一圈人，这一批人足足是他们的四倍，每人都有强弓硬弩。

费明也感到奇怪，缓缓地睁开无神的双眼，身子禁不住一震，颤声呼道：“刘傲松!”

“嘭!”地动山摇，一股汹涌的气流冲击而出。

几棵离得较近的树，竟拦腰折断，那毁灭性的气劲之中，似孕育着无尽无期的王者之风。

绝情的身子冉冉飘落，有若一片鸿毛，神秘怪人的身形也停了下来，唯有那双眸子寒芒四射，浑身散发着霸烈无比的气势。

绝情漠然以对，面对那若惊涛骇浪的气势，依然悠悠自得，长袍的下摆轻摇，脸上绽出一丝欣慰的笑意，傲气直冲印膛，更有在风浪中乘舟垂钓的优雅。

那大轿微微晃了一晃，轿内发出一声极轻的惊呼，是那般娇柔，竟使绝情的心头泛起了一丝异样的感觉。

“痛快，想不到当世之中，仍有这样强硬的对手!”绝情伸手缓缓摘下头顶的竹笠，动作若行云，若流水，没有一丝犹豫和阻滞，是那般自然、优雅，就像是拂尘一般，但手在空中所划过的痕迹却构成了一条完美的弧线，与那标立如剑的身体相配合，竟成一种无懈可击、完美无匹的架势，没有丝毫破绽。

神秘人物没有动手，他完全找不出可以下手的机会，完全无法揣摩出绝情的意向和动态，虽然他的气势似乎无处不在、无处不存，但他却完全感觉不到绝情存在的气机，绝情像是一个虚幻的人，绝对不真实，抑或是绝情已完全将自己融入了大自然，不分彼此。

天不是天，我不是我；天是天，我亦是天，天亦即为我，只有达到天人合一之境，才能够将气机与大自然的一草一木相融，才能够任意发挥其所长，立于不败之地。

这的确是一个可怕的对手，可怕得超出了神秘蒙面人的想象，若非亲眼所见，绝难相信对方，以如此年纪，其武学竟可达到这般境界。

神秘蒙面人缓缓踏进一步，只这么一步，天地竟似乎完全改观，山林之间的那无形气机就像是遇到凹陷的空间一般，全都向神秘蒙面人涌去，而神秘蒙面人的气势也在这一刻疯长，败叶枯枝全若遇龙卷风一般绕着神秘蒙面人旋转。

更可怕的不是这些，而是绝情本来与天地合一的境界在刹那之间被破，那扯动的气机竟使他的气机与大自然之间撕开一道裂隙，这就是破绽!

是以，绝情先动了，他绝不能将先机让给对方，这神秘对手也同样是可怕得无以复加，作战经验也让人心悸。

神秘蒙面人眼中闪过一丝异样的神芒，因为他发现了一柄剑。

绝情的剑，十分缓慢，十分轻悠，更犹如在风中颤抖的秋叶！一寸寸地、一尺尺地推进，可是又似乎完全突破了空间与时间的限制，在快与慢这种极为矛盾的形式之下，在那名旁观的轿夫仍未反应过来之时，剑已经刺入了旋风之中！

神秘蒙面人的手臂轻挥，若一抹黑云自旋风的中心涌起，然后吞噬所有的一切！

当黑云与剑芒相激之时，那败叶枯枝犹如无数的气剑飙射而出。

空气摩擦的声音，竟像金属交鸣般悦耳。

绝情的身体眼见就要被黑云吞噬，突地剑芒一盛，若劈开乌云的一道闪电。

剑，在左手！左手的剑劲比右手更猛厉十倍，这是什么剑法？

神秘蒙面人飞退！出乎绝情意料之外的是，这神秘蒙面人竟可以从容地自他那密不透风的剑气之中安然退去，这是怎样的身法与武功？

"彩云满天！"那神秘蒙面人喃喃地道，眼中有一丝异样的神采，深沉地问道，"你竟是左手剑的传人！天痴尊者是你什么人？"

绝情微有一丝不忿，自己突然而发的杀招竟让对方从容逃脱，不由得冷冷道："什么天痴尊者，我不认识！"

"哼，那我就再来见识见识你的左手剑！"说完，那人不进反退！

退了两大步，绝情突然觉得不太妙，对方在一退之时，身形牵动之下，竟再次使他无法控制与天地浑然一体的形式，在他严密的气机之中破开了一条缝隙！

对方的功力的确要比绝情高，虽然在变成毒人之后，绝情的功力几乎激增数倍，可与对方相比仍差那么一筹，尽管如他们这种境界的高手，其功力已经再不重要，可仍会影响先机的问题。

而对方十分善于把握这种机会，在不可能有破绽的情况下，制造出破绽，这才是真正的可怕！

绝情再一次出招，他不得不出招，因为他必须弥补功力不足所露出的破绽。

这个破绽并不是真正的破绽，而是在心理上的一种压力。

绝情有些不明白，世上怎会还有这类可怕的高手，神秘蒙面人的武功似乎并不输于蔡伤和尔朱荣，可他却知道此人绝对不是他们两人中的任何一个，对方无论是战术还是气质上都有着与蔡伤、尔朱荣的不同之处，但绝对可以与两人成三足鼎立之势，那么这人又是谁呢？

还有，这人为何对刘家如此感兴趣，难道也是为了那本《长生诀》？可他的消息又是源自何处呢？

绝情没有考虑太多，只在脑际一划即过，然后完全进入了另一种境界。

天地之间，唯有剑，手中的剑，心中的剑，抑或天地之间什么也没有，只有一个敌人！

“气舞九幽！”神秘蒙面人口中低吼道，双手竟在胸口画了一个太极，十指在太极两点之间，勾屈成爪！立即生出一股强烈无比的引力。

一道白蒙蒙的气流在两手之间动荡成似有生命的实体，并不断地扩大、推进！最后吞噬了他的整个身体。

神秘蒙面人不见了，绝情也不见了！

其实，绝情并未不见，而是绝情本身就化成了一柄剑，横空而过，无坚不摧的剑！

御剑之术中的人剑合一！天人合一被破，但人剑合一却依然势不可挡！

葛荣的眸子中大放异彩，紧紧盯着手中的茶杯，淡然问道：“老四有何打算？”

游四想了想，道：“如果没有这批财物，可能鲜于修礼的起义会夭折，可是若我们能获得这数百万两银子作军费，的确是一个极强的支持，定会使我们实力大增，因此，夺取这些银子有利也有弊，只是我仍算不出利与弊究竟是谁大。”

葛荣浅饮一口茶，清了清嗓子，道：“老四分析得并没有错，但是却没有想到，鲜于家族能在北六镇有如此地位，不仅仅是因其家传武学之高明，更因在北六镇鲜于家族的财力可以排名第一，所以连破六韩拔陵都要给他们几分面子。虽然后来鲜于修礼依附了破六韩拔陵，但其家产并未给破六韩拔陵的义军，他也定不会傻到将家产无私地奉献给破六韩拔陵，否则，他只会在破六韩拔陵面前失宠。因此，他定是将家产藏于了某地，抑或转移，但绝不会埋于内丘，而高欢既说内丘所埋的乃是鲜于修礼派人盗来的金银，那就定不会错，我估计，鲜于修礼没有这一批金银，也定能起事，只是能否长久的问题，可我们所要的结果并非他长久，而是他只要起事成功便行。若是让他得了这样一批财宝，说不定将来真的会对我们构成威胁，我不想养虎为患！”

游四脸上微显不自然，但迅即道：“庄主是让我将他这批金银劫回来？”

葛荣没有作答，只是淡漠地道：“这事就全权交给你负责，需要什么便自行安排，一切小心行事，最后不要泄露自己的身份！”

游四立身而起，道：“庄主放心，游四定会妥善办理！”

“好，我就喜欢你这雷厉风行的作风！”葛荣满意地笑了笑道。

出现的人竟是刘傲松，这让费明震骇欲死。刘傲松明明已死，怎会又在此地出现呢？而且其中一箭正是费明所射，他亲眼见到刘傲松和那一群家将一个个倒下，可是此刻这些人竟全都生龙活虎地出现在他们面前，这该是如何不可思议的事啊，但事实就是这样，容不得任何人不相信。

秋月没有死，海燕也没有死，包括那一百多名家将。

赵青锋的脸色铁青，谁都想不到算来算去，终还是被人算计了，本以为自己是大赢家，谁知真正的赢家却是北魏四大家族的刘家，的确让人有些丧气。

“真是英雄出少年，长江后浪推前浪，只差那么一点点，我们就被你们这群后生小子给算计了。”刘傲松似乎极为开心地道。

“但是你们还是赢了。”赵青锋不带半丝感情地道，脑中却在不停地思忖着脱身之计。

刘文卿极为潇洒地步入毒区，似乎根本不将令许多人丧命的毒雾放在眼里。

尤无心有气无力地望着刘文卿，虚弱而痛苦地问道：“这些毒是你们下的?”

刘文卿怜悯地望了他一眼，不屑地道：“你到死仍然不能醒悟吗？要你们离开这个世界的，是他们!”说着向赵青锋和费明一指。

尤无心不答，只是狠狠地望了费明和赵青锋一眼，有些丧气地问道：“他们是什么人?”

“哼，看你无知到这个程度，我就告诉你，他们乃是魔门中人，不过说了你也不会明白，他们的目的就是要你们南朝大乱!”刘文卿漠然道，并从怀中掏出一颗药丸，又道，“不想死便服下!”

“请给……我……一颗……”还有二人竟仍未死去，在生死的边沿听刘文卿如此一说，忙也出声讨药。

刘文卿又掏出两颗药丸。

尤无心三人接药服下后，虚弱地道了声“谢谢”，便闭目运功。

“你们在这雾中做了手脚?”赵青锋神色极为难看地问道。

“我只是以其人之道还治其人之身，也没什么，只是在你们所放的‘落魄香’中掺和了其他几种药而已。”刘傲松轻松地道。

“你们怎会知道我施放的是‘落魄香’?”赵青锋的脸色再变，目光在身边众人身上扫了一遍，最后却落在一个人的身上。

“不错，我是奸细!”那人并不否认，他的刀极快极快地切入他身边两人的体内，在鲜血激喷之时，他的身子若灵燕一般，退入了刘家的家将队伍中。

“当!”一块石子横飞而过，击落了赵青锋甩出的袖箭，一切的一切都在刘傲松的算计之中。

“赵青锋，我劝你还是不要轻举妄动的好!”说话者正是刚才那名魔门奸细，也就是数日前被绝情处罚时斩下一只小指的陈悦。

"陈悦，你干得很好，回去后定会重重有赏！"刘傲松赞赏地道。

"谢谢松佬的提拔！"陈悦恭敬地道。

赵青锋充满杀意地道："任何背叛本门的人，都不会有好下场，陈悦，你就等着好了！"

"哼，我陈悦从来都不是你们魔门中人，在魔门之中，我已经受够了。你莫忘了我乃是土生土长的北方人，也只有你们这样一群没有脑子的蠢材方会看不出。"陈悦不屑地道，直视赵青锋的目光无比坚定，更燃起无尽的战意。

赵青锋哑然。的确，他不应该忘记陈悦乃是地地道道的北方人，他不知道为什么韦睿会用这么一个人，但此刻他却发现面前的陈悦不是一个简单的人。

所有的人都小看了这个陈悦，包括赵青锋、韦睿，甚至绝情，可却不能不佩服陈悦深藏不露的功夫。

"松佬，我想单独向赵青锋挑战！"陈悦毫不畏惧地道。

刘傲松先是一愣，后淡淡一笑，道："好，我允许！"同时又转向赵青锋道，"只要你胜了陈悦，就可以安然离去！"

赵青锋也感到有些意外，想不到刘傲松如此爽快，更似乎对陈悦充满着坚定的信心，难道这陈悦真的十分厉害？但他却在考虑刘傲松的话可以相信几成！

"哼，我刘家人说话从来都是一言九鼎，愿战就战，不愿战便拉倒！"秋月的话意有些不忿。

赵青锋纵观眼下的形式，若是不战，那只会是死路一条，单凭刘傲松的武功就不是他所能对付的，虽然他在魔门之中乃是出类拔萃的，可是面对四大家族之一的刘家老一辈高手，他只有认败一途，就是韦睿或昌义之亲来，今日一仗也只有败亡之局。赵青锋很清楚地自他的下属脸上找到了中毒的痕迹，也正因为如此，他才会一眼就知道陈悦乃是奸细，因为陈悦对毒雾根本毫不在意，只凭这一点就可以知道他有问题。而在这一群人之中，相互都受着极为严密的监视，唯有陈悦曾被绝情下令放纵二日，若是没有奸细，对方绝不会知道自己在雾中施放的就是“落魄香”，也就难以对症下药，轻松解毒。

想到陈悦这个奸细坏了他的大事，赵青锋忍不住杀机狂涨，双眼定定地盯着陈悦，狠声道：“陈悦，我会让你后悔这一决定！”

陈悦丝毫不避赵青锋的眼神，自信地道：“我陈悦从来都不会做后悔的事，也绝对不会后悔，我只是想让你知道，你今日之败，并不是偶然，魔门始终难成气候。邪不胜正，乃是古今不变的至理！”

刘傲松向身后挥了挥手，那些箭手的箭头偏开赵青锋，更后退两丈。

赵青锋也向陈悦踏进了几步。

陈悦没有动，只是冷眼望着赵青锋，淡淡地道：“这样对你不公平，即使是你败了，心中也定不服气！”说着自怀中摸出一颗药丸，与刘文卿所掏出的药丸一模一样。

“这是解药，可以让你无后顾之忧地全力投入，我不想占任何便宜，那样即使赢了你也没意思。”陈悦毫不在意地道。

赵青锋更为惊讶，心中忖道：“难道陈悦真的有足够的实力打败自己？否则怎会如此大方地赠送解药？”但他刚才见过刘文卿掏出的解药，再无怀疑，当陈悦将解药以指力弹过来之时，伸手将之接住就毫不犹豫地直吞下肚。

费明却痛苦地唤道：“师兄，放开我，一定要为我报仇！”说着以无力地眼神狠狠地盯了陈悦一眼。

“我会的！”赵青锋说得很坚决，杀意也在刹那之间狂涨。

“我在比试之前还有一个问题相询，不知你们可否解答？”赵青锋扭头向刘傲松问道。

“你想问为什么我们会死而复生吧？”刘傲松悠然问道。

“不错！”赵青锋没有否认，这也是费明及所有魔门中人都想知道的，禁不住一齐凝耳倾听。

“哈哈，这很简单！”说着刘傲松身边的一名家将已经拉开了上衣。

“藤甲！”赵青锋忍不住惊呼道。

“不错，我们每个人的身上都穿着这种东西，现在你应该明白这是为什么了吧？”陈悦淡然道。

“原来你们一直都在演戏！”赵青锋有些愤然道。

“不，应该说我们一直在等待，等待属于我们的猎物到来。”刘傲松冷漠地道。

赵青锋默然，的确，如果这些人都是身穿藤甲的话，劲箭射不死那是极为正常之事，要知道，这藤甲乃是以天山极好之藤九蒸九晒，再以油浸之后才能用作编甲，不仅可在战场上抵抗普通刀剑，更可抗拒远处的劲箭，比之铁甲、银甲更为有效，而先前虎谷之中，都是在远程射箭，只要他们挡住头部便行，是以，这些人全都只是装死。

其实他们早就应该想到，以刘傲松和刘家家将的武功，怎会比那些南朝普通兵将还先死呢？刘傲松的武功绝不会比萧传雁差，可他在虎谷之中表现得极为低调，且还早早死去，这完全不合常理，代忠祥也太小看刘家实力了。

赵青锋不再说什么，只是定定地注视着陈悦的眼睛。

陈悦竟笑了，笑得微微有些邪意，在脸上似乎泛起了一圈圈涟漪，且不断地扩大，竟似乎无休无止、无边无际。笑的涟漪融入虚空之中，似乎依然有波有纹，给人的感觉清晰无比。

“你竟是白莲社的后人？”赵青锋骇然问道，眼神却眯成一道极细极细的缝隙，不是因为怕光线强，而是为了避开陈悦那邪异无比的笑意。可陈悦却仍是漫不经心地望着他。

“你的见识倒挺广。”陈悦悠然道。

“佛魔鬼脸，只有白莲社笑面佛的后人才天生具备，你若不是笑面佛的后人，如何具备这张佛魔鬼脸？”赵青锋神情变得无比肃然，他清楚地感觉到陈悦的战意似乎随着那邪异的笑容在扩大狂升。

当初笑面佛在白莲社中排名第三十三，其可怕之处并不是武功，而是无人能及的战意，因为他天生具备一张邪异的脸，在他想杀人之时，就会泛起神奇无比的笑意，而他的战意也会随着笑意而无穷无尽，除非流尽最后一滴血！

赵青锋在十八层地狱之中，就听说过江湖中各种独特的奇门武学，自然知道佛魔鬼脸的存在。

陈悦踏前一步，轻轻的一步，极缓极潇洒，也极为神奇的一步！

就只这么一步，赵青锋感觉到陈悦这个人完全变了，变得有些陌生、有些恐怖！

那是自心底升起的一种感觉，不是因为陈悦在刹那间变得恐怖而丑陋，而是那狂升而起的气势和自信在未战之前就让人先生一种气馁之感。

赵青锋料不到陈悦比他想象中的更为可怕，的确，一直以来，他都低估了这个小人物。

赵青锋不想再处于被动状态，他出手了，利利落落地出手了！

轿帘掀开一角，那是极为纤细的五指，有若春葱，单凭这露出的几根手指，就足以勾起任何男人的遐思。

但没有人注意，也没有人会注意，因为这春葱般的五指并不是场中最为惊心动魄、最为震撼人心的物件。

最让人惊心动魄的，是一团亮丽无比的气芒，与一柄剑！

有形的气剑，那是绝情！

掀开轿帘一角的是刘瑞平，在那双美目的深处，充满震骇与惊讶。

世上竟会有如此可怕的武功，竟会有如此凌厉无比又威震天下的攻势！

除绝情外，另外那人是谁？究竟是谁呢？刘瑞平的眉头微微皱了起来，是为绝情担心，抑或是为自己担心？没人知道，也没有人在意，谁也没这个闲情去管这个已被遗忘之人的心思。

刘瑞平的心情似乎很激动，眸子中除了少许的忧虑之外，竟多了一丝欣喜，甚至有泪花，暗忖道：“难怪以蔡伤的绝世武学，依然会伤在绝情的刀下，这完全是因为绝情的武功的确已经突破了人体的极限，达到了一种无法想象的境界。”

可他的对手似乎也拥有同等级别的力量。

那名轿夫看得如痴如醉，能目睹当世两大绝世高手交战的确是一件赏心悦目的事情，虽然沙石、败叶、枯枝四处横飞乱撞，但那名轿夫似乎根本感觉不到，他的目光完全被眼前的战斗所吸引，心神也为之所夺。

绝情身子疾旋，越旋越快，那柄横空的有形气剑也在狂旋，有若一把巨大的钻子直钻入那团耀眼的气墙。

这正是铁异游的独门神功“铁异游”，绝情曾在唐家村见过一次，而后更亲身感受过这招强大无比的攻击力，而此刻，在他人剑合一之时施展出来，竟起到了意想不到的效果。

神秘蒙面人的眼神中显出无比惊讶之色，绝情的剑竟可以突破他的气墙，直逼其面门，而且速度越旋越快。

“呔!”那神秘蒙面人吐气开声，强光暴盛，犹如旋风一般旋动起来，在气流之间，形成无数可以撕裂任何物体的旋涡。

绝情也为之惊骇不已，他没有想到对方竟然可以在如此情况之下说变就变，但他却明白这一变，对方将失去一切先机，处于被动，抑或处在挨打的局面，除非对方有更为可怕的战术和招式。

绝情的身形疾泄，那人剑合一之势竟被气团中的旋涡破解。

刘瑞平和那名轿夫禁不住目瞪口呆，谁也想不到结局竟会是这样。

绝情的剑依然在手中，但却是两个人握着，那神秘蒙面人的衣袖尽裂，露出坚如钢铁般粗糙而黝黑的肌肤。

剑尖，就在这神秘蒙面人的两指之间。

两人相斗至千钧一发之时，神秘蒙面人竟夹住了绝情的剑，一举破解绝情融合了“黄门左手剑”和“铁异游”两种绝世剑法的致命一击!

绝情的衣袍尽鼓，若膨胀的气球，眸子之中仍然跃动着狂野的战意。

神秘蒙面人的眸子亦十分镇定，更显自然和冷静。

四道目光在空中相交，有若交缠的雷电，激发了各自内心的狂意。

一道黝黑的光亮闪过，出自一个难以想象的角度，似乎来自地狱，跳自冥界，以一种无法意料和描述的弧度划出！

那是绝情的刀，致命的刀！

神秘蒙面人这次才真的眼神变了，不再是那么镇定，不再是那样自信和狂热，而被震骇和慌乱所代替。

在这要命的时刻，绝情竟然还能出刀，还能使出这么神奇的刀法！

没有半丝预兆，没有半丝声息，甚至让人无法感觉这一刀的去向。

这一刀，不知从何处来，更不知落刀何处，但有一点可以肯定，那就是一定会给对手带来致命的创伤！

“嘭！”绝情手中的剑，碎裂成无数块废铁，没有目标、没有方向地喷射而出，也就在这时，绝情的刀芒一盛。

犹如一幕光雨洒过，绝情完全消失于这一幕光雨之中，包括那神秘蒙面人。

“怒沧海！”神秘蒙面人的声音自光雨之中传出，已被刀气扭曲得不成声调！

天地之间，一片空白！在所有人的心中似乎都有这种感觉。

心神更似被这一刀带入一种虚幻而空无的世界之中。

这一刀，有若轮回了数世之久，终于在一声“霹雳”和一道闪电之下解散。

是真真实实的霹雳、真真实实的闪电，自那幕云端直射而下，雷声历久不绝。

绝情没有动，身上插满了碎裂的剑片，刀，没有人看见归自何处，就像没有人知道刀是出自哪里一般。

地上，一片焦黑，正是刚才那道闪电劈击所致，更有几滴鲜血在绝情衣衫之上溅成一圈美丽的涟漪，但他却立成了一棵似乎已经枯萎了数百年的树，抑或是一座丰碑。

几片碎布若翩翩起舞的蝴蝶冉冉飘下，那神秘蒙面人终于露出了一张苍老得几可裂成色壳的脸，半黑半白的头发散披于肩，自有一股不灭的威风。

黑衫之上，裂开一道刀痕，浅浅的，但却凝成了一串细碎的细珠。

刀口不长，才三寸，但就只凭这三寸创口，已经告诉人们一个事实，绝情胜了！

“年轻人，你胜了！”老者眸子中依然透着一股霸气，爬满了皱纹的脸像是风化了的花岗岩，给人一种刀枪不入的感觉，声音雄浑之处，并无负伤之感。

“你完全有与我两败俱伤的能力，甚至可以不败！”绝情也有些惺惺相惜之意，毕竟在这个世上寻求一个真正的对手很难，他十分明白这一点。

刘瑞平眸子之中显出一丝疑惑，这是什么人呢？竟然会如此可怕，那就是说世上像蔡伤和尔朱荣这般高手绝不止两人，像场中的老者就绝对算得上一个，可是他又是谁呢？为什么以前没听人提起过呢？

“长江后浪推前浪，老夫老矣，不想再争强好胜，又为什么要两败俱伤？虽然你胜在侥幸和奇兵突出，可你只要假以时日，定会远远超过老夫！”

“我为什么从没听人说起过你？以你的武功定不会比尔朱荣差，真让我有些不解。”绝情眉头稍皱道。

那老者眸子中透出奇光，问道：“你与尔朱荣交过手？”

绝情点了点头，道：“只不过是数招之间，但我敢肯定他不会比你强！”

“那你爹呢？”神秘老者又问道。

“我爹？”绝情反问道。

“难道你爹不是蔡伤？”神秘老者呆了呆，愕然道。

绝情心中一动，笑道：“不错，但我却无法将他与你的武功评比，我想你们应在伯仲之间。”

“哈哈哈……”神秘老者竟快慰地大笑起来，“好，并不是一个喜欢浮夸之辈，蔡伤与黄海能够教出你这样的好接班人，他们也应该引以为自豪了。”神秘老者并无不悦地道。

绝情神态立刻改变了不少，仍有些不解地问道：“敢问前辈高姓大名？刚才得罪之处还请见谅！”

神秘老者见绝情的语气改变了许多，也微微感到畅快，却仍道：“老夫已很久未出江湖，亦不想让世人知道，我自己也忘了自己叫什么名字，相知不如不知。”说着转身向剩下的那名轿夫道，“咱们走！”

那轿夫这才如梦初醒，一把扶住身受重伤的伙伴，跟在神秘老者的身后缓步而去。

绝情驻立良久，才长长吁了口气，伸指在腰椎上一点，缓缓将满身细铁片尽数拔下。

每一片都微微切入皮肉，但也并不深，以绝情的护体真气，竟仍然阻止不了这些碎铁的侵袭，可见其势是如何猛烈。

“蔡风，你受伤了？”刘瑞平竟从轿中走了出来，关切地问道。

绝情扭头回首，忍不住心头一颤，这并不是他第一次看到的刘瑞平，在这之前，他曾潜入刘家送亲的队伍中见过刘瑞平一面，而通过刘府内部的消息，刘瑞平更与蔡风有过一次相遇。是以，他便正好名正言顺地化名蔡风来相救刘瑞平，以感情之计骗出《长生诀》的所在，虽然他并不想以这种手段对付一个弱质女孩，可是这却是金蛊神魔田新球的吩咐，只要是田新球的吩咐，他绝对会遵照其意去办，且会办到最好。是以，那神秘的老者说他是蔡风之时，他毫不犹豫地承认了，却没想到刘瑞平竟会如此关心他，心头微微诧异，也微微有些妒意，忖道：“为什么这么漂亮的美人都牵挂着蔡风，而我绝情却只能如孤雁般流落江湖，而且牵挂着蔡风的，全都是那些有身份有地位的绝世美人！”

绝情掩饰不住激动，不是因为见到刘瑞平而激动，而是因为心头燃烧的妒火，对那从未见过面的蔡风产生了无比强烈的嫉妒，为什么蔡风能够出生在武林神话般的人物家中？为什么会有如此多的人关心他、想念他？更有这么多美人深爱着他！而且为什么这些人全都将他当成蔡风？为什么不是蔡风像绝情，而定要绝情像蔡风呢？难道蔡风真的是如此优秀吗？难道真的是绝情不如蔡风吗？而他绝情似乎注定绝情绝义，连朋友都会杀他、对付他！这一切是谁的错？究竟是谁的错？绝情无端地涌起无尽的恨意，在这一刻，他暗下决心，一定要让蔡风不开心，只要是蔡风不高兴的事，他都干！

“蔡风，你怎么了？伤得很重吗？”刘瑞平扶住绝情的手关切地问道。

绝情心头一惊，神情恍惚之中，在没有防备之下被刘瑞平抓住了手，这的确让他吃了一惊，若非失神，刘瑞平绝对抓不住他的手。

想到刚才为蔡风的事而失神，禁不住暗自警惕，暗自奇怪自己怎会涌起如此狂烈的妒意，难道竟是因为眼前的刘瑞平？不由得再一次将刘瑞平打量了一番，他口中却淡笑着回答道：“我没事，咱们又见面了，真是好！”

刘瑞平一愣，心中忖道：“难道他仍记得以前的事，是真的蔡风？”但神色不变，微微担心道：“看你，都流这么多血了，不说没事！来，我给你包扎一下。”

“不必，血很快就会止的，倒是让你受惊了。”绝情在这一刻竟变得极为温和，但心中却拥有一个无比邪恶的打算，他一定要让所有爱蔡风和蔡风所爱的女人全都受到伤害，伤得越深也许他就越高兴。这便是对世道不公的一种报复，但他却不知道自己正是蔡风，这或许就是毒人的悲哀，可这一切全都是命中注定！

刘瑞平显出一丝微微的羞涩，感激地道：“谢谢蔡公子救命之恩。”

“咱们……”说到这里，蔡风的脸色微变，手指在刘瑞平未曾有反应的当儿就已点在她的京门穴上。

“你，这是为何？”刘瑞平骇然惊问道。

绝情冷冷一哼，不屑地道：“任何易容之术都不可能逃过我的眼睛，你的易容之术的确已经达到了顶级，可惜……”

刘瑞平的脸色变得极为难看，但仍忍不住问道：“可惜什么？”

“可惜你的眼睛仍有少许的漏洞。”绝情转身负手而立，冷冷地道。

“眼睛？”刘瑞平更为骇异。

“你的眼神之中始终透着一种野性，与刘姑娘那柔和温婉的眼神是两种不同的意境，虽然我并未与刘姑娘相聚太长的时间，可却读懂了她的眼神，这是任何易容大师都无法改变的内在气质。还有，你的眼角微收，这是因为你的眼睛比刘姑娘要大，而易容师无法将你的眼角缝上，只得以一种膜胶掩饰，这就是你整个易容唯一的漏洞，若非发觉你眼神的不同，还真不易找出其中的破绽！”绝情淡然道。

刘瑞平心头微感失望，更涌起一阵难以形容的恐惧感觉。

“我可以看一看你的真实面目吗?”绝情扭过头来，眼中泛起微微的俏皮之色，悠然问道。

“既然我现在已落入了你的手中，你爱看我又能如何?”刘瑞平冷冷地道。

绝情的眼神突然变得极冷极冷，淡漠地道：“刘姑娘在哪里?”

刘瑞平不答，只是淡淡地望着绝情，神情显得极为镇定，似乎早已将生死置之度外了一般。

绝情见假刘瑞平不答话，也不再多言，只是伸出修长而素白的手，张开五指，向假刘瑞平的脸上抹去。

“你想干什么?”假刘瑞平心头一惊，忍不住呼道。

“我只想看看你是谁?”绝情说话时，手掌已经搭在假刘瑞平的脸上，自上向下一抹。

假刘瑞平只觉得脸上一阵温热，似乎一盆温水自头顶流过，当这感觉消失之时，却发现绝情呆呆地立在那里，手中更似有一张蝉翼般的东西。

绝情神色有些呆然，眼前这张俏丽无双的脸容似乎在他记忆的深处是那么的熟悉，可是他却记不起究竟是在哪里见过这张熟悉得不能再熟悉的脸，是以，他唯有呆呆地痴立着。

易容之下骇然正是凌能丽那绝世的容颜，一种与刘瑞平完全迥异的美丽，正如绝情所说，那野性的眼神配合着这美丽若星辰的大眼睛，更具另一番无可形容的风韵。

“你究竟是谁?”绝情的声音有少许的惊诧和失落，是一种莫名的失落感，可在他的心中的的确确存在着，好像他是来自异度时空的异种，而凌能丽的容颜唤起了他对异度时空的怀念，是以，在他的心中涌出一股莫名的失落感。

“你不认识我吗?”凌能丽有些失望，但神情仍极为镇定与冷静。

绝情微微有些茫然地摇了摇头，旋即恢复了镇定，再次冷漠地问道：“刘姑娘究竟在哪里?”

“她在轿子的夹层之中!”凌能丽也不打算再作任何隐瞒。

绝情神情稍缓，慢步行向大轿，果然隐隐听到短促的呼吸之声。

绝情掀开轿帘，里面却空空如也，但他清楚地感到一阵淡淡的幽香飘至，如兰似麝。

绝情目光如电，果在其后壁发现了一道极细极细的缝隙，运功一震。

轿身“哗”的一声剧震，那层木板竟裂成七八块，刘瑞平的身子软软地偎在角落里，却是被人制住了穴道。

第一百零三章　假戏真演

赵青锋的兵刃似剑似刀，却在刃尖分开两叉，这无一不清清楚楚地落在陈悦眼中。

陈悦的眼光几可清晰地看到赵青锋那对尖刃的运动轨迹。

的确，两叉的速度之快，任何人都不能小看，而赵青锋的功力也绝对非一般高手可比。

陈悦绝不会小看任何敌人，这就是他为何能够如此一直深藏不露的主要原因，而在绝情命他断臂断指之时，他之所以会丝毫不犹豫，是因为陈悦心中很清楚，他与绝情的距离太远太远，任何反抗都只能遭受更为残酷的结果，但他却绝不会怕赵青锋，他极为佩服绝情的赏罚分明，深懂用兵之道。

赵青锋很少出手，但实战经验之丰富，却是绝对不用置疑的。能自十八层地狱中杀出，其本身就是无数次生与死磨砺之后的结果，是以这一批来自十八层地狱的人物，个个都有着无数次生与死的经验。

陈悦再斜踏一步，小小的一步，却使他的气势再增，在双叉与他相距三尺之时，也就是他气势蓄到极端之际。

陈悦出手了，看似是两片浮云荡出，却只是那只长长的衣袖。

长袖微飘，竟似燕舞，幻出一道道神奇的云彩。

双叉消失，就像是坠入了泥沼。

赵青锋心头骇然，可在突然之间，他却感觉到一种异样的震惊，他的双叉被什么锁住了。

“嘭！”一声爆响，陈悦的衣袖若满天的残蝶狂舞而起，向赵青锋的面门罩去。

“燕环双绝！”赵青锋再次惊呼。

陈悦眼中绽出那邪邪的笑容，脚步再错，破碎的衣袖之中露出两个镔铁小环，不大，只不过一根筷子的直径。

双叉正是被环子所套，铁环上的铃铛震出一种勾魂摄魄的轻响。

赵青锋聚集一口真气于嘴，狂吐而出，那破碎的衣袖在刹那间软化飘落。

“砰！”却是赵青锋与陈悦各攻的一脚，两脚在半空中相交。

两人身子同时一歪，但却并未分开，因为那要命的双环紧紧扣住双叉。

赵青锋的脚犹如灵蛇般变为被一震而退，却是顺着陈悦的脚滑出，然后脚尖一勾，竟点在陈悦的膝轴之上。

陈悦身子再震，赵青锋双叉又是一推，在陈悦一愕之时猛抽，滑脱双环的锁扣。

陈悦没想到赵青锋竟如此灵活滑溜，双环若幻影般推出，竟出现了数十只小环，环中套环，织出一张巨网。

赵青锋惊骇之余，身形倒退，他深知刚才能抽出双叉的确是侥幸所至，以燕环双绝的厉害，绝不会给他第二次逃脱的机会。

“砰！”赵青锋只感到刃身一震，一只镔铁环飞击在其上，并反弹而起，以一种奇妙的弧线撞在另一环之上，再弹起，数十只环在空中相互激撞竟形成一道网罗。

赵青锋竟有些应接不暇之感。

“砰！”“呀！”赵青锋一声惨哼，陈悦的脚竟自一环之间穿过，踢在他的胸膛。

结结实实的一击，只使他气血翻涌，倒跌七步。

陈悦并未趁机进攻，反而双手凭空一抓，收环而立，冷冷的眸子，紧紧地盯着赵青锋的眼睛，缓缓逼去。

“刘姑娘!”绝情唤得极轻，轿内的刘瑞平微微眨了眨眼。

绝情伸手抓住刘瑞平的手，一股劲气输入，在刹那间，竟冲破了所有被制的穴道。

“谢谢公子相救。”刘瑞平微微有些脸红地抽回手，幽幽地道。

绝情退后一步，淡笑道:“咱们各自互救一次，也算是扯平拉直了，何谢之有?”

“公子还记得那日之事?”刘瑞平有些不好意思地问道。

“当然，姑娘相助之恩不敢稍忘。”绝情微有些含糊地道。

刘瑞平立身而起，轿子极高，竟也不撞头，优雅地一笑道：“不就是一杯淡茶吗?怎敢劳公子如此记挂?”

绝情已完全无法记起当日之事，他的记忆早被禁锢，所知道的只是刘家潜藏的探子提供的消息，哪里会知晓其中细节问题?听到刘瑞平说到一杯茶之恩，不由得也应和道:“受人点滴，定当涌泉相报!”

刘瑞平心中立刻证实眼前的蔡风的确是已经忘记了过去，因为那晚在船上，他根本就未曾喝过茶，自己只是让秋月端了碗姜汤而已。但她此时依旧不动声色，刚才凌能丽被擒，她便立刻自制穴道，一切都做得天衣无缝，蔡风果然如蔡伤所说，此刻已经变得无比可怕，无论是眼力智慧抑或武功，都达到了骇人听闻的地步，难怪蔡伤会如此担心。她暗下决心，要以己身施行蔡伤的计划，绝不能让蔡风落入魔门之手，同时内心深处仍对蔡风有着一种极为向往之情。两年未见蔡风，而蔡风容颜未变，只是比之以前更多了一分深沉与忧郁，此刻虽有些陌生之感，可她却知道，这是唯一改变家族替自己安排一生命运的机会，她绝不能放过!

“你点了她的穴道吗?”刘瑞平突然一指凌能丽问道。

绝情却反问道:“是她点了你的穴道吗?”

刘瑞平点了点头，道：“不错，只不过她是出自一片好心，她知道路途凶险，是以易容代我冒险，刚才因场面太过混乱，就出手点了我的穴道，怕我出声引起贼人的注意。哦，对了，我这位朋友说她认识你呀，怎么你不认识她吗?”

绝情心中本有一丝怀疑，却没想到刘瑞平先来这么一个反问，致使他疑虑尽消，更要想办法回答刘瑞平的话，心中禁不住暗叫厉害。但他却知道，要取得对方的信任，就必须尽快作出答复，而刚才在凌能丽面前说过不认识对方，眼下只得将错就错一口否认。

金蛊神魔千算万算，却没有算到这之中会出现一个曾对蔡风一往情深的凌能丽，当然更想不到蔡伤反其道利用毒人的弱点布下一个他最不想发出的局。

绝情若非听信金蛊神魔的计划，按照金蛊神魔的思路去完成这次任务，就绝难落入这个局之中。

此刻绝情已承认自己是蔡风，所有的行动就变得缚手缚脚，完全无法发挥自己一贯的作风，皆因他对过去所发生的事完全忘记，就算仍有些模糊的印象，也根本捕捉不到其事的经过，这便是致命的漏洞。

“是吗？我怎么记不起与她曾见过面的经历？真是很抱歉。”绝情扭头望了凌能丽一眼，伸手隔空一拂，竟在无形间解开了凌能丽的穴道。

凌能丽心头微酸，想到蔡风变成毒人绝情实是因为她的错，禁不住黯然神伤。

“表妹，我想你可能真的是记错了，这里没事了，只要蔡公子在，就不会有危险，你放心好了。”刘瑞平抢过话头，拉着凌能丽的手，挡住她那黯然神伤的表情，以免被绝情发觉，更向凌能丽打了一个眼色。

凌能丽忙收敛心神，暗赞刘瑞平心细如发，更多了一丝感激，她知道自己未曾做完的事情将由刘瑞平替她完成，同时心中更涌起一股莫名的醋意和酸楚，但很快就压了下去，装作有些不解地问道：“难道你不和我一起回去找总管他们吗？”说话间眼睛不自然地望了蔡风一眼。

刘瑞平禁不住暗赞凌能丽是个演戏天才，如此以退为进，一唱一和正好引绝情入瓮，但仍幽幽地扭头望了绝情一眼，才叹了口气道，“回去又如何？命运总会由别人主宰，既然是南朝迎护不力，我不想放弃这个理由，生命的美好，就是在于能尽兴而活，你代我向总管说，平儿暂时不想回去，除非能解除与南朝的婚约！”

绝情和凌能丽都微微一呆，想到当初刘瑞平逃出刘家，不就是为了避婚吗？甚至有意寻找蔡风，而此刻这般决定的确是极合常理，也隐隐向绝情发出暗示。

绝情心中大喜，因为他认为刘瑞平真的已经将他当成了蔡风，才会作出这种决定，这对他施行计划的确是更有利，而他当然不知道刘瑞平此刻早已识破了他的意图和身份，更将计就计各怀鬼胎地斗智，且以有心算无心地与他完成游戏。

"可是他们一定会担心的？"凌能丽仍装作极为关心地道。

刘瑞平幽幽一笑，吸了口气，落寞地道："他们担心的不是我，而是如何向萧正德交代，你让总管大人不妨告诉萧正德，他已经失去了资格，他根本无力保护我，我也不想再作政治的牺牲品，你走吧表妹，并顺便告诉他们，我会回去的，但却不是现在，也不是在与南朝萧正德没有了断之前。"

凌能丽和绝情听到刘瑞平说得如此坚决，知道她的确已经铁下心来。

"那你要保重了。"凌能丽有些无奈地道，这次的表情的确不是装出来的，想到蔡伤本把这个任务交给她的，可是终还是落在刘瑞平的身上，的确有些无奈。

"蔡公子，那我表姐的安危就交托给你了，希望你能好好照顾她。"凌能丽又扭头向绝情道。

绝情神色极为庄重，认真地道："只要刘姑娘愿意与我同行，我定尽最大的努力保她平安！"

凌能丽脸色一变，微微有些不悦地道："我表姐乃孤身女子，如何能独行江湖？何况你们早是旧识，难道你还忍心让她独自去饱受江湖风雨……"

"表妹！"刘瑞平叱声打断了凌能丽的话，红着俏脸偷偷地瞧了绝情一眼，黯然道，"人家蔡公子也许有许多大事要办，没有时间，你又何必……"

听到这里，绝情哪里还不明白刘瑞平的话意，这明明就是说：只要他有时间，就想与他一道。这正中绝情的下怀，不由得爽朗笑道："有美同行乃人生一大快事，我蔡风会拒绝很多东西，却不会拒绝这件事。你放心好了，我定会照顾好刘姑娘，反正这段时间我没事，不如陪刘姑娘四处走走，迎着塞北的寒风，踏着南国的雪霜，只要刘姑娘高兴去哪儿，便去哪儿，如何?”

刘瑞平和凌能丽心中微喜，都露出一丝不好意思的笑容，但却知道绝情正在一步步靠近她们的计划中心。

“是我错怪了蔡公子，在此道歉了，愿蔡公子和表姐一路开心，今日就此别过，但请表姐尽快回家，别让太爷等得太急。”凌能丽仍装得极为认真地道。

“我明白该怎么做，你先回去吧，小心一点。”刘瑞平再一次握着凌能丽的手，恳切地道。

凌能丽心头微有一丝伤感，也重重地握了握刘瑞平的手，这才向两人道别，转身而去。

陈悦神态极为悠闲，就像他所踱的步子一般。

“你是燕环双绝的传人?”赵青锋渐渐恢复镇定地问道。

“这一切并不重要，重要的是你今日一定要战胜我才能够活着离开此地!”陈悦充满了强烈的自信道。

赵青锋对白莲社内的人物了解极多，因为白莲社曾是魔门最大的敌人，虽然在四十五年前白莲社四分五散，可那潜在江湖各个角落的实力绝对不容小视，而燕环双绝当年曾排在白莲社第二十四位，全凭功夫占稳这一席位，最擅长环功，曾经让魔门许多高手丧命在其环上，是以魔门将这个对手看得极高!

刚才赵青锋的双叉被锁住，加之对方那古怪的招式，就立刻想到了燕环双绝。

而此际，白莲社的后人怎会和四大家族的刘家走在一起呢?难怪刘傲松对陈悦如此信任，若陈悦乃是笑面佛的后人，又是燕环双绝的传人，其武功自有独特之处，更非一般人所能想象的。

的确，一直以来，他们都太低估了这个陈悦，更低估了刘家，也低估了白莲社存在的力量，这是一个错误，绝对致命的错误！也是他今日败亡的根本原因。

赵青锋不再发问，双目紧紧盯着陈悦的脚，将对方每一步的细微末节都看得清清楚楚，这对于他来说，的确很重要很重要。

陈悦的每一步走得似乎极为轻闲，但实际上每一步皆经过了极为细心的抉择，一种感觉的抉择！他完全凭着自己的感觉去走每一步，这种感觉正是引导他作出选择的根本。

一阵锐啸在赵青锋的耳际划过，一道白光迷茫了他的眼睛。

那是陈悦双环中的天环，没有人敢怀疑这一环的力量，更没有人敢怀疑这一环的速度和角度，那是与任何其他兵器所不同的弧度。

玄妙至极，却是回旋之势。

赵青锋不得不收回目光，双叉斜劈而下，他不再上刚才的当。

陈悦就是要赵青锋移开目光，就在赵青锋移开目光之时，他脚下的步子一变，以鬼魅般的身法趋近赵青锋。

"当！"赵青锋这一击算得极准极准，也结结实实地斩在那天环之上，但就在此时，陈悦的另一环已经撞向了他的小腹。

无论是身法与环的配合，还是战机的把握，陈悦总是占了那么一些先机。

赵青锋一声冷哼，小腹收缩之时，双叉顺势再次下劈。

陈悦必须退，赵青锋似乎对他刚才的步法有所领悟，竟然极准地算出了陈悦地环攻击的角度，是以陈悦唯有退！

不错，陈悦是在退，而且退得很快，在退的同时，那只天环下套，像奇迹般再次套住赵青锋的双叉。

赵青锋的嘴角泛出一丝阴笑，极邪极邪，但是陈悦并未看见，当然陈悦的笑，赵青锋也没有看到，这或许正是命运！

赵青锋笑容未敛之时，突然觉得一件极为锐利的兵刃袭入了他的体内。

那是一根刺，长长尖尖的刺，正是自地环上弹射而出的。原来，在地环上有一个小孔，而在环内更有一道细小的暗槽，若不仔细审视，绝难发现！暗槽之中就是那根长长尖尖以玄铁打制而成的刺，陈悦一按机关，那根尖刺便自小孔中弹射而出，赵青锋在绝没防备之下，如何能挡？竟被长刺刺个正着。

而在此同时，陈悦也一声惊呼，赵青锋的双叉竟自两刃之间裂开，变成两柄单独的利刃，被天环所锁住的，只是那柄宽刃尖，而另一柄小剑却滑出天环之外，切入陈悦的右胸。

鲜血飞溅，陈悦狂号一声，一脚踹在赵青锋的小腹上，身形飞射而退，连天环也不要了，但仍未躲过对方一击之危，只是险险拣回了一条命。

赵青锋也狂跌而出，幸亏陈悦中剑在先，这一脚之力比之第一脚较轻，但也足够赵青锋受的了，更何况那根尖刺已深深地刺入了他的体内。

“陈悦，你这卑鄙小人，竟用暗器！”费明忍不住骂道。

那一伙魔门门众此刻也腹痛如绞，本来因为赵青锋未能与陈悦决出胜负，不敢轻举妄动而害了赵青锋，谁知道越拖下去，中毒越深，等到赵青锋与陈悦决出胜负之时，毒素已经侵入了他们的体内。

陈悦残酷一笑，道：“赵青锋，枉你自认聪明，今日终还是栽了！”说着惨笑两声，却自嘴角溢出血来。

“陈兄，你没事吧？”刘文卿急忙扶住陈悦，关切地问道。

赵青锋容颜惨淡，咬牙切齿地道：“你卑鄙，原来与我单决，就是要拖到他们毒发无力再战，才好一网打尽，你好毒！”

“哈哈，无毒……不丈夫，想要活着比人好，就得不择手段，只可惜，你后悔……也迟了。”陈悦掩饰不住得意之色道。

“想不到你们刘家也如此卑鄙！”费明有些不屑地骂道，紧接着又一阵猛地咳嗽。

刘傲松没有出声，只是默默地听着，打一开始他就明白陈悦的战略，他并不是对陈悦战赵青锋抱很大的希望，可他却知道，以陈悦的武功绝对可以将战局拖上一盏茶的时间，而有这一盏茶时间，林中毒气就可完全侵入这些敌人的体内。那时候，这些人才真正没有什么反抗之力，若是打一开始就发动攻击，那这些人必会作困兽之斗，虽然胜利定是属于己方，可也绝对会损失惨重。

垂死挣扎的恶兽是最具杀伤力的，陈悦首先便认识到了这一点，所以打一开始就以决斗套住赵青锋，那慷慨赠药也只是演戏而已，可到了这一刻，赵青锋才真的明白过来，但已经迟了。

“陈悦，你干得很好！”刘傲松赞赏道。

“谢谢松佬夸奖！”陈悦说完闭上眼睛，刘文卿迅速给他止血、包扎。

暗月寨。

不是很有名气，但却绝对不能小觑。

江湖中人，不一定全都知道这个地方，这个寨头，但知道这个寨头存在的人，定知晓这个寨头的厉害和势力。

暗月寨，在蒙城和固镇之间，正是南北两朝交界之处，与宿州成夹角之状，更有将洪泽湖与黄河相连的大河相伴，其地势占尽山水之利。

暗月峰不高，但传闻在天空万里无云之时，可以遥遥望见水天一色的洪泽湖，而暗月寨就在暗月峰之上。

正因为暗月峰在南北两朝的夹缝之间，又是暗月寨的立根之地，是以暗月寨在两朝边防之上极为吃得开。

没有哪一方想得罪这样一群亡命之徒，因为任何一方都没有必要出兵去讨伐这群人，更何况这些人所作的案子又不是在他们管辖的范围之内，是以，暗月寨是左右逢源，乐得清闲，也更为所欲为。

暗月寨之所以能一直屹立不散，不仅仅是因为其地势之利，更因为寨中人物没有一个是官府惹得起的凶人，只要能相安无事，也便谢天谢地，谁还会去寻暗月寨的晦气呢?

暗月寨中人也很清楚地知道，他们之所以不引起两朝的攻击，是因为他们绝不做激怒两朝之事。

蒙城、宿州、固镇守将无一不是难得的高手，所以他们绝不会蠢得去招惹这些人，在两朝之间的这块真空地带也有足够的空间让他们发展，他们又怎会再去自寻麻烦呢?

正因为暗月寨地势超然，声望也似乎超然，也就成了两朝凶人的避难之所。

一些在两朝犯了事的凶人无处可逃，便寄居于暗月寨，无形之中，使得暗月寨内的江湖实力大增。

暗月寨寨主饶刚，似乎在江湖道上名不见经传，可却能够震服所有入寨的凶人，二寨主肖忠却是江湖之中红极一时的人物，但那已是十三年前。

肖忠，乃是蔡伤与黄海潜隐之后，江湖中出现的新秀人物，挑战有南朝第一刀之称的彭连虎，后来终在两百零八招上败阵，方才进入暗月寨。那便是在十三年前，彭连虎在蔡伤“怒沧海”之下偷生，刀道更晋两级之后的事，可见肖忠的武功之强，已与彭连虎相差不多。

肖忠的武功十三年前已如此厉害，那十三年后的今天，他的武功又会达到一种怎样的境界呢？无人知道。

三寨主范沁，这是一个近十年才崛起的人物，知道暗月寨的人，就一定会想到范沁，或许他们会不知道大寨主饶刚，但却一定会知道范沁。

没有人知道他的来历和出身，他就像是一颗突然落入世间的流星，寻不到他的轨迹，找不着他的起源，但有人怀疑他与玉手罗刹曾丽同出一门，因为当年玉手罗刹灭神武镖局之时，他就像是影子一般，在神武镖局附近出现过，甚至更有人怀疑，神武镖局的总镖头赵学青就是死在范沁的手中。否则，单凭玉手罗刹一人之力，要想灭掉神武镖局，的确有些让人难以置信，当然，江湖中的传说自然不一定正确，却也非空穴来风。

暗月寨的事似乎已经全都由范沁打理，而饶刚和肖忠只是在幕后，没有人知道他们二人在干些什么，他们的神秘就像是他们自身的武功一样，是个谜！

暗月寨在江湖人的印象中已和飞龙寨、青锋寨列为黑道中三大寨。

暗月寨甚至隐隐有盖过飞龙寨之势，只是没有人知道三大寨中究竟是谁的势力更强一些，但可以肯定地说，暗月寨的地利及人和绝对胜过其他两大寨，不过，暗月寨的行事似乎十分低调！

当然，十分低调并不是说没有事情发生，绝不是！今日，就有人找上了暗月寨。

很久很久没有人敢上暗月寨闹事了，可今天这种情况却出现了。

人不多，才几个！有时候，人多并不是一件好事，而人少并不等于实力弱。

立在寨门口的，是剑痴！而在他的身后，还站着四人，四个很普通很普通的人，似乎在任何人群中都可以随便抓出一把，所以，这样的人，你就是看见十次，也不一定会注意他是怎样一个形象。

而在这四人身后，仍立着一人，一个矮子！似乎只有十二三岁的小孩那么高，可他给人的感觉却偏偏是——高！

的确，这个矮人仿佛越看越高，竟似乎没有人比他更高，这是一种感觉，一种极为矛盾的感觉，可真真实实地存在着。

这个矮人不仅矮，也挺胖，脸上的肉似乎把鼻子都挤扁了，那两只细小而纤长的眼睛像是用菜刀在一堆肥肉上砍开的两道刀痕。

就这么六个人！

剑痴很少这样抛头露面地直接走在人前，他总喜欢将自己的面目掩盖起来，其实他并不丑，虽然苍老了一些，但给人的感觉仍是那么精神。

脸上的皱纹微微凹下，却又有另一种魅力，像是一道道刻在脸上的剑痕。

暗月寨的寨门似乎很雄伟，高高的石墙，砌成一道巨屏，那极厚极厚的巨木门都以铁皮包扎起来，颇有几分气魄。

寨门高近两丈，门高却有一丈五，寨墙全以山石巨木垒成，让人感觉到，纵使千军万马，也无法破寨而入。这也许就是暗月寨一直能在两朝之间相安无事的主要原因之一，要知道，像暗月寨这样一个战略要地，无论是哪一朝战领，都会给其带来极大的方便。两朝又怎会舍得放下这样一块肥肉而不吃呢？全因他们根本没有把握可以一举攻下这座坚寨，只要拖得一时半刻，另一朝定会派出军队来击，这就是双方都不想让对方有机可乘的原因，一个不好，暗月寨投靠了另一朝，只会变成陪了夫人又折兵之举！这也就是暗月寨在夹缝中生存的秘诀。

其寨门的确有千军万马都无法攻开之势，但剑痴所带来的却非千军万马，而是六个人，只有六个，不多不少的一个“顺”字！

寨头上的人其实早就发现了他们，只是并未在意，他们根本就未曾将这六个人放在眼中！

绝对没有人会相信，单凭六人会是找暗月寨晦气而来的。

寨门并不是敞开的，但寨头却有人，在剑痴径直走到寨门之前时，才有人对六个不速之客稍稍有了些重视。

高手，自有高手的一种独有的气息，并不是因为他们在寨墙之上就不能感受到这种气息的存在。

剑痴跨出的每一步都十分悠闲、十分轻松，就像嫖客逛窑子一般，可每一步却是常人的三步之远，这却不是每个“嫖客”所能做到的，是以，当六人行近寨门之后，寨头上的人立刻发现了六人的异样。

更让寨头之人感到惊讶的，却是那个矮人，的确，这种人走在哪里都会成为人们目光的焦点，因为他可以给人一种极不对称的感觉。

那是一种只能让人仰视的气势，这人又是谁呢？

“来人请止步！”寨头之上一名守卒以比较平和的口吻唤道，他们也在为自己有这么好的态度而感到奇怪。

剑痴没有止步，依然是那么轻闲而优雅地前行，口中只是低低地送出两个字：“开门！”

寨头守卒哪见过如此不客气的人？但却深深感觉到剑痴的来头定然不小，这点只从对方的气势上就可很清楚地感觉到，不禁有些客气地道：“请问几位如何称呼，可有拜山之帖？”

“你问得太多了，去叫饶刚来见我！”剑痴有些不耐烦地道，却连头都未曾抬起。

寨头之上的人一愣，没想到自己尽量以如此客气的语调说话，却仍会遭到对方的这般无礼，然而他们倒真被对方的身份给蒙住了，但却知道这几人气势汹汹，应该不会有什么好事，也便有些不忿地道：“你以为你们是谁，我们大寨主是随便什么人都能够见的吗？我劝你还是写好拜帖……"

"这就是拜帖!"一声低沉而清晰无比的冷哼响起。

寨头上那名守卒被吓得魂飞魄散，因为他突然发现那个矮人就站在他的身边。

这几乎完全不可能，但却是事实，没有谁看见这个矮人究竟是怎样上到寨头的，似乎他从开始到现在，一直就是站在这名守卒伯身边，这叫他们怎么不惊?

"呀!"一声惨叫，那守卒若弹丸一般被甩下寨头，在寨墙下摔得脑袋迸裂。

守在寨头的众守卒皆大惊，一齐向那矮人扑去，长枪、短戟一阵乱扎，但是他们很快就发现这个矮人已经不见了，就像是幽灵鬼魅一般，在他们的围攻之中消失，只吓得他们慌忙撤回兵刃，生怕扎伤了自己人，可就在他们撤回兵刃之时，却又发现了一件让他们心胆俱裂的事情。

那四个普通得不能再普通的人出现在他们之间，四双长满老茧的手像是无数只铁钳般击出。

这些守卒竟在全来不及反应的当儿飞跌而出。

"不要多造杀孽!"剑痴的声音也在墙头响起。

"啪！嘭……"一连串的暴跌与惨叫之声！这些人尽数被甩到寨墙之外，可他们却全因剑痴的一句话而捡回了一条小命，只是被摔得昏了过去。

四人手劲拿捏得无比准确，两丈多的高度，底下又全都是坑洼不平的山石，竟然全让众守卒安然着地。

此时那矮人已经向寨内行进了十数丈，这一群喽啰的确不值得他出手，是以他便自诸般兵刃之中穿过。

剑痴的步子也极快，很快就赶上了矮人，但却并没有出声，因为他知道，自己根本没有必要出声。

"呜呜呜……"低沉的号角声响遍了每一个山头，似乎牵动着每个人的神经。

凌能丽无神地抬起头来，满怀心事的眸子中映出刘承东的身影。

“总管！”凌能丽有些歉然，低低地叫了声。

刘承东出奇地没有作出回答，只是轻叹了口气，抬起头脸，仰望苍穹。

凌能丽心中似乎感觉到了什么，默默站立，调整了一下心乱如麻的思绪，强压心头的酸楚，再一次道：“绝情识破了我的易容！”

刘承东踏着败叶，像是一尊雕塑，淡淡地道：“我早就料到了这个结果！”

“你早就料到？”凌能丽有些惊异地问道。

“我从来都没有见过比绝情更可怕的一双眼睛！”刘承东缓缓地吁了口气，有些答非所问地道。

“你见过绝情？”凌能丽更觉得奇怪。

“不错，那是十天前的一个晚上，绝情亲自来探视过一次，那晚，虽然我并未与之交手，可却看到了他的眼神，他的眼睛并未因为夜色而失去其光泽，甚至变得更为深邃，就像是天空，没有边际，没有限度，竟似乎可以包容一切的生命、包容一切的精神，空灵至无所循迹的地步。那是我见过最可怕的一双眼睛，而且在他眼睛之中更有一种空落的内涵，似乎包涵着一丝深深的忧郁，更让人完全无法读懂那双眼睛的深度！”刘承东竟像是在梦中低诉一般。

凌能丽听得目瞪口呆，没想到刘承东能从一个人的眼睛中知道这么多，难道眼睛真的有那么重要？

“松佬他们呢？”凌能丽似乎有些丧气地问道。

“他们大概正在拿回我们的嫁妆，并未和我在一起，我只是在发现突然杀出的神秘人物之后，独自追了过来，却没想到会在此地遇到你。”刘承东淡然道。

“那刘姑娘现在该怎么办？”凌能丽有些着急地问道。

“由她去吧，相信她会把事情办好的。”刘承东无可奈何地道。

“可你如何向老太爷交代呢？”凌能丽有些担心地问道。

“你是不是真的很喜欢蔡风?”刘承东突然问道。

凌能丽为之一呆，终还是默默地点了点头，心头再次涌起无尽的酸楚和无奈，想到刘瑞平即将施行的计划，禁不住黯然伤神，心在绞痛。

刘承东望着凌能丽逐渐变得苍白的脸，禁不住再次叹了口气，无可奈何地道：“天意如此，不能怪谁，情缘终究难两全，只有乞怜苍天了。”

凌能丽默然，的确，天意如此，又能怪谁呢？一切只能听天由命，看事情如何发展了，因为这一切的发展根本不是人所能预料到的，就连蔡伤如此人杰，也只能用一个听天由命来解说，的确是让人心寒。刚才看到刘瑞平如此轻松地面对“敌人”，足见其智慧非常人所能及，如果她仍不能完成任务，就只好怨天了。

思及刘瑞平前几日间极热心地询问毒人的破解之法，想必她也是早就做好了心理准备。

“凌姑娘，你告诉我，这毒人的破解之法，是不是有关一个人的名节问题?”刘承东神情变得严肃无比地问道。

凌能丽不想作任何否认，只得点了点头，却不再言语，她很清楚刘承东话语的意思。

刘承东却像是被雷击了一般，呆愣愣的不知道该如何是好。

“总管!”凌能丽也被刘承东的反应给震住了，忍不住骇然唤了一声。

良久，刘承东才似从梦中醒来，叹了口气，无可奈何地道：“情孽，眼下只好将错就错了，唉，真是越弄越糟糕!”

凌能丽只觉得有一些苦涩，心头沉甸甸的。

刘承东抬头望了凌能丽一眼，有些意味深长地问道：“凌姑娘，他日你能不能接受平儿呢?”

凌能丽脑子中“嗡”的一声响，霎时一片空白，这叫她如何回答？又让她如何去面对？鼻头为之一酸，强忍着没有流下泪来，深深地吸了口气，黯然道：“以后的事情谁也无法预料，就待日后再说吧。”说着缓步自呆立着的刘承东身边走了过去。

“兄弟们，咱们死也要死得像样点，与其毒发，倒不如与他们拼了！”费明怒吼道。

众魔门弟子哪会再犹豫？这一群人全都是经过刻苦磨炼而出的，其心智之坚韧，早已将生死置之度外，是以，他们可以自杀，也不会为对方留下活口，此刻虽然腹痛如绞，但既知必死，岂有不拼之理？

“放箭！”刘傲松大手一挥，弦响若疾雨击芭蕉。

惨叫声不绝，魔门中人因中毒极深，使他们的身法远远不如起始那般灵活，是以第一轮疾箭，就射毙二十多人，但这时候几乎是箭箭不空。这正是陈悦拖延时间的结果，若非陈悦这么一拖时间，使众魔门中人毒性深入，那这几轮劲箭绝不能取到如此威力，而剩下的就是近身肉搏，那时，刘府的家将将不可避免地死上一大批，如此就显得极为得不偿失了。

从这点也可以看出陈悦的智慧之高，实是常人所难及，也无怪乎能受燕环双绝的传人看中。

刘傲松的眼里出现了一丝惊讶和骇异，一簇射向赵青锋的劲箭竟似是疾电一般倒射而回。

惨叫之声在家将中响起，只听得刘傲松头皮发麻。

一道黑影不知什么时候飞临赵青锋的头顶，自那枯凋之顶端降落，若自天而降的魔王。

看不见脸面，因为来者那散披的头发将其神秘莫测的脸容完全遮掩，一身黑黑的披风像是一幕乌云罩下，动作快得让人以为是幻觉。

刘傲松知道，这绝对不是幻觉，绝对不是！是以他再也不能袖手旁观。

他出手了，是一柄剑，看不见剑身，只有一道亮芒，闪烁的亮芒若青虹划过长空。

当有人发现刘傲松出手之时，刘傲松的剑已经攻入了那片乌云之中。

劲气，若惊涛骇浪般翻腾起来，浓浓的杀气似乎可使所有人窒息。

而这所有的一切，都只来自一处——那片乌云，充满死亡气息的乌云！

没有人会想象到它的可怕，就连刘傲松也没有，可是，当他的剑插入了这片乌云中时，他才知道这种感觉是多么的可怕和无依！

这一剑，似乎只是刺在一团虚幻的气陷之中，没有边际，没有着力之处，却又处处都涌动着无尽无期的力量，使他有若乘着一叶小舟飘游于大海的浪峰之间。

刘傲松所想的第一件事就是退，只有一个感觉，那就是退，也必须退！因为这个对手的确太可怕了！

刘承福和刘承权的两柄剑刚好救了刘傲松。

就在一只无形的手钳住刘傲松的剑身之时，刘承福和刘承权的剑同时刺入，三大高手一齐出力，这一击绝对不能小觑，任何人都不能！

乌云飘散，钳住刘傲松长剑的是一只手，一只怪异莫名有若干尸般的手，就像是自坟堆中扒出的一截枯骨，但却长满了长长的指甲，晶莹剔透，与这双手极为不对称。

“啪！”刘傲松的剑断成两截。

“砰！”一声闷响，却是刘傲松的脚重重地踢在这神秘来客的身上。

“呀！”断剑的剑尖却深深刺入了刘傲松的小腹中，那神秘怪客似乎根本不在意刘傲松所踢的一脚，是以不闪不避，只是还以一剑！

刘承权和刘承福突觉神秘怪人的身子一滑，两剑自神秘人物腋下穿过，却并未对其造成什么伤害。

刘文卿见对方一出手就伤了刘傲松，禁不住大骇，挺剑疾戳，刘承禄的双腿直踢向那怪人的脑袋，数大高手同时夹击，威势之猛足以让人胆寒心裂。

神秘怪客再强横，但也仍是人，他亦不敢轻视这几大高手的联击。刚才刘承福和刘承权两人的联击，一下子就破去了他的幽冥幻境，使之原身暴现，他不想被这些人围住，那时，即使他的武功再如何厉害，也终免不了一死，一人之力如何能敌百名经过特殊训练出来的刘府家将？只眼前数位高手的联击已够让他头大了。

神秘人怪双肩一紧，夹住刘承福和刘承权的两柄剑，身子一旋，竟再次折断两柄利剑，身子化作一阵轻风般难以捕捉。

正当众人准备一拥而上之时，一道强光夹着“轰”的一声巨响，然后众人眼前一片黑暗。

众人睁开眼时，地上除了一片狼藉的魔门弟子之尸体外，那神秘怪人与赵青锋及费明已经不知所踪。

“松佬，你的伤势怎样?”秋月一眼就看见刘傲松脸色苍白地倒在地上。

“傲松!”刘承福一急，内劲贯入刘傲松的体内。

刘傲松缓缓睁开眼来，吐出一口浊气，苦涩地笑道：“好可怕的魔功，想不到冥宗会再现江湖!”

“冥宗?”刘承福和刘承权惊骇无比地问道。

“不错，刚才那人施展出来的正是冥宗绝学‘幽冥幻境’，不对……”刘傲松说到此处突地一顿，竟一手捂住伤口挣扎着站了起来。刚才那一剑之伤再加上自对方身体上所散发传至的死气，使刘傲松气息一窒，昏了过去，其实他所受的伤并非致命，经刘承福以真气理顺气血，就可以站起身来。

“怎么不对?”几人同时问道。

那些家将此刻却在四处搜寻赵青锋等人的踪迹。

“刚才我一脚踢在他的身上，自其身传来一阵沉重的死气，却似是邪宗的不灭法，更似是不灭金身的路子。”刘傲松脸色更显苍白地道。

“不灭金身!”刘承福若受雷击一般，呆立当场，心头更涌起了一种莫名的恐惧之感。

的确，世间没有比邪宗之“不灭法”更邪的武功，也没有比冥宗更诡秘莫测的武功。

邪宗的不灭之法，可以借战意、灵魂和信念的不死，将之转移到一件物体之上，而使这件本来已是死物的物体具有战意、灵魂和信念，成为杀人的工具。当然这只是下乘不灭之法，而不灭法的最高境界，则是将战意、灵魂、信念和智慧练成不死的实体，从而可以在肉身死后，依然可以另一种形式存在生活，同样可以杀人。不过，传说除最初创出“不灭法”这种邪恶武学的始祖外，之后就无人能够练成，也幸亏如此。但若能练成“不灭金身”的境界，也已经足够让人心寒胆战了。

“不过，他仍未练成不灭金身之境，我可以感觉得出他脉搏里的气劲外冲。”刘傲松认真地道。

“我们快回去告诉老太爷，冥、邪二宗武学再现江湖，得尽快想出对策!”刘承权急道。

“对，我们收拾好嫁妆，回广灵!”刘承禄向众人吩咐道。

“那总管和小姐呢?”秋月担心地问道。

“至于他们，我们会另想办法。”刘承福道。

秋月与海燕相视望了一眼，无可奈何地皱了皱眉。

剑痴诸人神色自若，似乎根本就不将自四面八方奔涌而至的敌人放在眼里，抑或是他们压根儿就是要使这些人赶来。

寨中各大小头目，带着各自的士卒，更有一帮逃难至暗月寨的凶人也赶了过来。

山道上片刻间人头攒挤，气势汹汹的寨卒很快就已经将剑痴六人围住。

众人虎视眈眈，一个个都似择人而食的野兽。

“饶刚在哪里?”剑痴的声音竟将众寨人的喧闹声给压了下去。

“你是什么人?竟敢来本寨扰乱子，真是活得不耐烦了!”一个小头目怒气冲天地道。

寨中很快聚集了数百之众，可见暗月寨的实力的确大得惊人，在占着压倒性的优势之后，这些人似乎并不想如此快就解决对手，甚至想玩玩猫抓老鼠的游戏。

“哈哈哈……他还以为自己是玉皇大帝呢!”

“瞧，那个矮子，像模像样的，也许还真是玉皇大帝的孙子老王八精呢……”

“哈哈哈……”众贼人七嘴八舌地调笑起来，一片哄闹，对六人毫不在意。

“都到齐了吗?”那矮人突然也说了一句话。

“嘿嘿，一只矮冬瓜，瞧……呀——”这人话未说完，突然觉得喉咙一紧，惨叫之声尚未发出，脖子已经软软地垂在肩头，竟然没有骨头了。

也不是没有了骨头，而是骨头已经碎成无数的小块。

是矮人一只胖手的杰作，没有人想象得到那种速度有多么恐怖，因为矮人仍在原地，就像是从来都未曾动过一般，只是有人感觉到一阵劲风曾扑面而至，然后就发现那说话的人已经死了。

“矮门神风扬!”终于有人忍不住惊呼出声，因为此刻有人认出了这个矮人的来路。

矮人似乎有些惊异，没想到对方居然有人能叫出他的名字，这的确让他有些诧异。

目光所至，却是一名满脸阴鸷的老者，尖尖的下巴，瘦瘦的双颊，一眼就可辨出绝不是善类，矮人毫无表情地道：“你好眼光!”

“给我杀!”其中一个小头目终于忍不住怒火，狂吼一声。

“快躲!”说话者仍是那满面阴鸷的老头，因为他突然发现矮门神的手中多了一颗火红如鸭卵一般的圆球。

当众人尚未弄清楚是怎么回事之时，那颗鸭卵般大小的圆球已经在人堆中落下。

“轰!”一声震天的爆响，沙石乱飞，热浪扑面，一股浓浓的火药味夹杂着血腥之气，在惨叫声的伴奏下四散飞射。

寨中的众山贼一片混乱，谁也没有想到世上竟然有这般可怕的武器。

强大的震波、冲击力，使得众贼心惊胆寒，就连箭都不知道放。

“轰!”“轰……”接连数声巨爆，山道之中混乱至无以复加的地步，没有人能想象得到这是怎样一种场面。

断肢残腿，四处乱飞，疯狂的爆炸拥有着致命的摧毁力，似是要将一切的生命尽数毁灭。

到了此刻，山贼们才真正明白什么叫作可怕、什么叫作死亡，没有谁吩咐，全都拔腿飞跑。

山风极大，烟尘很快就被吹散，沙石也渐落，场地之间血迹斑斑，被炸得支离破碎的死者，横七竖八地躺着，也有伤而未死的，在地上痛苦地呻吟着。

矮门神和剑痴等六人已经不再在场中，他们的身影皆出现在不远处的山道上。

没有人知道他们是在什么时候离开的，但他们没死，那是事实！

犹未曾从刚才那惊心动魄的一幕中恢复过来的寨众全都失去了冲杀的勇气，没有人知道那之后还将会出现怎样的一种局面。

第一百零四章　圣门神仆

暗月峰，聚雄坡之顶静静地立着十个人，没有丝毫表情，他们的确不应该作出什么表示，既然事情已经发生，就是生气也是枉然。

十人的目光，只有一个焦点，那就是缓步踱上来的剑痴诸人，立在最前面的，赫然就是暗月寨的三寨主范沁，而他的左边，正是那满面阴鸷更显出一丝不忿的老者。

“年老，这几个人究竟是什么来路?”范沁望着逐渐行近的六人，淡然问道。

那满面阴鸷的老者神情有些不自然地应了声：“刚才那矮人定是陶弘景的守门四童之一的矮童，江湖中知道他的人的确不多，但知道他的人都叫他为矮门神，一身武功究竟如何，却没人知道，但他们却很少离开过陶弘景的居地，根本不到江湖中行走。”

范沁的脸色与他身后的八人一样，都变得有些难看，事情牵涉到被誉为天下第一神话般的人物陶弘景陶老神仙，任何人都难以再保持镇定。

“年老可以肯定?”范沁强压住心头的震骇，再次问道。

“你们可知刚才那杀人的凶器叫什么吗?”满面阴鸷的老者深吸了一口气，问道。

众人神色微显茫然，如这种可怕武器所具备的杀伤力，的确让人有些难以想象，而且江湖中也未曾听说过。众人禁不住全将目光投在满面阴鸷的老者身上，刚才他最先喊出让众人撤离的命令，定知其中的秘密。

“那种玩意儿叫‘轰天雷’，乃是陶弘景近年来所发明的东西。用火药、硝石等一些东西制成，虽与爆竹没什么大的分别，可威力却是几千个爆竹都无法与之相比的，传闻陶弘景并不想将这东西流落江湖，因为它的杀伤力的确太可怕了，若用于两军交战，定会让生灵涂炭，而且武帝萧衍曾亲自去讨要配方，却被陶弘景断然拒绝，因此，能拥有这种可怕武器的，只有陶弘景一门。因此，眼前这矮子定是矮门神无疑！”

范沁的脸色更显阴沉，若是对方执有这可怕的武器，又该如何对付？禁不住吩咐道：“准备弓箭手，不能与他们近身相搏！”

“三寨主，由于他们和陶弘景的关系，我们实在是不能与他们弄得太僵，还得三思呀！”范沁身后一名满脸横肉的汉子出言劝道。

“再则，我们连他们的来意都不知道，就如此贸然出手，只怕……”

范沁狠瞪了那正要将话说完的瘦高个子一眼，冷声道：“巴祥，听到陶弘景你就害怕了吗？”

那瘦高个子一愣，脸色泛青，有些不悦地道：“三寨主说哪里话，我巴祥这一生怕过谁来着？我只是想问个明白，好让他们死而无怨！”

“是呀，三寨主，巴祥不是那个意思。”满面阴鸷的老者打圆场道。

范沁收回目光，再次落在坡上行近的六人身上。

金蛊神魔从来都没有如此震怒过，今次不仅损兵折将，而且计划泡汤，真是让他的颜面无光，幸亏绝情那一件事进展极为顺利，否则只怕他真的会无颜见人了。

先是炼制毒人的“失魂草”被盗，后又有抢宝计划失败，而且折了昌义之属下的两员大将。

赵青锋和费明若非被救稍早，只怕此刻也已毒入心肺而死了。原来，陈悦给赵青锋的并不是解药，而是一种更烈的毒药，以毒攻毒之下，强行将那些毒雾的毒性压住，可在重伤失血过后，就会立刻发作，幸亏不死尊者以内劲相逼才镇住了其毒性。

金蛊神魔可谓当世用毒高手，连陶弘景也违忌三分，这些毒性对于赵青锋诸人来说，或许十分厉害，但在他的眼中却不值一哂。

赵青锋醒来的第一句话就是破口大骂："好卑鄙的陈悦，我定要将你碎尸万断!"

费明默不作声，只是望着神色极为难看的金蛊神魔，苍白的脸上挂上了一丝担心。

"费明，你在想些什么?"问话的人是昌久高。

费明并没有自炕上坐起，只是担心地道："刘家人救活了尤无心，并放他回郑王府，这一招真毒!"

昌久高也为之脸色大变，在百忙之中，他们根本就没有想到这个小角色，此刻一听费明提起，才知道事情有多么严重。若是尤无心回到郑王府，将费明及魔门之事一说，郑王并不是傻子，岂会想不到昌义之?何况以他今日的地位、名望，怎能容忍别人如此戏耍他?是以，在任务执行之前，昌义之就已吩咐过，一定要不留一个活口，可千算万算仍漏掉了尤无心，这的确是一件让人担心的棘手之事。

"我再回去取来他的首级!"不死尊者坚决地道，说着转身就要向外走去。

"尊者不必了，你已经受了伤，就安心疗养吧，即使此刻前去，恐怕也无济于事了。事实上，我们一直都太小看了广灵刘家，这也是今次失败的主要原因。以刘家的精明，岂会不派人护送尤无心?他们所走的每一步棋都狠辣无比，让人难有退路。好一个刘傲松!"说到最后，金蛊神魔几乎有些咬牙切齿。

众人全都为之默然，还能说什么呢?刘家的一切行动都是谋定而后动，步步算得那么准确，的确不给别人任何机会!

不死尊者停下脚步，他那被刘傲松所踢的一脚的确很重，此刻仍真气难畅，他也没想到刘傲松会如此狡猾，以身子硬受那截断剑，却拼尽全力踢出一脚，对断剑不避不闪，可这柄断剑却受刘傲松身上的藤甲所阻，只能刺入一小截，而无法让其受到重创，若不是不死尊者功力高绝，只怕真要饮恨而终了。

范沁的眸子中射出两道极烈的寒芒，充满了怒意和杀意的眼神罩定剑痴和矮门神的周身。

“未知几位贵客光临本寨，本座未曾远迎，真是不好意思。”范沁强自从杀意和怒意的夹缝间挤出的半丝笑意与那种怨毒的眼神极不相称，看得人心中十分别扭。

“那倒不必，今日我们来是想讨几个人。”剑痴并不想拐弯抹角，因为他认为范沁也应是能做主的人，单凭其气势就可断定。

“哦，本寨有你们想要讨的人吗?”范沁没好气地反问道。

“如果没有，我们也不会不请自来!”矮门神的语意极为肯定而坚决。

“不知几位想要的讨回是什么人?”那满面阴鸷的老者淡然问道。

“阁下应该是断指年道汝吧?”剑痴极为平静地望了望那满面阴鸷的老者，淡淡地道。

众人无不为之动容，对方只这么轻描淡写地就说出了年道汝的身份，可见江湖阅历之丰富的确非常人所能及。

“阁下好眼力!”年道汝赞道。

“难怪能知道我的身份，原来阁下竟是天邪宗门人，今次真是看走眼了!”矮门神更是语出惊人。

年道汝的脸色变得极为难看，就连范沁的脸色也同样难看，这些人竟似乎对魔门中事了解极多，居然知道断指年道汝是魔门那弃魔入邪的天邪宗之人，这一惊的确非同小可。

“今日之来，我们并不想惹太多的麻烦，只是让你们把葛家庄的薛老三及华阴双虎交出来，其他的事完全可以留得以后再说!”剑痴的话调极为强硬，似乎不达目的绝不罢休。

范沁的脸色再变，冷笑道：“很好，原来诸位是为此而来，那就要看看你们有没有这个本事带走他们了!”

“哼，想带走他们，就先过我这一关!”年道汝身后的汉子跨出两步，一副不可一世的架势，目光极为轻蔑地扫了剑痴一眼。

剑痴不屑地一笑，范沁诸人却全是一副袖手旁观的架势，刚才他们所见到的，只是对方倚仗凶器“轰天雷”之威，而未见过其真实的武功，此刻倒的确想见识见识他们的斤两，看是不是真的够格！况且，范沁知道若是群斗的话，对方只怕又会使出“轰天雷”，那可是绝对不好对付的玩意。为了避免“轰天雷”的威胁，只得选择单打独斗，甚至可用车轮战来对付他们，这正是范沁临时定出的策略。

“你还不入流！”说话的是四名极为普通人之中的一个，这人唯一的一点与其他几人有些不同的是他嘴角的一颗小痣，他们的普通是因为朴实无华，就像是一柄破旧的锄头，一棵冬天的枫树，看上去虽然不惹眼，可却有独自的特点。

那汉子神色一变，目光移至这有颗黑痣的普通人身上，如要吃人的野兽，从来都没有人敢如此轻蔑地小觑他，可今日说他的人，却是一个极不起眼的无名小辈，怎不叫他怒火中烧？

那名极为普通的人没有半丝畏怯，只是轻轻松松地轻迈两步，走到剑痴前面。看那悠闲的步子，倒似在赏花观灯。

“报上名来，我的手下不死无名之辈！”那汉子极为愤怒地吼道。

“非常抱歉，让你失望的是，我叫无名四！”这名极为普通的人仍是十分平静轻松地说出一个让暗月寨众人为之愕然的名字。

“无名四！”所有的人全都面色一怔。

那不可一世的汉子冷哼道：“哼，管你是无名几，今日定要让你尝尝我何虎的厉害！”

“你动怒了？这只会使你败得更惨更快，一个有修养的人是不会轻易动怒的，所以我认为你根本不入流！”无名四的声音极为平静，就像是在自言自语，而实际上却极为刻薄。

何虎大怒，以最快的动作拔刀猛劈，无论力道、速度抑或角度，的确不同凡响。

无名四没有动，只是静静地望着这样一个似发狂的野兽一般的人。

何虎的刀，停在半空，在距无名四的额前三尺许。

“你为什么不出兵刃？”何虎有些愤怒地问道，显然无名四的无动于衷真的激怒了他。

“如果真要还击，你此刻已经死了！”无名四的声音依旧那么冷淡、那么平静，似乎根本没有什么事情可以让他失去冷静。

“你！”何虎气得额上青筋暴露。

“一个人的兵刃并不一定都要表现于形式，能杀人的就是好兵器，每个人的出招方式并不都像你一般，是以，我刚才有十六次杀你的机会，有十次机会可以让我不受丝毫损伤。对待敌人不应该有任何道义可讲，我大可趁你收力之时进攻，没有人会说我狠，只会有人说你傻、说你笨，你相信吗？”无名四的声音仍是不紧不慢。

何虎的额头和鼻间已经渗出了汗珠，他从来都没有遇到过如此的羞辱。

“我不信！”何虎狂吼一声，再次挥刀击下。

无名四无可奈何地摇了摇头，叹道：“你早就败了！”

话音刚落，刀光尽敛，何虎的眼睛瞪得奇大无比，似乎不敢相信眼前的事实，不敢相信他的脖子竟然捏在无名四的手中。

刀芒之中，见到无名四出手的人不多，可第一个见到无名四出手的人，心头禁不住都泛起了一丝寒意，唯剑痴五人例外。

“你不该再出刀，你本可不必死，可却不听劝告，再次出刀却有二十四处致命破绽，你只好认命了！”无名四像是在自言自语，又像是在对吐出长长舌头的何虎说出最后的悼词。

何虎死了，死得十分突然、十分不甘心，他的脖子完全被捏碎，皮层之下，只有一堆碎骨，当无名四收回手之时，何虎整个躯体砰然倒下。

无名四轻轻地拍了拍手，像是拂去手中的灰尘，轻松自如得只让范沁诸人心中透出一丝丝凉意。

无名四缓步退至剑痴身后，就像什么事情都没有发生过一般。

范沁身后有两人立刻气红了眼，怒吼着冲至前面，喝道：“无名四，我要你给何兄弟偿命！”

剑痴望了望这两人，摇了摇头，似乎根本就瞧不起他们。

无名四身后的一名与他一样普通的人缓缓迈出两步，刚好立在剑痴身前。

“你想来送死?”那两名汉子怒问道。

“那要看你们两人有多少斤两!”那极为普通之人十分平静地道。

“好，你报上名来，先送你上西天，再找无名四算账!”那两人愤恨地道。

“无名五!”那极为普通的汉子平静地说出了三个字，只让范沁诸人惊诧莫名，他们怎么也想不出江湖中有这几号高手，何况世上怎会有以无名为姓的人呢？但这几人虽看上去极不起眼，可却无处不透着古怪，有着让人难以估测的力量。

范沁向对方另外两名保持沉默的普通人望了一眼，见他们都眯着眼睛，似乎对一切漠不关心的样子，禁不住暗自寻思道道：“这些人难道都是无名氏？那又有多少人呢？他们到底属于哪门哪派?”

两汉子听到无名五报上名来，在惊愕之中，也同时亮出了自己的名字。

个子较高者，在江湖中人称飞天盗王胡海，另一人叫白飘，乃声名极为狼藉的采花淫贼。不过，这两人也的确是江湖中的硬手。

“你用什么兵刃?”胡海沉声问道。

“你在死亡前会知道，杀死你的东西，就是我的兵刃!”无名五极为自信，却也无比平静地道，那双半睁半眯的眸子在突然之间神光爆射，本来不显眼的样子，在刹那间迸发出凌厉无比的气势。

胡海和白飘若魅影一般滑向两旁，幻出数十条身影，轻功之高的确惊人。

无名五并没有出声，透出神光的眸子现次半睁半眯，只是双脚已向前踏出了一步，却没出手。

他不急，绝对不急！好整以暇，就像是静立赏月，是那么轻闲自在，根本不在意胡海和白飘的攻袭。

衣衫飘飘，那是因为劲风所致。

范沁几人的心中有些讶异，难道这人有病？要么就是痴呆傻子，否则怎会对敌人的攻袭毫不作出反应？即使换作他们自己，也绝不敢如此大意轻视，那完全是拿生命在开玩笑！要知道以胡海和白飘两人的武功，在江湖中虽算不上一流高手，可两人的联手一击却又是另一回事。范沁本来以为对方会派出两人与己方对阵，谁知却只是以无名五出战，这让范沁自心底暗自得意，此刻无名五漫不经心的样子，只让他有些不解和奇怪，更升起了一种莫测高深之感。

“哧！”白飘的分水刺竟自无名五的右腕处划过，挑破了无名五的衣袖。

也就在这时，胡海的解牛刀以一溜青芒斩下。

白飘眼中闪过一丝狠厉之色，但在刹那间却变成骇然与惊异。

“砰！”一声爆响，无名五的一只脚已经踢在白飘的腹部。

没有人看到无名五是如何出脚的，就像是变戏法一样，不动则静若枯树，动起来却快得难以想象。

白飘狂号一声，倒跌而出，可那分水刺却被无名五所夹，跌出去的只是下身，上身因分水刺一牵、一滞，无名五的身子猛撞而出，那夹住分水刺的右手将悬空的白飘一拉。

“砰！”无名五以肩头撞在白飘的胸膛之上。

惨叫夹着肋骨碎裂的声音响起，白飘这次真的飞了出去。

“当！”分水刺在解牛刀刺入无名五体内半寸许时截住，一切都在毫发之间。

胡海本来仍在暗自得意，可无名五夺分水刺与撤身后撞之间配合得巧妙无伦，使得其身体与解牛刀之间的距离拉大，分水刺才有足够的时间回救。

此时，胡海看见了无名五的手，是左手！像老树的根，更像披上铁甲的木棒。

无名五的身子微滑，那解牛刀立刻在无名五的胸口拖出一道三寸长的伤口，却是由深变浅的斜槽。

“轰！”胡海只觉得天地一片昏暗，无名五的拳头就像是一柄巨杵，击得他五脏欲裂，身子不由自主地飞跌而出。

范沁大惊，惊的不是胡海飞跌而出，而是无名五如影随形的身体。

“吧嗒！”白飘与胡海的身体同时落地，而胡海不幸的是，身边多了个无名五。

无名五就在对方落地的那一瞬间，就赶到了胡海身边，无名五绝不是帮他，而是将那根分水刺深深地刺入其心脏。

没有人来得及出手相救，一切都几乎是在眨眼之间便成了定局，是以，胡海只能认命了。

无名五刺下手中的分水刺之后，就不再动，鲜血已经染红了他的胸衣，右手的指尖也在滴血。

白飘的分手刺在他的右腕之上划开了一道长长的伤口，但白飘所付出的代价却是生命。

无名五的一脚、一肩两记充满爆炸力量的重击，足以让白飘命丧黄泉，是以，白飘和胡海一样，落地之后只撑了一下双腿，就已气绝！

无名五的凶狠实在是让人心寒，以不变应万变，更以自身作饵，使胡海和白飘两人的轻功皆无用武之地，而其角度和力道计算之准确，实在是骇人听闻，哪怕是他的反应稍慢一点，死的就不是胡海和白飘，而是无名五自己！更可怕的却是无名五的勇气和胆量。

无论换作谁，要以这种战略对敌，需要鼓足多大的勇气可想而知，但无名五却似乎理所当然，连眉头都未曾皱一下，这就不能不让人心寒。

无名五伸指急点胸口几处大穴，以止住血流，动作之利落，似乎根本不怕痛一般。

自始至终无名四和无名五都未曾动用过什么兵刃，正如他们所说，用什么杀你，那就是他的兵刃！“能杀人的兵刃，就是好兵刃”！这句话的确没错，在此刻，更是没有人会不相信。

“好功夫，真是好功夫，随机而动，应招出招，不拘泥于形式，千变万化而招不偏轨，的确是好功夫！”一阵掌声夹杂着一声清越的喝彩传了过来，立刻吸引了所有人的目光。

剑痴的目光斜扫过去，却见到一个极为清奇的中年人，缓步行了过来。

“二哥!”范沁恭敬地道。

“二寨主好!”年道汝和几人同时恭敬地道。

那中年人只是微微点了点头，一派大家风范，气态非凡。

无名五缓缓转过身去，眸子中的奇光一闪而灭，他看到了一柄刀，那中年人背后的刀!

古朴无华的刀柄随着中年人的走动，若隐若现。

中年人本身就像一柄刀，无锋的钝刀，那沉稳而实在的感觉使人无比清晰。

此人正是暗月寨的二当家——肖忠，一个曾红极一时的人物。

“今日能得如此几位高手光临本寨，的确是本寨的荣幸，如果几位不弃，不妨到客厅去喝几杯淡茶，如何?”肖忠极为客气地道，似乎对眼前所发生的事情，一点儿都不放在心上。

剑痴心中暗赞，难怪暗月寨能够屹立两朝之间，成异军突起之势，看来的确不是侥幸所致，以肖忠这般人物定可称雄一方，暗月寨有如此高手，可见实力的确不简单。如此想着，剑痴应口道：“寒风如刀，割衣欲裂，的确不好受，可是这一切都是不得已，我们的几位朋友在贵寨之中囚困，若我们贪一时之快意，又有何面目见故人呀?”

“不知贵朋友是些什么人呢?如何会在本寨之中?”肖忠似乎不知内情地问道。

“葛家庄薛三与华阴双虎!”剑痴断然道。

“薛三和华阴双虎困于本寨中?”肖忠扭头向范沁和年道汝望去，目光之中充满了讶异之色，“有这么回事吗?”

范沁恭敬地道：“的确如此，前日平北侯府的昌久高将人带过来，说是只要我们把这些人看管到过年，过年之后他们就会来取，同时送上一万两银子的看守费!”

肖忠的脸色“刷”地一下变得极冷，愤然道：“胡闹!就因为一万两银子吗?葛家庄誉满天下，又岂是我们一个小小山寨所能招惹的?因为一万两银票，就弃兄弟们的性命于不顾吗？真是胡闹！为什么不跟我说一声？”

“当时二哥正在闭关，我也便没跟二哥商量，不过却跟大哥说了。”范沁并不感到惊慌，禀报道。

“竟是大哥的主意？”肖忠也有些不解地反问道。

“正是，若没有大哥的同意，我又怎会不知事情的轻重！”范沁无可奈何地道。

“不错，三弟所说没错，是我的主意！”一声苍雄的声音传了过来。

肖忠和范沁诸人同时回头相望，呼道：“大哥！”

剑痴的眸子之中射出几缕淡淡的寒芒，可以预知将要发生的事情。

“这是怎么回事？”肖忠有些不解地问道。

“做某些事情是有很多原因的，根本就无法解释。”说话的正是暗月寨大寨主饶刚。

“可是大哥想到没有，这样将会酿成怎样的后果？”肖忠有些微恼地道。

“这些后果，我可以全部承担！”饶刚似乎极为坚决，更不想解释这之中的原因，甚至连肖忠的话也听不进去。

“大哥可知道华阴双虎与蔡伤的关系？”肖忠语气稍缓，问道。

“我知道，我知道得比谁都清楚，我真的是不想解释这其中的原因，二弟，请不要逼我！”饶刚似有极深的难言之隐，就连范沁也听出了其中端倪。

“大哥，有什么事是不能说的呢？”范沁也出言道。

“饶大寨主，如果我能替你解释这之中的原因又如何呢？”一直未曾开口的矮门神突然道。

饶刚的眸子中精芒爆射，紧紧地盯着矮门神，像是想看透他的心一样。

“你知道？”肖忠有些惊讶地问道。

“我不仅知道，而且可以根治其本！”矮门神神色平静地道。

“你究竟是什么人？”饶刚声音极冷地问道。

“陶老神仙的四大门童之一矮门神！”矮门神丝毫不畏怯地回答道。

饶刚和肖忠同时一震，似乎为眼前矮门神的身份所震惊。范沁早就知道了矮门神的身份，并不为之感到奇怪，他只是很想弄清楚这几乎从不离开陶弘景居所的矮门神之来意。

要知道，陶弘景早在几十年前就已名动天下，不仅仅是因为其医术之高明，更因其精通天地至理，五行奇门遁甲几乎无所不精，十几岁时就名声鹊起。放眼整个天下，无论文武各道。对陶弘景推崇的程度，几若仙人，朝野内外无人不敬，虽然暗月寨在两朝之间异军突起，可对这个神话般的人物仍极为推崇。

江湖中传说陶弘景的功力早达天人交感、白日飞升之境，已为地仙之流，就连梁武帝萧衍仍要定期去请安，其门童的地位也可见一斑了。

“是陶老神仙让你来的吗?”饶刚似乎一下子泄了气，问道。

“天下间只有两个人可以为你解脱困境，一个是施毒本人，另一个就是老神仙!”矮门神淡然道。

“大哥，你中了毒?”肖忠和范沁同时惊问道。

饶刚叹了口气道：“事到如今，我也不能再隐瞒你们了，我中的是花柳病毒，乃是邪宗的毒门奇毒，我之所以要将薛三和华阴双虎关押起来，是因为与昌久高一起来的还有一个邪宗的不死尊者，我不能不答应!”

“从今天之后，你就可以不再受到任何人的要挟，不过我劝你最好以后收敛一点，邪宗复出，将会不择手段地对付敌人！因为天下没有一宗会成为他们永久的朋友，只有大家齐心协力方是正途。”矮门神淡淡地道。

饶刚脸色微变，有些不太自然，但想到对方乃是代陶老神仙传话，事实上也是如此，而且要不想受人要挟，就得求陶弘景，自然不能得罪。

“这是老神仙亲自为你所配的药方，红色内服，白色外涂，每日一样两颗，三日之后，就可痊愈!”矮门神从怀中掏出一个小白瓷瓶，递给饶刚道。

饶刚有些将信将疑地接过小瓷瓶，不解地问道：“陶老神仙如何知道我的事呢?”

“天下间除非自己未曾做过的事情，否则总会有人知道的，任何地方都没有绝对不透风的墙，但我不想告诉你知道的原因。”矮门神毫不留情面地道。

“这乃是老神仙的独门玄道令，如果几位当家的不相信，可亲自过目！”剑痴摸出一块黝黑的令牌。

令牌三寸来长，黑糊糊的令牌上刻着一道道错踪复杂的图纹，背面更有一个古篆大字——陶！

饶刚和肖忠仔细地看了看这块玄道令牌，神情愈显恭敬，他们早年行走过江湖，自然认识这几乎有白道至尊之威的玄道令，就是黑道凶魔见到这块令牌也会恭敬有加。

“果然是老神仙的玄道令！”肖忠向饶刚望了一眼，恭声道。

饶刚脸色渐缓，心中疑虑尽消，既然真是老神仙所派来的人，就绝不会害他，那么解药自然是真的。

“好，我立刻就放了他们，今后若老神仙有何差遣，我暗月寨定当倾力响应！”饶刚果决地道。

剑痴的眼中露出了一丝笑意，这一切早在他的意料之中。

“年兄，何必走得那么匆忙呢？我们还有未完之事待叙！”饶刚抬眼一望，见年道汝已经不知什么时候溜了，身形出现在另一座山头。

“好老贼，原来他果然是邪门中人！”范沁立刻明白年道汝溜走的原因，忍不住骂道。

“让我去把他带回来！”肖忠说着就要动身追击。

“二当家的不必麻烦！”剑痴淡然一笑道。

“嘘！”一声尖厉的啸声自无名四口中送出，直破云霄，似有摧心裂肺之压力。

众人正在惊愕之际，那座山头上立刻出现了一道身影，众人依然可见那人一身极为普通的打扮，像是幽灵一般现身于年道汝面前。

只一看打扮就知道那人和无名四是同一路人。

其实当年道汝知道矮门神的来历后，就暗觉事态不妙，饶刚对他魔门之事了解甚多，他本来是金蛊神魔安排到暗月寨看守薛三的，如今饶刚毒性一解，他就将成为泄恨的对象，因此岂能不走？

年道汝本以为这样溜了就万事大吉，谁知竟仍有人在这里守候着，实属让他大吃一惊，刚才无名四和无名五的武功他也见识过，知道这些人看起来极不起眼，但武功之高，已经达到了深不可测的地步。

“我是无名三，你是跟我一起回转，还是要从我的身上踏过呢？”那突然出现之人的发问极为奇怪。

“废话，有本事就将我放倒！”年道汝双掌一错，疾扑而上。

“你不是我的对手，出手也是白搭！”面对年道汝的攻势，无名三似乎极为自信，更极为轻蔑。

年道汝乃天邪宗的高手，虽然天邪宗一直都极为低调，游离于南北两朝的魔门之间，可其本身的武学也不能小看，只是天邪宗不注重武功修为，而精于奇门民异术。年道汝在天邪宗之内只能算是三流角色，异术的修为自然不是很好，但武功修为也极为高深。

不过，他今日所遇到的却是一批可怕得足以令人做噩梦的死士，无论是武功抑或是心智，都超出了常人的想象。

无名三没有躲避，目中泛起一丝淡淡的神光，罩定年道汝，对那幻化成无数掌影的攻势竟视若无睹。

年道汝心头暗喜，双掌劲气爆发，若狂涛疾泄而下。

无名三的手此时动了，象征性地动了一下。

年道汝看见了一柄刀，是小刀！

这就像是用来切西瓜的刀，但有时候切西瓜的刀照样可以杀人、照样可以做大事。

小刀，却有着大刀的刀气，简简单单，毫无花巧的一刀，平平地划过。

年道汝的心都凉了，他所有的攻势几乎全因对方这么简简单单的一刀而土崩瓦解，他所有的攻势全都被无名三算死！

此刻，他才真的明白以不变应万变的可怕之处。无名五不急于动手，是因为要掌握对方的攻势，而在短距离内作出的反应自比任何长攻对手迅速得多。

无论是时间、速度还是角度，无名三都拿捏得准确无比，年道汝更不会想到无名三的衣袖之中还有这样一柄小刀！

年道汝唯有改掌出腿，撤掌之时双臂之力迅速贯注于腿上。

就在他出腿的当儿，有一只脚比他更快，那是无名三的脚！

无名三的脚，不仅比年道汝的脚快，甚至比他自己的刀子更快，更何况，这一脚似乎是早已预留地后着。

“砰！”年道汝一声惨叫，小腹中招。

“哗！”无名三的身子也被迫得飞退，年道汝竟借这一脚之力逼出胃中的饭菜和酸水，喷了出来。

无名三大怒，没想到年道汝如此狡猾。

年道汝忍着创痛向一侧的荒野中掠去，他很清楚，自己的武功与无名三相比仍差一大截，若再战下去，只会是死路一条，是以乘无名三退开之机，他第一时间想到的就是逃！

“吧嗒！”年道汝还没弄清楚是怎么回事之时，身子已经重重摔回地上。

惨哼之下，他有些绝望地抬起头来，忍不住骇然惊呼道：“颜礼敬！”

出手之人正是颜礼敬，也不知在什么时候颜礼敬竟如鬼魅般出现在他的前面，只轻轻一掀，就将年道汝摔了出去，与颜礼敬相比，他的武功也是相差得太远太远。

饶刚和范沁的神色也微变，他们没有想到颜礼敬会突然出现，而他们明明已将颜礼敬诸人囚于山腹之中，怎么会出现在这里呢？

不仅仅颜礼敬，杨擎天和薛三及几名葛家庄的弟子，也全都出现在那边的山头上，更有几名与无名四装束一模一样的汉子。

“不好意思，我尚未告诉几位当家的，其实今日前来的并不只我们几人，还有几位自后山而上，我们是分头行动的。”剑痴悠然道，他知道饶刚心里绝对不舒服，他们这样轻易地就已经把人给救了出来，如此就表明了暗月寨对于他们来讲并不算什么。这全是葛荣的安排。葛荣绝不会让任何人小看葛家庄，本来也不用分批行动，但葛荣却要借这次机会在暗月寨中立威，才会不领饶刚的情。

年道汝刚刚抬起头来，那柄小刀已经紧紧地架在他的脖子之上。

饶刚诸人箭步赶至，朗声抱拳道："几位，对不起之处，还请多多包涵！"

杨擎天似乎并不以为然，淡淡一笑道："好说，此一时彼一时也！"

肖忠再次打量了这一群极不起眼的人，禁不住出言相问道："不知道几位无名朋友师出何门？"

无名四淡然一笑道："我们只是葛家庄的一名小卒，不值一提！"

饶刚心中暗骇，忖道："难怪葛家庄能名动天下，被称为天下最难测的一股势力，可见真的不是侥幸所致，就只眼下这一批神秘的无名氏就足以让武林中的一些小门派万劫不复，而且葛家庄像这样潜在的实力又有多少呢？"但饶刚的感受远远没有范沁和肖忠深，因为范沁和肖忠亲眼见到了无名五与无名四的武功，那的确足够让人心生震骇。

"几位当家的，叨扰之处还请勿怪。"剑痴语意极为客气地道。

颜礼敬望了剑痴一眼，若有所思地皱了皱眉头，半晌才出声道："阁下可是铁剑门的大弟子剑痴？"

饶刚和肖忠同时一震，剑痴之名他们早有所闻，当初剑痴挑战各门各派的剑法，取各家剑法之所长，其声名曾经响遍整个江湖，更不知有多少剑手曾经败在他的剑下，只是很少有人见过他的真实面目。后来不知什么原因又突然销声匿迹，好像凭空蒸发了一般，从此再无人见过他，而剑痴几乎与华阴双虎是同一辈人，是以饶刚和肖忠都听说过其名，却没想到在退隐江湖二十几年后，再一次出现江湖，自是让他们大感意外。

"袖里针颜礼敬果然眼力非凡，不错，我正是剑痴！"剑痴淡笑道。

"我辈真是有眼不识泰山，失敬之处还请勿怪！"肖忠极为客气地道，似乎早已将刚才的不快忘得一干二净。

范沁诸人也肃然起敬，要知道百年前的"铁剑门"乃是白莲社内极为重要的一份力量，排名为第六位，其声望在南北两朝极高，可见的确是力量惊人，曾经给魔门以重击。四十多年前，"铁剑门"的势力空前强大，只是后来在冥宗和邪宗那一役之中，精英折损得几乎无力振兴，但“铁剑门”给冥宗和邪宗的打击也奇大无比，竟让冥宗和邪宗损失了十八名绝顶高手，就连当初几大家族的力量都无法办到，可是“铁剑门”却做到了，也因此为江湖添了几件极为轰动的决斗，让两宗元气大伤，这些江湖典故，江湖中人不知者极少。

年道汝的脸色变得如死灰一般苍白，眼前的人物，无一不是厉害角色，他今次似乎注定是死定了。

饶刚因解开了身上的奇毒，心情大为舒畅，对刚才所发生的事情也不再怎么在意，那些寨众见来犯者突然又与几位寨主握手言和，禁不住有些不忿，但却也无可奈何。

何虎、白飘和胡海三人之死却没有什么人为之叹息，皆因三人的确是恶名昭彰，干尽了坏事，死在无名四和无名五手中，只是为百姓除害而已。

“立刻给我设宴!”饶刚沉声吩咐道。

第一百零五章　乱世真情

除夕。

欢庆之日，却非每人都能欢庆。

团圆，谁不期盼？但总有些人不知家在何方。天涯过客，孑然一身，无牵无挂，有的只是一颗疲惫的心和一脸掩盖不了的沧桑。

这种人，是浪子，孤独的浪子，是以，节日对他们已经失去了应有的约束力和意义，反而只能为他们添上那么一丝空虚、一丝落寞与一丝伤感。

战乱，更破坏了节日应有的气氛，这的确是这个时代的悲哀。

酒，是穿肠毒药，但却不能没有这东西，俗话说："醉生梦死忘百忧！"

在乱世之中，烈酒与美人的确构成了温柔之乡，让英雄气短，壮士魂销。

绝情已经不自觉地喝了五碗酒，是五大碗！刘瑞平只是静静地看着，静静地感受着客栈中的清冷。

今天，喝酒的似乎只有两个客人，连店小二也回家团圆去了，唯有老掌柜和一个小女儿在清点着这一年来的账目，神情十分专注、十分严肃。

刘瑞平轻轻夹了一根肉丝，仔细地咀嚼着，似乎是在品味着人生的辛酸。

难得的却是绝情并没有说话，今天他似乎变得有些反常，难道就因为明日是除夕吗？没有人知道这算不算是理由，当然，绝情不说，就没有人发问，包括刘瑞平。

绝情再喝了两碗，刘瑞平终于忍不住了，淡淡地道："蔡公子，为我也倒上一碗吧？"

绝情微感愕然，旋又露出一个难得的笑容，也不发问，十分自然地为刘瑞平倒满一碗烈酒。

刘瑞平心头一阵感动和无奈，她竟似乎读懂了这个笑容的内涵，充满了感激的一笑，竟让她心中掀起了一番巨波。

绝情端起酒碗向刘瑞平招了一招，浅浅地饮了一口，与刚才喝酒的架势相比，显得斯文了许多。

刘瑞平却知道这是为了照顾她，他才会小口小口地喝，也就毫不犹豫地浅浅啜了一口。

一股辛辣之味冲喉而出，刘瑞平忍不住将喝进去的酒咳了出来。

"好辣！"刘瑞平终于说了心中的感受。

绝情忍不住开怀笑了几声，自怀中掏出一块黑巾递给刘瑞平，温柔地道："擦擦！"

刘瑞平不好意思地接过黑巾，只觉极为柔软，舒爽异常，她轻轻拭了拭嘴边的酒渍。

"难为你了，还喝吗？"绝情似乎充满柔情地问道。

"嗯！"刘瑞平坚决地点了点头，毫不畏怯之状只让绝情自心中升起了一丝温暖，却也禁不住轻轻叹了口气。

刘瑞平微微一愕，似乎有些意外，忍不住问道："蔡公子有心事吗？是因为瑞平跟你说了回家团聚的时间吗？"

"瑞平多心了，人在江湖，何处不为家？只是心有所感而已。"绝情淡然一笑道。

"能跟瑞平讲讲吗？"刘瑞平似乎极为善解人意地问道，神情显得格外温柔。

绝情想了想，再次长长地叹了口气，突出奇兵地问道："如果我骗了你，你会不会原谅我？"

刘瑞平浑身一震，有些吃惊地望了望绝情，掩饰不住心头的震惊，问道："你为什么要骗我呢？"

"有些事情，不是用语言可以解释的，需要用心去体会，世间的一切很难预料，可以不用解释吗？"绝情将碗中的酒一饮而尽，无可奈何地道，神情更显落寞地望着窗外。

刘瑞平隐隐似乎觉得哪里有些不对劲，强压住心头的不安，淡然问道："蔡公子何出此言呢？"

绝情再为自己倒满一碗酒，问道："瑞平知道我今日为何要喝这么多酒吗？"

刘瑞平茫然地摇了摇头。

"因为我想用酒来将心神镇定下来，告诫自己不要做出蠢事，可是我失败了。"绝情悠然道，眼神中微显出一丝无奈。

刘瑞平默然无语，她实在不知该如何开口，绝情的话太突然了，几乎让她没有一丝心理准备，她更不知道绝情究竟要说些什么，又发现了什么，难道是发现了自己在骗他？可是整件事情的前前后后，自己似乎并没有露出破绽，那又是因为什么呢？

正当刘瑞平心中忐忑不安的时候，绝情再次开口道："这几日来，我一直在考虑一个问题，也一直都因这个问题而无法解开心结，今日无论如何，我都不想再将之放在心中，无论瑞平是怪我抑或是什么的，我都不管。"

刘瑞平有些奇怪地望着绝情，但见其脸上显出一丝矛盾而落寞之色，配上那忧郁而深邃的眸子，的确有一种异样的魅力，不可否认，绝情绝对是一个可让任何女孩倾心的男人！

"瑞平认为我是蔡风吗？"绝情的话更使刘瑞平惊诧莫名。

"难道，你不是蔡风吗？"刘瑞平愕然反问道。

"如果我不是呢？"绝情也反问道。

刘瑞平的心速立刻加快，几乎跳到嗓子眼上了，脑中更显一片空白，忖道："难道他真的发现了我在骗他？但他又是如何发现的呢？"

"不管你怎么想、怎么决定，我仍要告诉你，我不是蔡风，我叫绝情，一个没有任何身家的浪子绝情!”绝情说完后，目光紧紧地盯着刘瑞平的眼睛，却不再说话。

刘瑞平脑中“嗡”的一声，像是失去了所有的记忆一般，不知道该如何出声，绝情的话就像是一柄绝世无匹的刀，将她所有的打算和计划全都劈得一塌糊涂，她根本没有办法面对他这种直截了当的坦白。本以为绝情一直都在向自己的计划靠近，谁知，却于此时功亏一篑，这的确让她无法接受，茫然之间，她只得含糊其辞地道：“你当初为什么要骗我?”

“我说过有很多原因，也不想作太多的解释，那似是全无意义的事，瑞平能不问原因吗?”绝情的口气无比缓和地道。

“不行!”隐然间，刘瑞平似乎有一种被伤害的感觉，虽然她心里十分明白自己与绝情都是在相互欺骗，可是不知怎的，听完对方的话后，她心头却感到有些委屈，连她自己也弄不明白为什么会这样。难道是这几天的相处，她真的爱上了绝情？可她一直都在告诫自己呀，那又是为什么呢？

男女间的感情的确是一样很奇妙的东西，这几天来，绝情所表现出来的深沉、忧郁和那种落寞的情绪始终占着刘瑞平的心灵，虽然她心中也有蔡风的潇洒和机智，但此时的绝情，却与蔡风那种傲气与儒雅的感觉有些不同，另有一种异样的魅力。刘瑞平早就对蔡风有先入为主的好感，虽然知道绝情是受人所制失去过去记忆的蔡风，但却没有改变其容貌，这使得她情不自禁地隐隐爱上了蔡风的第二种身份绝情，只是她自己也不知道而已，可当绝情坦白心事之时，刘瑞平却不可抑制地表露出来。

绝情长长地吁了口气，轻叹道：“绝情也有身不由己的时候，这本是别人安排的一个计划，而我就是这个计划的实施者。我本想永远都不告诉你真相，是以，就有了最初的骗局。绝情很少跟人谈及这些，因为绝情的命运并不属于自己。我能说的也只有这么多，瑞平怪也罢，不怪也罢，我没权过问。”

刘瑞平呆了半晌，她自然明白绝情话中的意思，绝情说了这么多，的确已是他所能表达的极限，对方如此坦诚相告，她还能说什么呢？

“那你现在又为什么要告诉我这些？你也可以一直都瞒着我呀。”刘瑞平有些不忿地道。

绝情苦涩时一笑，道："天作孽犹可为，人作孽不可活，这都是自找的，因为你太善良了，而我虽名绝情，却非真的绝情绝义，我是真的爱上了你，所以不想再欺骗你，也不想作任何隐瞒，我最初的目的是《长生诀》，可现在一切都不重要，真的！"

刘瑞平再一次目瞪口呆，绝情的话就像一排排海浪，让她根本无法站稳脚跟，可隐约之间，似乎有一丝欢喜、一丝甜蜜之感。

"我从来没想过人会有这种矛盾的时候，你知道吗？我真的很嫉妒蔡风，若真有那么一天，我定要与他比试比试！"说着绝情又涩然一笑。

"你一定不会比蔡风差！"刘瑞平不知为什么会突然冒出这样一句话来。

绝情一呆，愣愣地望了刘瑞平半晌，眼神中露出一丝令人难以察觉的痛苦和伤感，忙扭过头去，不再望向刘瑞平的脸，轻声道："快吃吧，吃饱了，我送你回去。"

"回哪儿？"刘瑞平一惊，问道。

"广灵！"绝情坚决道。

"为什么？"刘瑞平诧异地问道。

"难道你还会与一个再不值得你信任的人待在一起吗？"绝情黯然道。

刘瑞平愣了一愣，淡然道："就因为这些吗？"

"难道这些还不够吗？"绝情无可奈何地道。

"那你此刻是不是对我坦诚以待呢？"刘瑞平深深地吸了口气，渐渐平复了心中的思绪。

绝情再次端起倒满的酒，就要向嘴中猛灌，但一只手却压住了他的酒碗。

那是刘瑞平的手，素白细腻、柔若无骨的手。她怜惜地道："你不能喝了，那样会醉的！"

绝情的手颤了一下，他的心也颤了一下，一股从来都未有过的感觉涌上心头，竟使他那从不颤抖的手颤抖了一下，这是如何难得啊！

刘瑞平也清楚地感觉到了，她更看到了碗里的酒荡动了一下，就像是两人的心，泛起了一丝丝无法抑制的涟漪！

绝情轻轻地放下碗来，伸出修长的大手轻握着那只柔若无骨的小手，眸子中透出无限的柔情，掩饰不住内心的激动，他轻声问道："你真的相信我?"

刘瑞平并没有抽回手，只是幽幽地叹了口气，道："我为什么会不相信你?"顿了一顿，又道，"我不管你是蔡风还是绝情，也不管你以前有什么目的，只要你此刻对我是真诚的就行了。"

绝情无法掩饰地露出一丝伤感，道："我的生命并不是由我自己做主，难道你……"

"不要说这些好不好？我相信你一定会好好把握命运的！"刘瑞平真诚地道。

"谢谢！"绝情轻轻地道，同时收回手来。

"是你救了我，但又骗了我，就让它们抵消，我们一切从头开始，好吗?"刘瑞平优雅地望着绝情道。

"不行，我将身份和目的告诉了你，本就是已经背叛了另一个人，如果我仍和你在一起的话，他一定会逼我向你动手的！"

"那你会吗?"刘瑞平又一次望着绝情轻问道。

"我不知道，所以我只有将你送回广灵，才是最好的办法。"绝情无可奈何地道。

刘瑞平禁不住心中一阵迷惑，难道绝情真的是喜欢上了她，才会对金蛊神魔的命令生出反抗之心？可是……想到这里她心中生出一丝茫然又有一丝欢喜，更不知道将计划如何进行下去，如果他是真心喜欢自己，那自己要不要将计划也坦诚地告诉他呢？不行！这个绝对不行！

"瑞平，请不要怪我。"绝情黯然道。

刘瑞平心中一动，想到绝情在这几日之前对刘家的一举一动似乎了若指掌，更连抢轿的时间都拿捏得准确无比，那种敏锐得无以复加的观察力和判断力及果断的作风，怎会在今日突然变得这么儿女情长、婆婆妈妈呢?

刘瑞平虽然心中激动和有些进退失控之感，可心细如发的天性却使她敏锐地感觉到事情有些非同一般，她越想心中就越是发凉，难道绝情真的如此厉害？那面对这样可怕的对手的确让人心中不能安宁。

刘瑞平咬了咬牙，她虽然不知道问题出在哪里，但估计问题一定是出在她的身上，那么她只能赌上一赌，也必须赌！

“你真的爱我吗?”刘瑞平似乎鼓足勇气地再一次问道。

绝情认真地点了点头，诚恳地道：“我也不知道为什么，但我的感觉肯定地告诉我，我已经爱上了你，所以才不愿伤害你，或许这就是命，是绝情的悲哀!”

“那你难道就不可以改变自己？以你的武功，天下又有谁能对你怎样呢？如果你真的爱我，就应该有排除一切困难的勇气!”刘瑞平试探性地道。

“不可能！也许，我的武功可以不怕天下任何人，可我的心却已不属于自己，只要这个人一出现，我的一切就不再受自己主宰，我的思想将完全受他控制，他让我死，我的思想之中就不会产生丝毫犹豫，可我无论走到哪里，他都可以很轻易地找到，这就是绝情的难言之隐!”绝情深感无奈地道。

刘瑞平没想到绝情连这个也会告诉她，她真的有些弄不清对方所言是真是假了。

“为什么会这样？为什么会这样呢？你为什么要将事情全都告诉我？为什么要全都告诉我呢?”刘瑞平的神色间也显出无比痛苦和矛盾地呼道。

“真的，我真的不想伤害你，你是让我绝情第一个动心并深深爱上的女人，虽然我们只相处了几日，可却似经历了几十年，因此我才明白什么叫真正的相见恨晚，所以，我必须告诉你这其中的真相。”绝情再次重复道。

刘瑞平目光中的温柔全都化为矛盾，隐隐显出感动的泪花，定定地望着绝情的眸子，口中喃喃而深情地道：“绝情让我很为难，你可知否?

知否！”

绝情似乎也感觉到事情变得极不简单起来，从刘瑞平的表情和语气，他清楚地感觉到，刘瑞平绝不是因为他的身份而为难，而是另有隐情，是以他不语，只是以一种最温柔和关切的眼神对视着刘瑞平的目光。

“瑞平很矛盾，绝情可以帮我吗？”刘瑞平似乎是迷途中的一只小羔羊，无助地低语道。

绝情禁不住握住刘瑞平的双手，认真地道：“瑞平无论有什么话都可以直说，绝对没有任何人敢为难你！”

刘瑞平苦涩一笑，幽幽地道：“我多想绝情一直都在欺骗我，这样我的心里也许好受一些，至少不会背着感情的包袱，在伤痛和无奈中徘徊，我何尝不是自第一眼见到你时，就已经深深地、不能自拔地喜欢上了你？你的每一个动作细节、你的深沉、你的孤傲……你的一切，都深深地印入了我的心底，我从来都没想过，此生仍会遇到一个真正能打动我心的男子，对于蔡风，我多的只是欣赏，毕竟那时候我们相处的时间太短，又是在他最落魄之时，可你却不同，绝对不同！”

绝情禁不住一呆，没想到刘瑞平竟也是如此大胆地坦白心中所想，这与她温柔沉静而优雅的气质及作风的确有些不同，可却更能让人感动，但绝情依然没有说话，只是更紧紧地握住了刘瑞平的双手，知道她仍有话要说。

“但我多么希望你是蔡风！因为你若是蔡风，我们就不用相互欺骗，就不会变得如此痛苦，只是打一开始你就不是他。你知道吗？在你没有出现之前，我就知道绝情会出现在眼前，那是一个和蔡风长得一模一样的人，也就是在那时我们注定就要以悲剧收场。”刘瑞平痛苦地道，纤手在绝情的大手之中不停地渗着冷汗，可见其心内是如何的痛苦。

“你早就知道我是绝情了？”绝情也禁不住色变地惊问道。

“嗯！”刘瑞平无可奈何地点了点头，接着道，“我不仅知道你是绝情，更知道你是金蛊神魔田新球属下的第一得力助手！”

绝情出奇的平静，似乎一切都在意料之中，只是仍静静地望着刘瑞平那黯然的眼神，心头却不知在想什么。

“魔门与我们刘家向来都是大敌，而你的可怕之处是没有人敢想象的，单枪匹马怒斩义军首领莫折大提，更听说你与尔朱家族的第一高人尔朱荣交过手，连他都要对你忌讳三分。更传说天下最可怕的刀手蔡伤都差点死在你的手下，可见你对刘家有多大的威胁，你知道吗？而根据我刘家的探子得来最可靠的消息，知道你们会半路抢夺《长生诀》，其实《长生诀》纯粹是捏造出来引你们魔门中人出动的幌子，也许世间真有《长生诀》，但试想如此奇书，我刘家又怎舍得送与南朝呢？结果正如我们最初所料，魔门中最可怕的人物终于出现了，可是……可是为什么我偏偏又情不自禁地爱上了你？为什么会这样呢？”刘瑞平似乎低低自语道。

绝情的手心也冒出了冷汗，刘家的可怕的确超出了他的想象之外，难怪能列入四大家族之中，暗自庆幸的同时，更为刘瑞平的情意所感动。

“所以，你就再也不想隐瞒了？”绝情轻叹了口气问道，不知是为自己突然少了一分威胁，还是为刘瑞平的真情而叹息。

“在知道你不是蔡风，而正是绝情时，我就一直告诫自己，你是在骗我，我们之间是完全不可能的，也因此一直压抑着心中的感受，可这却使痛苦一分分地加重，加重！在欺骗自己之时，更不能自拔地越陷越深，所以我多么希望你继续骗我，至少我仍可以找到一个欺骗自己的理由！”

望着矛盾异常的刘瑞平，绝情脸上的表情却逐渐缓和，变得十分平静，只是有些奇怪地问道：“你怎么能一下子就肯定我不是蔡风而是绝情呢？”

刘瑞平稍稍收拾情怀，不好意思地道：“蔡风在我的船上并没有喝过茶。”

绝情不由得恍然，心想这的确是一个疏忽，若是对方有意，只一试就足以证明很多事情的真伪。

刘瑞平从袖中掏出一个小锦盒，轻轻地打开，里面是一颗透明的小丸，晶莹剔透可爱至极。

绝情神色大变，惊问道：“这就是无色无臭的‘三分天下丸’？”

“不错，这就是奇毒无双又无药可救的‘三分天下丸’!”刘瑞平的神色十分平静。

“你们家人让你用这个来对付我?”绝情漠然问道。

“嗯!”刘瑞平轻轻地点了点头，却将碗中的酒注入锦盒，顷刻间，那透明的药丸不见了踪影，完全融入酒水之中。

“啪!”锦盒被抛了出去，酒水也洒了一地，落地的酒水并未使地面变湿，反而略显焦黑一片。

“好毒的药!”绝情也禁不住色变地道，同时也完全明白刘瑞平此举的用意。

“那你如何向家人交代呢?”绝情有些怜惜地问道。

“你还要让我回去交代吗?”刘瑞平幽幽地问道。

绝情一呆，刘瑞平的话如此直接，除非他是个傻子，否则绝不会听不明白。

“我不想欺骗自己，生在我这种环境，一切全都不能由自己做主，似乎命运早就被人安排好了，我已厌倦了这种生活，厌倦了这一些浮华空虚的日子。如果让我选择，我宁可做一个漂泊于江湖中的浪子，愿在乡间海外的一块完全属于自己的天空寻觅属于我的快乐，你能明白吗?”刘瑞平有些激动和愤然地接着道，目光中充满了憧憬的梦幻之色。

绝情已经不是第一次听到这样的话了，元叶媚的生活与刘瑞平的生活可以说是几乎相同，但两人的性格却似乎有些不一样，但却有着极大的共同之处，是以，绝情很理解她们的感受。

元叶媚虽然表面上极为活泼一些，但实际上所受的思想束缚更深，而刘瑞平虽然很温柔文静，但一旦把握住了机会，就绝不会轻易放过。两人的性格一个外刚内柔，一个外柔内刚，迥然相反，却使得元叶媚已经后悔了一次。

“如果你真的喜欢我，我们可以远去他国，如新罗、高丽、扶桑，我知道在咱们的南北朝之外还有很多地方，我就不相信金蛊神魔会抛开魔门的事远赴海外寻找我们!”刘瑞平激动地道。

这的确是任何男人都无法拒绝的愿望，有如此绝世美人相伴，又有何憾之有呢？更何况如此美人婉言相求？

绝情将那双冰凉的小手握得更紧，但却长长地叹了口气，无可奈何地道："谢谢瑞平如此看得起绝情，其实绝情何尝不想呢？但他会有办法让我死得很惨。这之中的道理我也无法明白，更无法解除，无论我走到哪里，死神都会守在我的头上，这样只会害了你一生。"

"我可以让他先你而死！"刘瑞平突然显得极为坚定地道。

"如果这样，在三个月之后，我同样会跟着他死去，这是我记忆之中永远都存在的戒条，绝对假不了。"绝情严肃地道。

刘瑞平一下子像失去了所有的力气一般，无力地问道："难道就没有办法了吗？"心中却忖道："蔡伯伯所说的果然没错，看来这毒人的确十分邪门！"但却暗自庆幸，自己果然赌正确了，这样半真半假的坦白，竟真让绝情相信了，到此刻她才明白，绝情产生怀疑后，才会出言试探，以退为进。

两人都是演戏的天才，就这样拿感情来斗法倒也刺激。

"只能走一步算一步了，但瑞平的情意绝情一定铭记于心，现在我仍要先办一件事情，然后再慢慢上路好吗？"绝情深情而无奈地道。

刘瑞平极端无奈地道："一切就听从你的吧！"

"谢谢！"绝情竟捧起刘瑞平的手，轻轻吻了一口。

刘瑞平的心禁不住一阵触电之感，颤了一下，俏脸绯红，可心中仍有着一丝失落。

绝情松开刘瑞平的手，眼睛扫了一下客栈之外的官道一眼，猛地将一碗酒一饮而尽，轻柔地道："我要去杀一个人！"

"你要杀人？"刘瑞平一惊，低问道。

"嗯，这是必须完成的任务，你放心，我绝对不会有事的。"绝情很坚定而自信地道。

在刘瑞平显出一丝无奈的时候，竟也隐隐听到官道之上传来了一阵极为轻脆的马蹄声。

掌柜的虽然在一心拨弄着算盘，但仍极为注意官道上的情况，生意人果然与常人不同，但他在想了想后仍一个劲地拨打着算盘，明天就是除夕，做生意也不在乎这么一天，何况伙计都回家了，客多反而难以招呼，少挣几个钱也无所谓，反正这年头说不准挣多了钱也没命花。

绝情给自己再倒了一碗酒，刘瑞平居然也再要了一碗，只让绝情感到惊讶莫名。

“你不胜酒力，还是不要喝了。”绝情温柔且关切地道。

“不，人生难得一醉，就让我放纵一下自己，醉一回好吗?”刘瑞平低声求道，语意之中充满了苦涩。

绝情心中暗自叹息一声，他知道刘瑞平是因为他刚才的回答而心头不快，更是对命运感到无可奈何的一种痛苦，的确是需要发泄一番，不由得怜惜道：“瑞平，等会儿让我陪你醉，好吗?”

“你陪我醉?”刘瑞平有些疑惑地问道。

“不错，陪心爱的人醉一场，难道不是一件痛快的事吗?”绝情坚决地道。

刘瑞平苦涩一笑，向窗外斜眼望了一眼，道：“是他们来了吗?”

“嗯!”绝情根本没有扭头外看，就肯定地点点头，同时缓缓立身而起。

官道之上，十数骑扬起一道尘龙，骑者行色匆匆，迎着凛冽的寒风，皆一脸风尘，虽有长袄裹身，似乎仍无法忍受如刀子割肉一般的寒冷。

“嘶……”几匹坐骑低嘶了几声，吐出一串串白气。

“这鬼天气真冷，幸亏此地有家店，咱们歇歇再赶路吧。”一个粗犷的声音道。

“还是继续赶路，明天就是除夕了，我们得将这吊玩意送给他们作礼物呢，若是去迟了，他们走了，咱们明日可就赶不回来团圆喽。”另一个声音接着道。

“他妈的，真是没了天理，这个时候，如此的天，偏要找老子麻烦，送什么劳什子玩意儿。”

绝情的神色微微显出一丝异样。

“谁叫咱们倒霉，撞到那么一批瘟神，不把这个劳什子玩意儿送去，就得赔上自己的小命，真他妈踩了马粪，倒霉透顶！”

“那究竟是个什么玩意儿呢？”有人问道。

“谁知道，不过好像有股血腥味，该不会是死猪肉吧？”另一人大惊小怪地道。

“去你妈的，一堆死猪肉用得着这样大动干戈、劳师动众吗？”

马上众人正说话间，突然发现路上如幽灵般多了一个人。

极年轻极年轻，但又浑身散发出一种邪异魅力的年轻人，正是绝情！

“妈的，今天真是撞见鬼了，走路也要遇到鬼！”说话者是一名一张马脸的汉子。

“明天真要好好回去烧烧香，拜拜佛。”其他众人似乎也感觉到自绝情身上散发出的充满压迫感的气势，一带马缰想从一旁绕过。

“希聿聿！”众马竟人立而起，似乎受到了什么极大的惊吓似的，根本不敢自绝情身边绕过。

那十几名汉子狼狈不堪地一把抱住马脖子，口中大骂道：“人倒霉起来，连畜生都要戏耍我们，他奶奶的真是没天理了！”

“邪门，这群畜生邪门！”

“你们送的是什么东西，又是送给谁的？”绝情终于出声了，他根本不屑对这几人动手，因为这些人不配！他们似乎只是一群江湖中最不入流的人物，那狼狈样与怨天怨地的骂法倒让他有些好笑。

这些人好不容易才定下惊魂，听绝情这么一问，全都横眉冷目以对，只是刚才他们深深感觉到绝情身上那种凌厉无匹的杀气，心寒之余，隐隐猜到马匹受惊与绝情有关系，但却根本有些不明究竟。

“这关你什么事？”一名汉子有些不耐烦地问道，若不是他被绝情的气势所慑，只怕早已破口大骂起来，今天的倒霉事接连发生，脾气再好也无法忍受。

“我再问一遍，你们手中的是什么东西，送给谁？”绝情声音中飘出一丝淡淡的杀机，冷冷地问道。

其中有几人似乎见识较广，知道眼前绝对不是个好惹的主儿，不由得压低声音温言道："其实我们也没敢看里面的东西，他们只是吩咐我们送到王河古庄，也不知道是谁要这劳什子。"

绝情听到王河古庄，眉头一皱，道："拿来我看看。"心中却暗自奇怪，这些人为什么送东西去王河古庄呢？他们怎会知道主人的住处？

那些人有些为难地道："这个……这个，他们会杀了我们的。"

"如果不拿过来，我此刻也会照样割下你们的脑袋！"绝情的话斩钉截铁，霸气十足。

绝情并不想杀这些人，是以只以气势压迫对方，这些人虽然不是武林好手，但却也非盲流，对这种无法喘过气来的杀气和气势体会却极深极深，哪里还敢反抗？一名汉子慌忙自马后拿出一个小木箱，急道："有话好说，慢慢商量，何必动怒？这就是那份礼物！"

绝情并不伸手，淡淡地吩咐道："打开！"

那人不敢有违，只得用刀子掀开木箱。

"呀！"一声惊呼，那汉子一下子拿捏不住木箱子，竟让箱子摔落地上。

众人同时发出一声惊呼，原来木箱之中竟是一颗血淋淋的人头，显然是刚斩下来不久。

"尤无心！"绝情的双眼微眯，显出一丝迷茫之色。

"公子，不是我们杀的，不是我们杀的，真的不是……"所有人一下子慌了，见绝情念出一个人的名字，忍不住慌忙辩解道。

"谅你们也没这个能耐杀他！"绝情不屑地道。

"对，对，我们没能耐，没这个本事，就是给我们十个胆子也不敢杀人啊……"这些人忙应和道。

"这人头是什么人给你们的？他们又在哪里？"绝情沉声问道。

"这个……这个，我也不知道他们是什么人，他们在前面的山头将这个木箱交给我们，还说点了我们死穴，只有将这个箱子送到王河古庄，那里的人就会给我们解穴，否则就只有死路一条。"一个稍稍年长的人怯怯地道。

绝情眼角一扫，意外地发现木箱之中有一张用血写成的字条，伸手便拾了起来，却见上面歪歪斜斜地写着：

“知君忧心此人坏事，特将此人会说话的东西送来，权当新年礼物，还望笑纳！”落款却是“无名氏”！

绝情禁不住微微愣了一愣，却不知道“无名氏”究竟是什么人，他之所以守在这条道上，就是要取尤无心的脑袋，如今却有人代他做了，这人究竟是敌是友呢？为什么似乎非常清楚金蛊神魔的行踪？

原来，自虎谷之役后，郑王立刻收到传书并很快撤走，因此，尤无心竟走了个空，而此时刘家送他的那些人也已返回，其行踪终还是被魔门探知。

尤无心自然知道魔门中人绝不会放过他，因此行踪极为隐秘，但仍逃不了一死。

金蛊神魔因赵青锋和费明两人身受重伤，无法出击，而不死尊者也有伤在身，他自己更因暗月寨之事焦头烂额，只好飞鸽传书绝情，让绝情代办，以绝情的身手去对付尤无心本是大才小用，但却也是没有办法的事。

昌久高也根本抽不出身来，近来连连受到各方面的打击，使他们锐气大损，特别是刘府那一记狠击，几乎让田新球抬不起头来，暗月寨剑痴的出现和矮门神诸人，又使他的计划大乱。

金蛊神魔自从南朝亡命到苗疆后，就从没有这么狼狈过，如今连番失利，怎不叫他心烦意乱？更且似乎还有许多隐于暗处的敌人，让他防不胜防，他从来没经历过如此境况。

绝情似乎对眼下的情况极为了解，才会在这里等待如此长一段时间。

“你们走吧，将这些东西收拾好，送到古庄，会有人给你们解开死穴的。”绝情道。

“可这，这是死人头呀！”一个汉子惊道。

“如果你想死，就可以不送！”绝情说着，不再理会他们，径直向客栈中走去。

刘瑞平竟满面驼红，显然在绝情出去的一段时间之中，又喝了不少酒。

醉了！只看那迷糊的醉眼就可清楚地知道刘瑞平醉了。

绝情的心头升起一种异样的感觉，他无法解释那到底是因为什么，眼前这拥有惊世之貌的美人是因为他而醉的，只凭这一点，任何男人都会感动。

“你为什么这么傻?”绝情自刘瑞平的身后搭住她的香肩，怜惜地问道。

“来，我们再喝，你说要陪我醉的。”刘瑞平语意稍稍有些不清地道，同时一把拉住绝情的手。

“你醉了!”绝情关切地道，他从来都没想过，竟会有今日这种心情，被刘瑞平的手握住之时，他的心再也无法保持那种古井不波的平静。

“不，我没醉，你陪我喝，你陪我喝。”刘瑞平一把拉过绝情，却不知是哪里来的大力。

绝情不好反抗，竟被拖得坐下。

“来，我为你倒酒!”刘瑞平醉态可鞠地端起酒坛，倒了一碗，却泼出了半碗，倒完后却自己先喝起来。

绝情心中不忍，接过刘瑞平手中的酒一饮而尽。

“哈哈，你要喝我的酒，我还有!”刘瑞平又端起自己面前的酒，又要喝。

绝情再接过饮尽，却也有些不胜酒力之感，他喝得已经够多的了，十几碗烈酒下肚，普通人早就醉如烂泥，但他的体质特异，却可以强自坐下来。

“你酒量比我好，再喝再喝!”刘瑞平竟又要倒。

“好了！够了!”绝情沉声拉过刘瑞平的手。

掌柜的本因绝情对那十几名汉子那么凶，倒极为敬畏，只是看到这个样子，不由得出言道：“公子，这位小姐醉了，我看天气如此冷，不如找间客房休息一下可好?”

绝情扭头感激地望了掌柜一眼，温言道：“那有劳了，将客房之中生起火来。”

“好的，我这就去。”掌柜的忙放下手中的算盘与账本，迅速向楼上行去。

“绝情，你不是说要陪我醉吗？你不理我了吗?”刘瑞平醉眼朦胧，语意仍清，更似有着无限伤感之意。

绝情轻轻一叹，知道刘瑞平真的是爱上他了，可想到自己，永远都不可能拥有真爱，永远都无法抗拒命运的安排，情感只能令他徒增伤感。刘瑞平为他而醉，他心中始终有着一丝不忍，柔声道：“明天我再陪你喝，好吗？今天你已经醉了。”

“不，我没醉，没有醉！你在骗我，不信我再喝给你看。”刘瑞平的话似乎已经表达不清的。

“不要再喝了!”绝情紧握着刘瑞平的手，一把将她拉到怀中。

刘瑞平挣扎着道：“你……你就是不相信我，让我走路给你看，保证没醉!”

“公子，客房已经准备好了!”掌柜的速度快得惊人，其实此刻根本没有什么客人，客房全都是空的，里面的东西早已整理得十分干净，只要走入任意一间房中点着炉火就行，是以，掌柜能在如此短的时间内打理好客房。

“好，带路!”绝情伸手揽住刘瑞平的腰，几乎是将刘瑞平轻轻地托起向楼上行去。

刘瑞平竟暂时安静下来，偎依在绝情宽阔的肩膀之上，像是一个依恋母亲的孩子，双手紧紧搂着绝情的脖子。

绝情索性将刘瑞平横抱而起。

掌柜见怪不怪，虽然吃惊于刘瑞平绝世的美丽，可绝情那种不可逼视的气势却让他不敢有半点异想，他知道这些江湖人物是绝对惹不起的。

第一百零六章　以情引欲

绝情和刘瑞平走进燃着四个火炉的客房，立刻感到一股暖意，随便打量了一下房内的环境，布置倒极为典雅。

悬于梁顶的桃木剑，更有书画及一柄张开的大折扇挂于墙上，增添了几分儒雅之气，案几上不仅有茶，更有围棋。

绝情并不在意这些，进入房中，掌柜就立刻退了出去，并顺便带上房门，在门外道："公子有什么吩咐就喊一声，我就在楼下！"

绝情答应一声，将怀中的刘瑞平轻轻放到柔软的床上，禁不住在心中叹了口气，忖道："问世间情为何物？为什么感情总会成为一种无法摆脱的负累？"在这一刻，他也深深明白自己对她并非无情，只是自己一直不敢去面对而已，一直不敢将自己的心扉完全敞开，难道这正是刘瑞平所说的"自己欺骗自己"？

"绝情，你真的爱我吗？"刘瑞平眯着醉眼，如梦中呓语般。

绝情禁不住一颤，刘瑞平搂住他的脖子，那双冰凉的手涌起无限的柔情，他伸出大手，轻轻地抚摸着她那冰雕玉琢的俏脸，是那么轻柔、那么深沉，似乎怕惊碎了一个美丽得没有瑕疵的梦。

绝情看到了两行泪水，清澈晶莹，像两串梦幻珍珠一般挂在刘瑞平的腮边："你不要离开我，不要送我回去，好吗？"

绝情有些惊讶刘瑞平的语意如此清楚，虽然舌头有些僵硬的感觉，可表达的意思却是那么深情、那么无助，他的心中一阵抽搐，重重地点了点头，这才缓缓低下头，轻吮那珍珠般晶莹的泪水。

一片火热的朱唇吻合了绝情厚重的双唇，一股如兰似麝的幽香再一次清晰无比地传入他的鼻中，更夹着一种难以形容的气息，舒爽得让人感觉到似在云端飘浮。

熊熊烈火不是在火炉之中，而是流自绝情的丹田，直冲顶门，通达四肢百骸，他的口中有若一条香滑甜腻的灵蛇在扭动，扰乱了他所有的思维、所有的理念，也激活了他潜藏于体内的激情，生命的激情！

那种迷失的感觉，使两人完全抛开了一切的矜持，抛开一切的世俗理念、一切红尘的琐事、一切可能或不可能发生的后果。

天与地之间似乎不再真实，抑或是不再抽象，生命的激情在无限地扩张，吞噬了两人，吞噬了客栈，吞噬了天和地。没有天，没有地，只有意念，一直尚存的意念！

无天！无地！无我！忘情的一吻，忘我的一吻，美妙而奇特的感觉终于冲溃了他理智的防线。

奇怪的是刘瑞平竟在此刻露出了一丝笑意，在眸子深处一闪即失的笑意是展现在绝情视线的死角。

两人的束缚越来越少，刘瑞平的眼中印出了三颗排列得极有规律的黑痣，是那么清晰、那么显眼，而此刻的她，也不再注意这些，在酒精的催动之下，血液沸腾，激情澎湃！

客栈之后的一棵老松树之下，静静坐着一尊雕像般的人，深深的竹笠掩住了他的眼眉，高高的鼻梁皱成一种极有个性的韵律。

“我嗅到了‘花柳胭脂香’的味道！”声音传自松树之顶。

松树下那人微微颤了一下，声音有些激动地道：“刘姑娘果然没有令我们失望，毒人乃万毒之最，万毒不侵，但却无法抗拒‘花柳胭脂香’的催情作用，看来三公子很快就会复原了。”

“阿弥陀佛，想不到老衲参禅数十载，今日却要……唉！”一旁竟传来一名老和尚感叹的声音。

“大师何出此言？此乃除魔卫道之举，何惧佛祖相责？”松树之上又传来了那人的声音。

松树下的人突然道："主人来了。"

众人的目光凝于不远之处，果见一人飘然而至，优雅无伦的步法若御风而行。

来人赫然是蔡伤，而蔡伤的身后却是刘承东和凌能丽。

松树下那人掀开了竹笠，竟是铁异游！

"老爷子，刘姑娘用了'花柳胭脂香'！"自松树上跃下的却是三子。

凌能丽的脸色"刷"地变白，刘承东也轻轻叹了口气，他的确也不知道该怎么说才好。

蔡伤好像想到了什么似的，拍了拍凌能丽的肩头，温和地道："孩子，你和三子立刻去找两辆马车来！"

凌能丽知道蔡伤的意思，更能感受到那份关切和爱护之情，心头微微一缓，但鼻头却一酸，险些掉下眼泪来。

"师叔，请奏梵音！"蔡伤向松树下那名老和尚低声而恭敬地道。

"老爷子，我似乎听到不远处有大群狗在叫！"三子突然竖起耳朵道。

"不要管那么多！"蔡伤叱道。

疯狂的绝情耳畔突然传入一种几乎让人血脉狂张的乐音。

乐音低缓而清逸，像春闺怨妇之思语，像雨洒巴蕉之清灵，但内在却似乎蕴涵着一种可催发所有生机的魔力。

不仅绝情，刘瑞平也同样如此，但却似乎被引入了一个似乎是脱离了现实，一个只有存在的纯净美妙世界中。

一种清晰的感悟在她的心头萌生，那似乎是对天、对地、对阴阳五行的一种感悟，抑或是对死的一种感悟，她无法解释那种感觉，但却已全情地去寻找探索那种感觉，将生机，将所有的情感完全地展放。

绝情却是另一种感受，他体内流涌的乃是魔血，一种与美好格格不入的魔血，在这纯美充满无限生机的乐音指引下，竟使他体内的魔血沸腾、奔涌，血脉似乎无休无止地扩张，但那只是一种感觉。

绝情的脑子中渐渐变得更为混乱，他只知道需要发泄、需要疯狂，那深锁在脑子深处的记忆和灵智，也随着魔血越流越快而渐渐冲破防线，涌入脑海。

而在绝情的狂性逐渐推向巅峰之时，刘瑞平突然睁开美目，以最坚强的意志自散乱的秀发之间拔出一根五寸多长的金针。

疯狂的撞击与精神上及肉体上可让人崩溃的美感阻止不了她那坚强的意志和深深的责任感。

三寸、两寸、一寸……与绝情的神藏穴越来越近，越来越近。

刘瑞平的手开始颤抖，如果这一刺插错，那她只有陪着绝情一起永远离开这个世界。的确，当一个人的某个细小动作会决定她一生命运之时，都会考虑很多很多！

“哗——你不能杀他！”正在这要命的时刻，房门竟然被推了开来，一道身影迅速飞掠而进。

刘瑞平一惊，金针脱手，坠落于地，眼角间窥见一张极美极美的面孔。

来人竟是元叶媚，只是此刻她满面酡红，连眼睛都不敢睁开，犹如喝醉了酒一般。

原来，那日元叶媚和元定芳商量之后，就毅然决定，一定要去查出绝情的真相，同时也不想让太多的人知道，那样定会有人设法阻拦，也便只与元定芳两人偷偷溜了出来，带着一群狗。

由于有狗王之助，她们很轻易地便跟上了绝情，但却怕绝情有所发觉，只得远远地跟在他身后，她们深知绝情那灵异敏锐无比之觉察力的厉害，更且，绝情走到哪里，那只灰毛野狗王似乎总会在暗中跟随，这灰狗也成了她们头痛的障碍。

一路上，两人易容而行，又戴着斗篷，并没有引起多少人的注意，而那些战狗也极听话，并不与她们一起宿店，倒减小了目标。

一连几天的跟踪，直到绝情救刘瑞平，与刘瑞平在一起有说有笑，只让她们的心头极不是滋味，但为了要证实绝情的身份，她们一直在寻找机会。

今日绝情前脚跨入客栈，元叶媚便自后门跟了进来，在老板娘的引领下早一步住进了客房，暗中观察绝情的动静，直到绝情将刘瑞平抱入客房，并将那一幕幕看在眼中，让元叶媚激动的却是绝情身上果然有那么三颗黑痣，这就证明绝情确实是蔡风无疑！

证实了绝情就是蔡风后，让她又惊、又怒、又气、又恨，她没想到在她心中一直深爱的蔡风竟不与她相认，更做出这种事，同时也妒火欲狂，但看到房内的情景却是心血激涌，面红耳赤，浑身酸软，更被那种莫名的乐音激起了心中的情焰欲火，几达无法自拔之境。

而刘瑞平却在这要命的时刻拔出了一枚长针，就要刺进蔡风的神藏穴。其实她在门外并不知道刘瑞平将金针刺进绝情的什么穴道，更不知道其中的内情，反正什么人要对蔡风不利，她就绝不容忍！所以，才会不顾一切地冲了进来，吓得刘瑞平金针坠地。

元叶媚这一声惊呼，贸然推门而入也惊动了疯狂中的绝情，只见他通红的双眸中似乎喷出火般地回望着元叶媚。

元叶媚一惊，正准备呼叫，突觉手腕一紧，身不由己地扑跌到床上。

绝情在完全失去了理性之下，放开刘瑞平，也不理元叶媚的惊呼，伸手一阵乱撕，片刻之间就将元叶媚的衣衫尽数撕裂。

房外的元定芳看到此情此景，再也待不住了，冲进房中，大声呼道："绝情，你要干什么？"

绝情根本不理，反手一指，却将元定芳戳晕在地，又以元叶媚为目标，毫不犹豫地放纵起来。

刘瑞平看得目瞪口呆，她没想到"花柳胭脂香"会如此可怕，元叶媚的尖叫和惨呼入耳惊心，思及刚才，禁不住也面红耳赤起来，想动手相救，奈何刚才创痛过重，在狂欢过后，连动根手指的力气也没有了，既然现在有人代替了她，她也便失去了支持意志的动力，只能眼睁睁地看着元叶媚由尖叫、惨叫转为呻吟。

果如刘瑞平所料，守在楼下的是铁异游，是以，虽然掌柜的发现楼上事情有些不妙，也无法上得楼来，而使楼上的一切极其顺利地进行着，没有人会打扰，可仔细一想，这一切的确也够荒唐、离谱了。

刘瑞平一脸慵懒之情，鬓叉稍整，却不能下楼，只是站在门外，因为所受之创的确太重。

铁异游心中落实了下来，他知道一切都已经顺利地成功进行了，只是这残局该如何收拾，却也有些伤脑筋。

蔡伤和刘承东也出现在楼下，出现得令掌柜也感到有些突然，两人上楼后，望着刘瑞平微显苍白的脸色，蔡伤心头涌起一丝愧意和无限的感激，为了蔡风却让她作出了如此大的牺牲，仔细一想，自己是多么的自私！可人生往往如此，任何事情都有残缺，也不可避免地有所牺牲。

蔡伤拍了拍刘瑞平的肩，眸子中竟隐含泪水，却没有出声，只是静静地望了刘瑞平一眼。

刘瑞平心头竟涌起异样的激动，是因为蔡伤眼中的泪花，这不可一世的绝世刀手竟然会流出泪水来？但她不感到奇怪，绝不感到奇怪！

蔡伤是性情中人，他所表示感激的方式也有着极为独特的魅力。

刘瑞平不仅读懂了蔡伤那发自肺腑的感激与愧疚之情，更读懂了他对蔡风那种深切的关爱，真正体味到父爱的伟大。她知道，在此刻，她要蔡伤以任何方式感激她都可以，哪怕是让他死！

“蔡伯伯，他们就在里面。”刘瑞平说着步履微微有些蹒跚地向房中行去。

刘承东没有说话，因为他知道，任何话都是多余的，事情已经成了绝对的定局，蔡伤一定会给他一个满意的答复。

走入房中，蔡伤呆住了，刘承东也目瞪口呆，唯有刘瑞平表现得最为平静。

房中一片凌乱，斑斑落红，犹若雪中红梅散落，触目惊心，满地都是撕碎的衣物。

蔡风面色苍白地横躺在榻上，紧闭着双眸，像是甜甜地睡过去了一般，在他的身边，紧依着两位面色苍白，但却犹如两朵美丽得不沾尘俗烟火如百合一般的女子，似也安睡过去，散漫的头发挡住了她们的双颊，三人的躯体同时被一床被子所掩，但任何人都知道，在一刻之前，这里所发生的事情。

蔡伤禁不住涌起了一丝极为荒唐之感，他没有出言相询，只是将目光移向刘瑞平。

刘瑞平也无语，因为她实在也弄不清这两人的身份，但却知道她们与蔡风的关系一定不同寻常。

刘承东的脸色却变得有些难看，长长地吸了口气，也涌起一种荒谬的感觉，苦涩地道："这两位乃是长乐王府四处寻找的人物，一个是邯郸元府大当家元浩的独女；一个是大都督元志的女儿，却不知她们怎会出现在此地。"

蔡伤也为之色变，更是头大如斗，怎么又将这两个人物卷入其中呢？那邯郸元府的事他倒是知道，因为蔡风最初离开武安前去邯郸就是因为元浩的千金，此时一看，果然国色天香，与凌能丽、刘瑞平众女难分上下，而元定芳也是难得的绝色美女，这让蔡伤心中有些啼笑皆非，事情怎会闹至如此地步？风儿阴差阳错竟与这么多美女结缘。

"现在该怎么办？"刘瑞平似乎有些虚弱地问道。

蔡伤吸了口气，扭头向刘瑞平认真地问道："瑞平能接受她们吗？"

刘瑞平幽幽地叹了口气，道："事已至此，又有什么好说的呢？"

"如果你认为不行的话，我可以在这个时候杀了她们！"蔡伤说得极为认真，也极为无奈。

刘承东和刘瑞平禁不住呆了，蔡伤竟肯为刘瑞平一句话，而做出连江湖最下流的人都不想去做的事，这是多么让人吃惊啊，就连刘承东也禁不住深深地感动了，能得天下第一刀作出这样的承诺，任何人都应该感到骄傲。

刘瑞平的眼中滑下两行激动的泪花，有蔡伤这样一句承诺，她还有什么不能放心的?

“不，我能够接受她们，若是蔡伯伯杀了她们，阿风会恨我和你一辈子的。”刘瑞平认真地道。

“到底是怎么回事?”蔡伤奇问道。

“阿风在我将金针刺入他神藏穴中之时，突然完全清醒，更在刹那之间知道了发生的所有事情，但终还是昏睡了过去；而她们俩被我点了穴道，让她们好好地休息一阵子。”刘瑞平心有余悸地道。

“义父，马车已经准备好了。”凌能丽不知什么时候走进了房中，脸色变得更加苍白。

蔡伤心中又多了一份歉意，倒是刘瑞平极为温婉地靠过去，亲热地揽住凌能丽的肩头，有些虚弱地道：“凌妹妹，能带我出去走走吗?”

蔡伤立刻明白她的意思，心中暗赞她的心思细密，只不过，后辈的事他也只能尽尽义务，实在是爱莫能助。他解下身上的披风为刘瑞平披上，关心地道：“小心着凉!”这才拍拍凌能丽的肩，肯定地道，“一切义父会做主的。”两人的心中都禁不住微微感动。

凌能丽感激地望了刘瑞平一眼，挽着她的手臂行了出去。

房中唯留下蔡伤和刘承东相视愕然。

了愿大师一直都在合掌念佛，他从来都未想过有一天会用梵音来激发别人的情欲，虽然事出无奈，但他依然无法释怀。

“佛曰清静心，事如云烟，过也罢，善也罢，他日风云终失色调，我心无愧，无愧世人，无愧天心，皆因两悦，道法无相，无贫富之分，无贵贱之别，无雅俗之嫌，师叔无法参悟我佛，皆因身中世俗之毒太深，着相太重，难道师叔仍不能悟透吗?”蔡伤那清越悠扬的声音响起，将合上眸子的了愿大师自沉思中惊醒。

了愿大师似乎在刹那间领悟，禁不住感叹道：“师侄之慧根胜我千百倍，难怪我始终无法悟透圣舍利之玄奥，多亏师侄指点。”

“师叔客气了，师叔这些年来精研天竺婆罗门之学，而与无相之禅有了出入，禅机在于领悟，而非精研，非著书立说，所以师侄体味更深一些。”蔡伤慨然道。

“或许师侄所说有理。”了愿大师诚恳地道。

“我想让师叔去一个地方。”蔡伤认真地道。

“哪里？”了愿大师平静地问道。

“北台顶！”蔡伤肃然道。

“烦难师兄飞升之处？”了愿大师之语意显得微有些激动地问道。

“不错，此地事了，我想借助师汉对婆罗门的所学去办一些事情，不知师叔可否愿意？”蔡伤认真地道。

“如师叔能再用残躯为世人做一些有意义的事，绝不推辞！”了愿大师微感欣喜地道。

“这件事十分重要！”蔡伤微微压低嗓音道，同时也将身子靠近了许多。

了愿大师显得更为严肃：“师侄但讲无妨！”

“在师父和天痴师叔及佛陀三人联袂飞升之前，师父和天痴师叔留下了一些东西，但却由佛陀以天竺的文字所记载，更将之以婆罗门的图案相掩，我根本无法破解那究竟是怎样一份秘密，但我想师父二人所藏秘密定然极大，所以我需要借助师叔对天竺梵文及婆罗门的了解去破译其中所藏的天机。”蔡伤的声音极低，也只有了愿大师才能清楚地听到。

了愿大师的神情变得无比严肃，他知道事情的严重性，微微点点头道：“我一定会做到！”

“在北台顶会有人来迎接师叔的，并会为师叔打点一切，这人乃是师父身边最为忠实的书童，师叔对他可不必作任何隐瞒，只管放心破译天机即可。”蔡伤沉重地道。

“好，我明日就起程北上！”

刘瑞平和凌能丽联袂而回，脸上被寒风吹得红扑扑的，更显娇人！

“我们将他们搬上马车，异游，通知中天等人，我们立刻南下！”蔡伤吩咐道。

刘瑞平向刘承东望了望，对着蔡伤道："蔡伯伯，我和总管打算明日返回广灵!"

蔡伤一愣，想了想也的确应该回去了，便道："只要风儿康复后，我们定会以最快的速度前去广灵!"

众人哪还不明白蔡伤的意思，刘瑞平禁不住俏脸更红，偷偷看了凌能丽一眼，见她并没有不欢之色，便有些羞涩地轻声道："瑞平盼望蔡伯伯早日来到我刘府。"

"一定会!"蔡伤肯定地道。

内丘。

大行山边沿，乃通向北方的要道所在，但此刻中部葛荣起义的实力大增，几有飞速膨胀之势，合杜洛周义军为一体，葛荣也自立元真王，通北要道几乎被他拦腰切断。

内丘，却并非葛荣势力范围之内，但却并不代表不是他的活动范围。

这几日，内丘城中似乎有些不大寻常，不寻常的不仅仅是因为明天就是除夕，就因为除夕，才会更表现出这些反常的现象。

往年到了除夕前一阵子，街头流浪的人一定会减少，但今年却不同，不仅没有减少，反而更多。

大量涌入的难民，就像是饥饿的蝗虫一般，成群结队地四处流窜。

凛冽的寒风四处乱吹，大街或胡同的角落里，经常会发现僵死的尸体，但这却是谁也无法避免的。

责任人只有一个，那就是战争!

战争是一切罪孽酿成的祸首，但却没有谁可以改变战乱纷繁的世界，绝对没有!

畏缩于一角的穷人很多，瑟瑟发抖的身子靠着彼此那一点微薄的温度维持着生命的机能，这的确是一种悲哀。

街上，畏缩着难民，与之相反的，酒肆客栈之中也有大撒金钱之人，大碗喝酒，大块吃肉，那是江湖人!

江湖人始终是一个最有生命力的群体，无论是在什么样的时代，他们都有骄傲辉煌之期，至少，他们绝不会饿死冻死，但江湖人却往往过得很艰辛、过得有些无聊，麻木了生与死的感觉。

最会享受生命的人，也是这些江湖人，能活着，已是一种幸运，一种让人羡慕的幸运，是以这些人很怜惜生命，但不怕死！

江湖人，就是不怕死的人，横下一条心，不怕死还怕谁？是以，这些人也往往是最危险、最可怕的人。

内丘，江湖人和难民一样多，酒肆客栈的火炉旁，那一个个高淡阔论、口沫横飞的是江湖人，当然也有些江湖人是不喜说什么话的，也不喜欢高谈阔论。

这样的江湖人更可怕，因为他们知道，一个真正的江湖人靠的不是嘴巴，他们不是讨饭的乞丐，也不是吹牛撒赖的痞子，而是用拳头兵刃主宰别人命运的强者！

这种江湖人，是高手，高手喜欢做的事是欣赏，欣赏自己的手，欣赏别人的手，无论是粗糙的还是白嫩的，细腻修长的，他们都很爱惜自己的手，甚至连指甲都会细心保养。

若某个人拥有一双细嫩修长的手，且喜欢保养，假如他是一个高手，那这人定是用剑，用剑的手与别的手，就是有些不同。

当然，用什么都无所谓，只要有人会欣赏就行。

有个客栈叫“飘”，很优雅很有韵味的名字，就像是多添了一种梦幻的色调。

在客栈“飘”中，就有很多江湖人物，高谈阔论的不是王孙公子，那些人在这段日子都忙着过节，并没有闲情来高谈阔论，因此，这些高谈阔论的人多半是江湖人。

当然，在一处最不显眼的角落里，也有几个不喜欢说话的人。

他们只是静静地品尝着杯中的酒，酒杯端得很高，以手肘抵着桌面，举杯凝神，似是在欣赏杯上的纹理，也似乎在欣赏着那修长的手指，和骨肉均匀的手。

很普通的一群人，普通得你可以随手在集市中抓出一大把！

他们的衣着打扮也像是他们的面孔一样普通、朴素、无华。

静静地品酒，静静地享受着窗外寒风的呼叫，静静地听着那些自以为很了不起的人在高谈阔论，而他们只保持着应有的沉默。

他们在等人，在等应该来的人，当然，除了他们心中明白是谁外，没有多少人知道。

内丘虽然不是在战乱的尖锋地带，但仍然不太平，也绝对不太平！

当然，不太平也不是说很乱。

街上十分静，是因为街上的确很冷，那凛冽的寒风如刀子一般，可以自你的衣服中窜入肉内，凉至骨髓，正因为街上很冷，才更显得静，连走路的人都不敢大喘粗气。

偶尔也会有马蹄声响起，但那仿佛只是一只失群的孤雁低低地鸣叫了几声而已，很快就会消失。

长街上，终于还是响起了一串马蹄之声，这次很清晰地便映入众人的耳鼓，但没有多少人关心，高谈阔论的人自然不会关心，他们喝酒吃肉不知道有多高兴呢？可有人注意了！

注意的人正是那群沉默的普通人，最不起眼的人才会注意窗外的事！

当然，到底是否是闲事，就没人得知了，只是看他们那专注的神情，似乎窗外之事比喝酒吃肉更有趣。

元叶媚和元定芳悠悠醒来，颠簸的感觉清晰地告诉她们，自己此刻正身处马车之中，但首先映入眼帘的却是凌能丽与刘瑞平的俏脸。

疼痛犹隐隐自下体传来，两人神情惨淡。

“你们醒了？”凌能丽以最为温和的语气道。

元叶媚和元定芳不语，她们的心似乎早已麻木，谁也想不到她们各自倾心的男人竟是如此禽兽不如。

刘瑞平轻轻地叹了口气，道：“我很明白你们的心情。”

元叶媚和元定芳的目光极为空洞，隔着马车之顶，她们似乎看到了天空，感觉到天空的空洞。

“你们很恨我吗?”刘瑞平语气极为无奈地道。

元叶媚和元定芳都知道刘瑞平也受过同样的遭遇，不由得有种同病相怜之感，只是仍然默不作声，她们也不知道该怪谁，但却显然对刘瑞平的话起了反应。

刘瑞平和凌能丽心头稍稍松了口气，刘瑞平又叹了口气道：“其实你们不应该怪蔡风和绝情，因为他是无辜的!”

听到蔡风和绝情这两个名字，两人的目中尽是鄙视和愤怒，但仍没作声，显然对刘瑞平的开导感到极为不屑。

“也许你们不相信，因为当时蔡风是中了天下最为烈性的催情药物‘花柳胭脂香’。那时的他根本没有理性，也不会认识任何人，而你们却在这个时候闯入，唉!”说着刘瑞平再一声轻叹。

元叶媚和元定芳眼中显出一丝迷茫，但瞬即同时冷冷地道：“你骗人!你们的一举一动我们都看得十分清楚!”

“她没有骗你，因为‘花柳胭脂香’是她亲自下的，而且在几天之前便下了药引子，只是到今日才催发而已!”凌能丽证实道。

“你是什么人?”元叶媚的心情恶劣至极，语气很冷地问道。

“她是我最好的姐妹，我就是广灵刘府的刘瑞平，没先向元小姐介绍，实是不该。”刘瑞平抢着答道。

“你……你就是下嫁南朝的刘瑞平?”元叶媚和元定芳有些不敢相信自己的耳朵，一齐问道。

“不错，这之中的细节容我慢慢叙说，不过你们的确是错怪蔡风了。”刘瑞平诚恳地道。

“我不会错怪他的，那他拒称自己是蔡风，一口咬定自己是绝情又作何解释?”元叶媚有些固执地道，绝情的粗暴的确是伤了她的自尊，她乃堂堂千斤之躯，何时受过此等污辱?

“这就是我为什么要向他施下‘花柳胭脂香’的最根本原因。”刘瑞平涩然一笑道。

元叶媚和元定芳不由微微一愣。

凌能丽却将蔡风自两年前养伤猎村，直到后来如何为了她赴大柳塔一役，又如何变成了毒人，包括蔡风杀蔡伤的那一幕也毫不漏过，只听得元叶媚与元定芳目瞪口呆。刘瑞平在先前与凌能丽散步之时已知道了这些经过，所以并不怎么惊讶，在凌能丽说完之时，才轻轻地叹了口气，接道："破解毒人之法，天下也只有一种！"

"难道就是让他身中'花柳胭脂香'?"元叶媚仍微微有些不甘心地问道。

"身为毒人，为万毒之最，百毒不侵，根本就不怕任何毒药，但唯有乱性之药却是不能抗拒，乱性之药与毒药本身就有所区别，我暗施'花柳胭脂香'并不是目的，只是一种手段!"刘瑞平解释道。

"金蛊神魔所炼的毒人绝情有异于昔日江湖中所出的毒人，他并不是将毒人变成一个完全没有思想和主见的人，而是以一种极邪的药物将毒人的记忆全部封存，忘记过去所有记忆，包括他的亲人、朋友。破解毒人的方法，就只有解除他思想中的禁制，让他的记忆冲破禁制，这才能够使毒人真正地恢复!"凌能丽接着道。

"蔡风的父亲在陶弘景老神仙那里求得破解这种禁制之法，就是当毒人的血脉扩张到极点，亢奋至巅峰之时，那么禁制所受到的冲击力也就最大，同时以处子真元接引毒人体内的暴桀之气，以一种附和之法调整毒人体内的药性，给毒人带去更大的刺激，配以金针刺穴之法，才能一举将他的记忆激发，冲破禁制。"刘瑞平无可奈何地道。

元叶媚和元定芳想到刘瑞平的确是准备以金针刺穴，只是自己不明就理地闯了进去，才会酿成这种结果，还险些坏了刘瑞平的大事，禁不住全都默然不语。同时更明白刘瑞平实是牺牲自己而救蔡风，这种高尚无私的情操的确让她们极为震撼，因此，她们刚才对刘瑞平的偏见霎时全都消失，取而代之的是无限敬佩。

"是我们错怪了你。"元叶媚和元定芳同时幽幽道。

"这不关你们的事，因为你们根本就不知情，只是我希望你们不要怪责蔡风。”刘瑞平淡然道。

元叶媚和元定芳的目光依然有些空落，事情弄到这种地步，的确是太过突然了，无论她们怎么爱蔡风，在心理上始终有些难以接受。

“如果两位姑娘不弃的话，我想代风儿向你们求婚，只要风儿一旦康复，立刻便为你们完婚！”蔡伤的声音在车厢外响起。

凌能丽立刻拉开车厢前面的布帘，介绍道：“这位就是我的义父，也便是阿风的爹爹！”

“老夫蔡伤！”蔡伤一边挥动着马鞭，一边道。

“你……你就是天下第一刀蔡伤?!”元叶媚和元定芳做梦也没想到那曾经不可一世、威震朝野的蔡伤竟会为她们驾车，这是多么不可思议之事啊！

“正是！”蔡伤回过头来，露出沧桑一笑。

绝对不可否认，蔡伤的笑容很有魅力，一种无法解释的魅力，或许是因为他那不可一世的气态，与静若深海的高手风范，才使他那张不是很英俊的脸容，别具一番风韵。

元叶媚和元定芳立刻百感交集，满腹的委屈似乎在这一刻完全宣泄而出，同时滑出两行泪水。是因为蔡伤的真诚，抑或是其他的原因？总之连她们自己都感到有些莫名其妙，不明白自己为什么会这样脆弱。

蔡伤轻轻地叹了口气，轻柔地道：“孩子，只要你们愿意，一切我都会为你们做主的，我保证绝对不会轻率而定！”

“事已至此，我们还能有何决定呢？一切都由伯父为我们做主好了，但我表姐却必须同家中人讲明白！”元定芳强压心头的酸楚，幽幽地道。

蔡伤再次仔细地打量了元定芳一眼，感激地道：“姑娘深明大义，这一点我蔡伤岂会不知？今日我便派人前去长乐王府，告诉你们家人你们十分安全，明日就会有人去邯郸向贵府求亲，因为我需赶赴南朝为风儿逼去毒性，不能分身，但风儿复原后，我们定然一同亲去邯郸！”

元叶媚脸上显出一丝难色，显然有些担心。

“你放心，我会让山东王家仆射王英豪与东益州（今陕西略阳县）刺史魏子健亲自去求亲，如有可能更会让当今太后之兄胡孟走一趟。我想，你爹不会不同意的。”蔡伤似乎看出了她的心思，出言道。

元叶媚自然知道蔡伤绝对不会说谎，但当今皇太后之兄是何等身份？东益州刺史魏子健与仆射王英豪虽然不是鲜卑贵族，却也是官尊位重，在朝中的身份可以说极为崇高，就是鲜卑贵族王公都要给他们几分颜色。山东王家更是汉人大族，身份当然不同。有这三个人物中的任何一个便可促成自己与蔡风的婚事，何况三人同去？当然，蔡伤曾在北魏朝中红极一时，孝文帝极为宠信，就是宣帝元恪也对他畏敬三分，能与这些人成为至交并不奇怪。蔡伤若能亲去元府，那当然好说，他曾经也是北魏掌权的大将军，更数次挂帅，就是此刻军中的许多将军都是他一手提拔的后辈，在军中可以说是有极高的地位。

“有伯父这样一番话，我就放心了！”元叶媚微微松了口气，的确，她对蔡风爱得极深，饱受了两年的相思之苦后，她更明白，没有人能够像蔡风一样占据她的整个心灵。

元定芳却与元叶媚的感受不同，虽然她是贵族之后，都督之女，可她父母全都阵亡，眼下乃是寄人篱下的弱女子，仇未报，爱上的绝情却只是蔡风的化身，而此刻又发生了这样的事情，的确让她心中无法接受。

蔡伤是一个极为细心和敏感之人，知道元定芳乃是元志之女，而元志已战死沙场，别人可以提亲，明媒正娶，而她却举目无亲，若是向邯郸元府说出她的事，也会成为笑话，不由得温和道：“令尊也曾与我共赴沙场，我们乃是并肩作战的朋友，有了这一层关系，咱们之间也不算是外人了，令尊之去实是令人遗憾。但定芳却要坚强一些，今后你的事便是风儿的事，也是我的事，你可以不用与叶媚返回邯郸，就留下来陪我义女如何？”

元定芳再也忍不住“哇”地哭了起来，心中的委屈突然爆发，连元叶媚也为之惊愕。

第一百零七章　异域尊者

喝酒本来就是一件寻找快乐的事，想寻找快乐，就要会欣赏，欣赏一切！是以乐观的人，即使对着一堆牛粪，他也不会感觉到恶心，说不准还能够给牛粪找出几个优点来呢！很多开朗乐观的人总会爱管闲事的。

当然，有些人爱管闲事并不一定乐观，但无聊总会有的。

客栈“飘”之中有几个人似乎很无卿，所以他们为了找乐子，就扔酒杯。

扔酒杯，砸窗子，当然是酒杯砸窗子。

酒杯未碎，而是透过窗纸飞了出去，飞在清冷的大街之上，在萧瑟的寒风之中，烈酒飞洒，像是闪亮的珍珠。

而在酒杯子飞出去的时候，正是那一群健马飞驰而过的时候。

这是不是一种巧合，一种偶然？

当然不是，其实这些人也并不怎么无卿，只是这些人想杀人！想杀人的人总会有些无卿。

“啪！”是酒杯碎裂的声音，“呀！”也有惨叫之声。

当然少不了马嘶之声与杂乱的蹄声。

“哪个王八蛋扔酒杯？他妈的……啊！”这人一句话仍未说完，就已经发出了一声长长的惨叫，因为第二只酒杯已砸在他的脑袋上。

“妈的！”外面一群人怒极，想不到居然有人敢于光天化日之下，在大街上如此挑衅生事。

客栈之中正在高谈阔论的人也全都停了声，相视而望，江湖人是最喜欢看热闹的一个群体，因为江湖人本身就具备无卿的条件，他们巴不得会有好戏看，但他们却并没有看见那几个极为普通的人。

不知什么时候，这几个人已经若幽灵一般立在了街中，正因为他们的不起眼，才没有几人注意他们，其实就是有人注意了他们，也不一定能准确地说出他们立在街头是哪一刻，似乎哪一刻都是，抑或他们从来都是立在街头上的，这并不矛盾，因为他们的动作的确够快，就在第二只酒杯砸破了那开口大骂的汉子脑袋之时，他们就已经立在了街头，所以有人会大叫“妈的”！

其实这几个不起眼的人动作极为滑稽，他们就像是在听风、看云，更有一人正吃着一只未曾吃完的鸡腿，只是动作比较讲究一些，用筷子夹着吃，但更显得老土。

“是你们扔的杯子？”立在马首的光头汉子冷冷地问道，语意中充满了浓浓的杀机。

那两个被酒杯砸中脑袋的人，哼哼唧唧地捂着流血的伤口大骂道：“他妈的找死，老子要将你们拆皮煎骨……呜！”

骂人的一名汉子发现自己的嘴巴中又突然多了一样东西，正是那拿着筷子之人啃过的鸡骨头。

“呸！”那汉子怒火万丈地吐出鸡骨头，跟着吐出的却还有两颗淋淋的牙齿。

“可惜可惜，至少还有半两肉没有啃完。”那拿着筷子的人满口油腻地叹道。

为首的光头汉子似乎并不怕冷，但脖子上的筋抽动了两下。

那两名受了伤的汉子再也忍不住，不顾一切地飞扑向那拿着筷子的人。

除拿筷子之人外，其他几位不起眼的人仍是那么悠闲自得，似乎根本就未曾想到下一刻将会是血战上演。

刀，极为狠辣凌厉，被劈开的空气发出低低的锐啸。

刀是攻向拿筷子之人，在所有不起眼的人当中，他似乎最令人讨厌，也最可恶，是以，对方想将之劈成数段。

一丈的距离很短，转眼就已刀临面门，劲风已经扬起了拿筷子之人的头发。浓烈的杀气，在刹那之间盖过了寒冷的北风，来自一个人的身体。

就是那拿筷子之人，一闪即失的杀气很快就已平复。

其实平复的不只是杀气，还有那两柄刀和怒气汹涌的伤者。

所有坐在马上之人全都惊呆了，因为他们看到了两只筷子，此刻正插在那两个伤者的咽喉，像是自他们脖子上长出的一根毒刺。

那不起眼的汉子露出了一丝淡漠的笑容，像是天上阴沉沉的太阳，总让人感觉到似乎就要下雪一般，他手中的筷子没有了。

“你到底是什么人?”光头汉子锐利闪亮的眼睛定定地盯着对方。

那名普通人再次笑了笑，意味深长地望了望这一群健马之后的车厢，倏然道：“我嘛，叫无名一!”

“无名一?”那光头汉子微讶道。

“不错，无名之辈我第一!”无名一的声调故意装得阴阳怪气。

“那你想怎么样?”光头汉子冷冷地问道，他清楚地感觉到面前这个无名一的武功似乎极为高深莫测，是以仍强压住心中怒火。

“我们也没什么，只是想借点东西而已。”无名一很轻松地道。

“借东西有你这种借法吗?”光头汉子身边一名满脸络腮胡子的汉子怒问道。

“嘿嘿，每个人借东西的方式有些不一样，那是正常的，就像有些人蠢、有些人痴、有些人聪明一般，每个人都有自己借东西的方式，你又何必要强求一致呢?”

“你?”络腮胡汉子却说不出话来。

“你们要借的东西是什么?”光头汉子似乎知道这几人十分难缠，只好首先问明再说。

“包向天的脑袋!”无名一漠然道。

“欺人太甚，以为我包家庄无人吗？杀!”光头汉子终于忍不住怒吼起来，他本为以这些人借的只是财物之类的，谁知却是要借他们庄主的脑袋，叫他们如何不怒？

那十几骑似乎只等这句话，他们早就按捺不住，一听“杀”字，便纷纷狂扑而上！

当颜礼敬和杨擎天赶到的时候，已近夜幕降临，众人皆到了皇墩庙。石中天也与他们一道，更有葛家庄亲派的几名弟子负责赶车，倒似乎使阵容大盛。

由于风大，众人只好在皇墩庙找一处地方落脚，此际，元叶媚与元定芳的情绪渐渐平复，知道蔡风实在也是身不由己，一切既然已经发生了，就无可挽回，加之二女本就对蔡风心存爱意，又怎会相怪？

蔡伤驾车的任务后也由三子换上，他亲自守候在蔡风的车厢内。

刘承东也在打点一切，联系上刘家的人手，准备明日护送刘瑞平返回广灵，同时元叶媚也准备顺道而行，由刘家高手护送，蔡伤更派颜礼敬和杨擎天相送。

至于元定芳却愿意留下来照顾蔡风，与凌能丽结伴，唯蔡风依然昏睡如故，似乎只是进入了甜美的梦乡。

所有的人都知道，这一段时间是极为危险的，因为若是有人无意间拔除了蔡风那枚深入神藏穴的金针，蔡风不仅会再一次沦为毒人，而且会以拔针之人为新主人。因为只要拔出金针，毒性未除，将会使蔡风的思维大乱，无论是对蔡风还是对绝情的记忆，都被毒性蚀毁，直接损伤大脑，而造成误认主人、重成毒人的可怕局面。

当然，蔡伤绝不会将这层关系向对人透漏，知道秘密的唯有石中天、铁异游和凌能丽及三子，这些是蔡伤最可靠的人，也是近身守护蔡风的人，是以蔡伤不得不小心叮嘱。

这一点也是陶弘景按毒人破解之法告之蔡伤的，因此蔡伤不得不慎重其事。

那四名极不起眼的普通人正是同无名四儿人一样属于葛家庄的人，只是他们所排的顺序不同而已，这次出手的是无名一、无名二、无名九及无名十。

包家庄在河北也极负盛名，但与葛家庄相比就有些不成比例了，不过，这批人却是包家庄庄主包向天身边的得力干将，武功也的确不弱。

无名一的对手是那光头汉子，对方在江湖中也是极负盛名的人物，曾以头颅撞死一只大老虎而名动太行。

有人用刀用剑可以杀死老虎，但这光头却以脑袋猛撞虎头，而使凶虎七窍流血而亡，可见其头功是如何可怕，更胜过铜头铁背的猛虎，因此，江湖之人就给了他一个绰号碎天，意思是说他的脑袋可以撞破天。

但无名一知道的不仅仅是这些，他更知道碎天的可怕不光是脑袋，更有着一身铜皮铁骨，一身硬功几达登峰造极的境界。

无名一没有刀，也没有剑，因为他知道这一切对碎天毫无用处，除非你能觅得归元子的三大名剑和两大神刀，抑或上古神剑之类的，但无名一一件也没找到，所以他根本不用兵刃。

碎天一开始就如疯虎一般，横冲直撞，因为他根本不畏任何兵刃的攻击，但很快他就变得无比谨慎，因为无名一的手指，十根手指几乎是无所不在、无所不存，但给碎天威胁最大的，却是双眼，没有任何功夫可以保住眼珠子也刀枪不入，是以无名一专攻碎天的眼睛。

碎天没想到无名一的身法之诡异，的确达到了无以复加的地步，只在眨眼之间，就已经向碎天全身拍了一百七十六掌，戳了二十七指之多，但没有一处是他罩门所在，可却让碎天的心直发凉，如此可怕的身法的确让人防不胜防，若非他一身硬功登峰造极，只怕此刻早已经躺在地上了，所以他不敢再毫无顾忌地横冲直撞。

无名二、无名九及无名十的战况也不是很轻松，但却极为直截了当，一指就是一指，一刀就是一刀，他们每人的对手都是四个，战况的确不易乐观。

无名一并不急躁，他似乎根本就不知道什么叫作急躁，反而将碎天逼得团团转。

"砰!"一声爆响，不知是从哪里飞来一个巨大的爆竹，在马车之旁炸开。

"希聿聿!"马群一阵惊嘶，撒蹄就跑，那马车之中的人似乎动了一动。

的确是动了一动，那人伸出了一只手，一只像铁般黑硬的手，五指犹如枯藤老根一般。

这样的一只手，抓住了缰绳，抖手之间，竟使三匹拉车的马人立而起，寸步难移。

也就在此时，一道白光划过，像是一道破空的电芒。

是一柄刀，像弯弯的月亮，如雪一样白亮!

刀，斩向那只枯藤老根般的手。

好快、好狠、好准!在马蹄犹未曾着地之时，刀已只不过距那只手还有一尺半远。

"小心!"碎天忍不住惊呼出来。

"噗!"无名一右手的食指如剑般戳在他的咽喉上。

"砰!"无名一也同样中了碎天一脚，这是第一次被碎天击中，他方才知道碎天的力道是那么沉重!

"吧嗒!"无名一跌落在地的时候，嘴角已经射出了两缕鲜血，五脏几欲碎裂。

的确，碎天不愧为碎天!

碎天也绝不好受，无名一聚全身功力的一指，又是在咽喉，虽然并非罩门所在，但却也是人体最为软弱之处，只让他一口真气难畅，捂住咽喉，猛咳起来。

无名一身子刚刚着地，就有一杆长枪自一侧刺来，拣便宜的人总会有的，何况这些人对无名一也的确是够恨的，无名一一出手就杀死了他们的两名兄弟，手段极为毒辣，怎叫他们不恨呢?

无名一眼角泛起一丝愤怒的杀机!

"噗!"弯月形的刀结结实实斩在那只手上，着刀之处却是那只如枯藤老根般之手的掌间。

意外的是，手并未断！

是的，没有断，的确是没有断，那手反而捏住了那弯月形的刀身。

“好刀！”车厢之中的人轻赞一声。

“轰！”车厢爆裂，碎木横飞四溅。

发动攻击的是游四，他也是身不由己，不得不显身，月形弯刀是他的，而在弯刀之上更有一根细小的铁链，但是他没料到车厢之内的人实在是太过厉害，厉害得远远超出了他的想象。

他在想拉回弯刀的一瞬间，只觉得铁链之上转来一股奇异的力量，使他不由自主地向车厢飞撞而去。

游四绝不会甘心这样吃亏，所以他借对方一拉之力，爆射出去，以脚踢碎木质的车厢。

“够狠！”当这句冰冷的话传入游四的耳中之时，他发现自己的脚已经落在一只手里，那只手同样若枯藤老根，但他也看清楚了车中的人物，竟是一个喇嘛！

游四来不及惊愕，来不及细想，就在这一刻他出剑了。

游四向来不是以刀成名，他的可怕之处还有剑的原因。

车中的喇嘛似乎也没想到游四竟会如此顽强，而且如此凶悍，其反应速度也大大超出了他的意料之外。

无名一没有躲开那一枪，那一枪结结实实刺在他的胸口，但枪手很快发现，无名一没死，因为枪尖落在一只手上。

那是无名一的手，无名一竟在刹那之间将那名喇嘛接刀的功夫学到了手，竟在枪尖刺入他胸膛前的一瞬间，巧妙无比地抓住了枪尖。

那枪手错愕之际，无名一的身子已经滑至了长枪的一侧，像是幽灵一般诡秘，而无名一的手更若灵蛇般顺着枪杆而上。

当那枪手反应过来之时，无名一的脚已经狠狠踢在枪手的腹部。

“呀！”枪手不由得松开握枪的手，但随之而来的却是枪尾深深地扎入了他的胸膛。

枪手再也无法立足，鲜血狂喷地飞跌而出，却撞在碎天的身上。

“轰!”游四控制不住身形，斜飘出去，这一剑并没有要了那名喇嘛的性命，却劈碎了他头顶的黄冠帽，更逼得喇嘛松开手中的刀和他的脚。

“好！中原果然人才济济，年纪轻轻能有如此修为的确了不起!”那名喇嘛也被逼离已碎的马车。

游四着地之时，才发现右脚已经不怎么听使唤，赫然发现脚下的鞋似是被火烙上了五道深深的焦印，更自五道指印间可看清脚背的五道淡淡红印。

这是什么鬼功夫？游四心头骇异莫名，但他却奇怪，为什么车厢中竟然不是包向天，而出现了这个武功深不可测的古怪喇嘛？

“你是包向天的什么人?”游四不由得厉声喝问道。

“哈哈，我乃蓝日法王座前的赤尊者，你又是何人?”那喇嘛龇嘴豪笑道。

客栈之中的众人全都探头外望，这一场搏杀的确是够惊心动魄的，而且全是高手相搏，更显出不凡的气势。此际听到这奇怪和尚说是什么法王的尊者，不由得全都议论纷纷，要知道这些人只见过和尚与尼姑，哪里见过什么喇嘛？顿时全都为赤尊者的奇形打扮暗自称奇。

“蓝日法王又是什么人?”游四微微皱眉，要知道这个赤尊者已经如此厉害，而那蓝日法王岂不是更加可怕？但是以他的见多识广，也不明白蓝日法王究竟是个什么样的人物。

“蓝日法王乃是佛祖之前的灵童转世，成为我禅宗之神!”赤尊者说到这里时，似乎涌出了无限的崇仰之情。

游四不由感到愕然，禅宗他曾听杨擎天和蔡念伤提起过，此乃西域一个极大的宗派，但哪里相信蓝日法王是什么灵童转世？但仍忍不住问道：“你从西域而来?”

“施主所猜不错，只是我与施主无冤无仇，施主为何要向我施下杀手?”赤尊者声音转冷地道。

游四不由得哑然以对，只好微显歉意地道：“此事实乃误会，今日之事本是由包向天而起，却想不到竟是你坐了他的马车，才会引起误会。”

“包庄主乃是本尊者的朋友，你是他的敌人，也就是我的敌人，本尊者也只有说声对不起了！”赤尊者不给游四更多的解释机会，很快就出招了。

游四心下大怒，冷哼道：“难道我还怕了你这老和尚不成！”脚步一错，旋身再出刀。

这次手握刀柄，无论是力度还是速度，都比之先前那一记飞刀狠辣数倍。

“好，就让我来见识见识你们中原的武学究竟有何玄妙之处！”赤尊者战意大增，却定定地立在当场，望着那幻成了一抹凄霞的圆月弯刀，缓缓推出一掌。

极缓极缓的动作，但就在他出掌之时，掌心却泛出金黄的色泽，似带着邪异的魔力，一只手掌竟不断地胀大！

游四只觉得空气越来越沉闷，压力越来越大，就像是有无数的绳索牵绊在虚空之中，使他举步维艰，但他的刀依然丝毫未缓。

“小心，这是禅宗大手印！”一声疾呼传了过来，接着一道黑影若陨石般撞到。

无名一一枪在手，立刻再次生出凛冽无匹的杀气，拄枪而立，就像是孤崖上傲寒顽强的苍枪，目光如电般盯着碎天的眼睛。

碎天被无名一那一击，只气得牙痒痒，但一脚居然未能让无名一失去战斗力，反而让他杀死了一名兄弟，更让他心生惊骇！

“哼，来呀，刺呀！老子不怕！”碎天似乎是想借这种语气来激起自己的斗志。

无名一淡淡一笑，道：“你小心了，我定会找出你的罩门，你的横练功夫虽然达到了登峰造极之境，但也无法胜过我，难道这一点你还看不出来吗？”

“哼，你找不出老子的罩门，老子就已立于不败之地，总会找个机会干掉你，你别得意太……”

“噗!”无名一枪出如电，快得碎天来不及反应，已被枪尖在胸口扎了一下!

“怎么样?”无名一再次拄枪而立，如同根本就未曾出过手一般，轻松利落潇洒至极。

碎天大怒，无名一如此轻蔑地望着他，这样一副神态，完全似是把他当猴耍，怎叫他不怒?恨不得立刻扑上去将之撕裂，但突然之间又放声大笑起来。

只笑得无名一莫名其妙，也不知碎天在笑什么。

“哼，你想激怒我，好有机可乘?没门!老子天生就是不受激的，想与老子斗你还不够格!”碎天得意地笑道。

“好哇，那我就让你在这北风中光着屁股溜达，肯定十分有趣，反正天快黑了，也不会有多少人看见你那像铁块一样的屁股!”无名一神秘一笑道。

“你!你敢!”碎天大怒，他心中十分明白，以对方那诡秘的身法和武功，虽然无法破除自己的刀枪不入之身，但要袭破他的衣衫还不是一件很难的事，不由得又惊又怒又急。

“看枪!”无名一一声爆喝，却被另一声沉闷无比的巨响所掩盖。

赤尊者猛然倒退四五步，胸口起伏不定，但却并没有再次进攻。

游四的脸色泛红，显然是血气翻涌无法自制，嘴角边也滑出两缕血丝，他身边却是高欢拄刀而立，身子有些摇晃不定。

那一声爆响，正是高欢与游四合力挡了赤尊者沉重无比的一击。

游四的剑碎得满地都是，握刀的手也有些颤抖，高欢的神情亦有些委顿，嘴角同样挂着一丝血迹。

原来在千钧一发之际，高欢及时赶到并出手了，他生长在大漠之中，而禅宗因为中原内地的佛教太过兴盛，根本无法在中原扎下根基，怎么也不能取代中原佛教的地位，是以在关外的发展却是极为迅速，高欢对西域的禅宗便知之甚详，明白禅宗大手印的可怕之处，是以眼见游四情形危急，便扑身而上，更以手中的重刀占力量的优势与大手印硬拼。

借整个身子的狂冲之势及凝聚了全身的功力，的确是有若雷霆一击，游四的武功本就极为了得，功力不弱，在听到高欢出言提醒之时，便同时出剑。二人刀剑合并之威更使攻势大盛，以大手印之刚猛无匹也被击溃。

不过，大手印的劲道的确太过刚猛，他们虽然击溃了大手印，但不可避免地受了震伤。赤尊者的内力修为比高欢和游四精纯很多，却也被震得气血翻涌。

“中原果然人才辈出，年轻人竟个个都这般了得，真不简单，但依我看，你们还是认输吧，也许本尊者怜才之心一起，会带你们去见蓝日法王，以你们的资质，法王说不定会收为入室弟子，将来的成就定是无可限量！”赤尊者似乎真的起了怜才之心。

“哈哈，中原何其大？像我们这样的人才，在中原只能算是下等，待你发现了更合适的人选，肯定会嫌我们是蠢材之流！”游四淡然笑道，同时伸手一抹嘴角的血迹，又露出傲然之态。

高欢也笑着打趣道：“老和尚，蓝日法王与你相比，谁更厉害一些？”

赤尊者神色一肃，双掌合十，无比尊崇地道：“本尊者与法王的武功相较，简直就如萤光较皓月，蝼蚁比大象，根本不值一哂，我的武功若是有法王十分之一，刚才那一掌你们俩此刻已经不可能站着说话了。”

“老和尚的汉语说得不错嘛，不过出家人是不能说谎的，难道你不怕佛祖降罪吗？”高欢深深地吸了口气，平复了心头翻涌的血气，淡然道。

“本尊者从来不打诳语，是就是，不是就不是，为什么要说谎？”赤尊者恼道。

“尊者，快杀了他们！”碎天急得“哇哇”大叫道。

众人一看，不由得全都笑出声来，客栈之中的酒客们更是哄笑不已。

原来无名一根本不与碎天硬拼，只是远处游斗，以诡秘的身法，不时地出枪一划，枪尖过处虽不能破碎天的横练功夫，却让碎天的衣服碎成一道道破布，晃动之间，碎布飘飘然，煞是有趣。最让他难堪的，竟是无名一真的将他裤子划破，屁股在破布的飘飞之下，若隐若现，更使他感到全身凉飕飕的，急怒之下，只好盼望赤尊者将对手解决后来帮忙。

赤尊者眉头一皱，冷冷地道："这位施主也欺人太甚了吧?"说着闪身就向无名一扑去。

无名一知道赤尊者的武功极为可怕，高欢和游四两人的联手一击都不是敌手，他自然也不是其敌，但他的身法却极为奇奥，赤尊者击来，他就后掠，长枪以远攻之，根本不与赤尊者硬拼。

赤尊者一声冷哼，对长枪的攻势视若无睹，伸手便抓。

无名一的长枪刺出，竟似感觉到有一股极为强大的引力使他的枪尖向赤尊者手中飞去。

心中一惊，忖道："难怪游四的圆月弯刀会被他抓住!"正准备变招之时，赤尊者的手竟奇迹般地抓住了枪尖。

无名一一声冷哼，"啪"的一声，枪杆竟自枪尖之处突然断裂开来，这却是无名一的杰作。

枪杆以闪电般的速度刺出。

赤尊者没料到无名一如此狡猾，反应速度如此之快，他哪里知道一切早已被无名一算准。

千钧一发之际，赤尊者将头一偏，竟险险避过一刺之危。

"啪!"枪杆暴碎，赤尊者虽避过一刺之危，但无名一在他一闪之时，一刺竟变成一扫，成了棍法之中的"崩"字诀，重重地砸在赤尊者脑门之上，却把枪杆给击碎了。

这一击因连改几个动作，所以力道只用上了三成，但虽只三成，也让赤尊者眼冒金星，狂怒不已。

"轰!"高欢与碎天对了一掌，碎天想乘无名一无暇应付之际施以偷袭，但却被高欢相阻。

两人的功力相差无几，高欢修为虽要精纯一些，但刚才受伤，也便与碎天拉平，同时暴退数步。

"走!"游四知道再战下去，只会惹来更多的麻烦，说不定包家庄另有高手来援，抑或守城官兵赶到，这对他们都极为不利，所以他立刻下令撤退。

几人此刻都并未被绊住身子，说走立刻抽身便退，来也如风，去也如风，只气得碎天和赤尊者“哇哇”大叫。

游四几人都受了伤，无名一被碎天那一记重击，伤势颇重，无名二伤得最轻，只是几处轻轻的皮肉之伤，无名九和无名十的伤口却多了，但他们也让包家庄损失了六人，若不是以一敌四，敌众我寡，包家庄之人只怕已死得一个不剩。

碎天与赤尊者追了一阵子，但游四等人很快就上马而去，他们竟早就准备好了马匹。

游四办事绝对谨慎而留有余地，虽然这次估计失误，却也挫了包家庄的锐气，他们不仅在城内安排了马匹，城外更有人接应。

夜色极深，元定芳终还是熬不住伏在蔡风的床边睡着了，凌能丽只得将她扶入客房，知道是该休息的时候了，抬眼望了望窗外，石中天那孤独的身影在黑暗中立成一棵枯树。

今夜守护蔡风安全的是石中天。

凌能丽将貂裘披在身上，紧了紧，偎在蔡风的床边，望着那摇曳不定的烛火，心头涌起无限感慨，忆及往昔的一幕幕，一种惘然若失的感觉涌上心头。

“风哥好了之后，还会不会原谅自己呢？”凌能丽禁不住傻傻地想着。

一切都似乎是因她而起，若不是她怀疑蔡风的真情，也就不会弄成现在这个样子，更不会累及这么多人受到伤害、这么多人白白地死去、这么多人担心，要是这些人用如此多时间去干别的事情，又会干出怎样一番事业呢？

想着想着，竟不知不觉地睡着了，趴在蔡风的床边，睡得很沉。

睡梦之中，她梦见有人闯了进来，这人迅速赶到蔡风的床边，肆无忌惮地拔去了蔡风神藏穴的金针，她想叫，想睁开眼睛，却没有做到，像是在魔魇中挣扎。

然后她看到蔡风呆痴地坐了起来，她似乎是看见了，但却又似乎没有看见，说不清楚那是一种什么感觉，更发现一道极为熟悉的身影立在床前，是那么熟悉，但一时却想不起究竟是谁，她想挣扎，想呼喊，但却无法做到。

这熟悉的人影对蔡风说了些什么，似乎很多，又似乎很少，她仿佛还看见蔡风逐渐变得清醒、变得恭敬，不住地点头，她在心中暗叫这下完了，蔡风定是再一次变成了毒人，这可怎么办？

她鼓足了所有的力气，猛然一叫，终于还是叫出了声，于是她醒了过来！

烛火依旧，只是已经矮了一截，蔡风依然安详地躺着，均匀的呼吸声，似乎已经进入了最甜美的梦境。

“凌姑娘，发生了什么事？”石中天急促的询问声自外面传来，窗子依然关得很紧，蔡伤也以快捷无伦的身法掠了进来，他还没睡，是因为他根本睡不着。

“怎么了？出了什么事？”蔡伤和石中天同时扫视着屋中，一切都没有丝毫的变化。

凌能丽俏脸一红，不好意思地道：“我刚才做了个噩梦，梦见有人拔出了风哥身上的金针！”

蔡伤神色微变，伸手掀开蔡风身上的被子，他清晰地看到对方神藏穴上的金针仍在，不由得松了口气，轻轻拍了拍凌能丽的香肩，安慰道：“孩子，你太累了，该好好休息一会儿，几天来都把你折磨得这副样子了，还是让我来守着吧。”

凌能丽呆了呆，望着床上安详躺着的蔡风，道：“义父，让我多陪陪风哥吧。”

“傻孩子，你们俩以后的日子还长着呢，眼下最要紧的就是保重身体，其他的一切都不重要，知道吗？当风儿完全康复之时，我一定要交给他一个生蹦活跳、健健康康的好能丽，明白吗？”蔡伤慈祥地笑了笑道。

凌能丽的脸上禁不住飞起了两朵红霞。

“是呀，小姐，你还是先去休息吧，这里有我和主人相守，不会出事的。”石中天也附和道。

“吱呀!”铁异游也蹿了进来，见众人都在，不禁微微松了口气，向凌能丽望了一眼，见她额头的冷汗犹未干，隐隐明白是怎么回事。

“这里没事，异游送能丽回房休息吧。”蔡伤的声音异常温和。

“那我先走了!”凌能丽再次向蔡风望了一眼，行了个礼便退了出去。

葛荣的脸色极为难看，闷闷的不作声，但他知道这件事十分棘手，连游四也负伤而回，就可知其事的确难办。

游四知道葛荣心情不好，毕竟一百多万两银子不是一件小事，以前游四从来都未曾失过手，但这次却失手了，是以，葛荣的确是心情不好。

“想不到包向天这老匹居然帮着鲜于修礼来算计我，我一定要他好看!”葛荣愤怒地道。

“我们这次的确是算漏了包向天，其实他早就是鲜于修礼的人，包向天的夫人，正是鲜于修礼的亲姑姑，这是我前几日才查到的消息。”游四无可奈何地道。

“这事不能怪你，只怪我一直都小看了包向天这只深藏不露的老狐狸!”葛荣叹了口气道。

“包家庄内也的确有一股不可轻估的实力，一直以来，他们极为低调的作风，定是做给别人看的，我们本想进包家庄一探，但其中机关重重，高手似乎极多，连扫地的都是好手，我们被发现后，只好半途退了出来。”游四淡淡地说着。

“你做得很好，至少我们现在弄清楚了包家庄与鲜于修礼的关系，我们只会吃一次亏，绝不会有第二次!”葛荣道。

“鲜于修礼有这一百多万银子之助，定会声势大涨，而我们已与之发生冲突，有包家庄的介入，他定知道我们对他不利，相信不会善罢甘休的，我们要早作提防!”游四出言道。

葛荣微微一皱眉头，道：“这个我知道，只是你们刺杀包向天没有成功，倒叫那老狐狸有所防范，我们最近不宜再对包家庄采取什么措施，知道吗?”

“属下明白。”游四认真地应道。

“你说那赤尊者和蓝月法王又是怎么回事?”葛荣似乎想起了什么,问道。

“那赤尊者的武功属下领教过,的确是深不可测,不知他的禅宗大手印是如何练成的,竟然至刚至猛,我想只有庄主的‘天罡正气’方可胜过他!”游四心有余悸地道。

葛荣心中微感自豪,淡淡地自语道:“不知那蓝日法王又是怎样一个人,武功到底会高到什么程度呢?但定是个难得的对手!”

“是了,大公子不是曾在西域住过十多年吗?他一定知道蓝日法是怎样的一个人物。”游四提醒道。

葛荣眼中亮起一抹神采,是呀!他怎么就没有想到蔡念伤呢?其师门不正是西域吗?只怕没有人比蔡念伤更了解西域各种派系了,杨擎天对西域也极熟,但他却不知身在何处?可蔡念伤就在庄中,自然可招之即来,忙道:“去把念伤传来!”

鲜于修礼起兵,蓄谋已久,极快地便占了左城(今河北唐县境内)。

天下本就是动荡不安,一旦出了乱子便立刻会有很多响应之人,本有些隔岸观火之辈,此际也趁乱而出。

鲜于修礼之所以选择年关新春之时起兵,更有一种心理作用,那就是此时正是土豪逼债之时,穷人无米无粮过年,与富人家里张灯结彩、大鱼大肉形成了一个极为鲜明的对比,只要是人便会有不平之心,谁不眼红别人过得比自己好呢?

鲜于修礼为起兵可花了一番心思,打出“他亦人,我亦人,人人平等,粉碎不平,还我公明”的旗帜,如此一来便极为深得人心,忍饥挨饿的老百姓还有谁会不奋起响应?举起锄头扁担冲入张灯结彩的土豪劣绅的家中,一气乱砸猛打,遇到东西就抢、就拿,然后聚会入鲜于修礼的军中。

鲜于修礼本身因其家世的原因，加上破六韩拔陵的旧部，加之各路有组织的响应队伍，势力迅速膨胀到近万之众。

同时更有包家庄的几大势力早为他暗地里招兵买马，所聚集的人并非一群乌合之众，而是训练极为有素的精兵。

当然，包家庄只是在暗中出力，江湖之中，知道包家庄与鲜于修礼关系密切的人极少，就连眼线遍布天下的葛荣也是近来才知晓包向天与鲜于修礼的关系。

左城所处的地理方位极妙，被唐河所环绕，西与太行相近，唯幽湖相隔，进入左城，可直接由唐河顺水而下，久而久之，幽湖便成了藏兵练兵的极好场所。

鲜于修礼也是一代枭雄，行事极为缜密，早在幽湖之中安置好了一切，一起兵就将幽湖完全控制于掌中。

藏于白石山和插箭岭的群盗及在白石山潜伏训练的秘密人马迅速控制走马驿，攻破倒马关，顺河而下，应鲜于修礼布局，立刻突破神南、黄石口，将唐河至左城这一带完全控制于手心，形成进可攻，退能守之局，绝对不会成孤战独挡之势。

鲜于修礼身边更有包向天提供极擅水战造船的人物，早在多年以前他就已有了积极的准备，鲜于修礼乃个大野心家，早在很多年前就开始策划着如何起兵，更机智深沉，所以包向天才会在很早就积极地为他张罗准备，而鲜于修礼更游遍北朝，对北方的地形几乎了如指掌，很早就看中了左城的地势，便提供大量财力，派内侄隐姓于左城为他营造实力和环境，而他加入破六韩拔陵军中之后，致力结交各方英雄，拉拢重要人物，形成自己的实力。是以，他在看清局势之时，知道破六韩拔陵只有败亡一途，他就毫不犹豫地弃城，举军投降。这是一种保存实力的最好方法，也便因为如此，他所保存的实力实际上比杜洛周更多，只是这些人散布各地，但很快又被其招拢，暗自组成一股绝不能轻估的实力。

这些人分散在各地并没有停止活动，反而吸取了更多的响应者，这就成了鲜于修礼的后备力量。

包向天提供的善于水战造船的人物，在鲜于修礼内侄鲜于城的回护下，早将太行山上的竹木运至幽湖，沉入湖底，一旦起兵，迅速就可组成轻便竹筏、战船，这种竹筏、木筏更有利于在河流上作战，轻便灵动，装载力也不小，使得鲜于修礼在很短的时间内，就已经把自己的军队装备得极为精良。

一些最新涌至的穷人，全都有人加以编排、操练，使彼此间的协调更为灵活。

鲜于修礼发展之快，就连葛荣都有些意外，他不得不再次承认一直低估了鲜于修礼这个人。

朝廷更是动荡不安，除夕之夜根本就无法安生，雪上加霜般的消息只让元诩龙颜失色，满朝文武更是满面阴云，不知如何说话才好。

自从柔然人入袭六镇，饥荒激起民变之后，先有破六韩拔陵，后有胡琛、赫连恩、万俟丑奴、莫折大提、莫折念生、伏乞莫于等相继起兵，之后便是蜀中的侯莫，再后来又添个杜洛周，更来个甚至比破六韩拔陵还可怕的葛荣，现在又有鲜于修礼，今后还会有谁呢？

第一百零八章　烽火遍布

三年之间竟多达十几处起义，更不知有多少战将死于沙场、多少城池失陷，坏消息早已使得众人的心都麻木了，似乎天下注定就会大乱一般。

连太后也不知道该如何说，近来太后也似乎极为厌倦了这些消息，将朝中事情大都推给郑俨、徐纥之辈出主意，与以前一定要由自己深思熟虑后才作出决定的太后几乎成了两个人，更不断有让王公大臣极为不满的谣言传来，郑俨和徐纥几成了太后的面首之类的，使王公大臣极恼，却也不明白太后为什么会变成这样。当然，一个久居深宫的女人需要男人，这是极为正常之事，但却不能将如此朝廷大事交由臣下负责，也有人认为可能是因为近来实在是坏消息听得多了，太后的意志为之崩溃，需要发泄，不过，这都是一部分奸佞小人的想法，也只有这些人想到了便会做到，于是一个劲地讨好太后，获得太后的宠信，若能成为太后的面首自然就会高人一等，说话也会更有分量，升官发财当然不用说。

因此，朝纲大乱，满朝上下，人心惶惶，连孝明帝元诩也大感不满，可此际他仍要听太后的决断，有些事情没有太后的话，是很难行得通的。他这个皇帝当在身上却似是别人摆布的玩偶，他也不明白，自己的母后为什么会变成这样，以前的母后是如何宠爱他、如何关怀他，帮他出主意，帮他拿点子分析道理，可如今的母后却像变成了另外一个人似的，而且国舅府此际也人去楼空。想到舅舅辞官，更不声不响地离开洛阳，元诩隐隐感觉到似乎是哪里不妥，却又说不出个所以然来。

元诩思来思去，也的确有些令人不解，以母后从前的性情，怎会让舅舅辞官，怎会让他不告而别？甚至还秘密地去查探国舅府。这一切究竟是为何？难道舅舅真的有什么地方让母后生气了吗？抑或是因为舅舅的走，使得母后性情大变？

元诩又哪里会想到，他真正的母后其实早已经不在洛阳，淫乱朝纲之人只是野心勃勃的魔门之中的替身，这也的确是胡秀玲择人不当之过，当然，也说明魔门用心之深。

蔡念伤龙行虎步地行入葛荣的书房，自有一番气势。

“叔父找念伤，不知有何吩咐？”蔡念伤习惯于这种称呼，葛荣虽然与蔡伤名为师兄弟，但情同手足，甚至比亲兄弟还亲，因此，蔡念伤和蔡泰斗都用叔父称呼葛荣。

葛荣似乎极为满意这一称呼，他没有儿子，从小就只抱来两个孤儿，甚至连那挂名十多年的妻子也都是假的，他谨记师父烦难大师的教诲，做一个修行者，唯到了去年才真正还俗，开始宠信几位妻子，目前虽然她们有人怀孕在身，却并未出生，是以他对蔡伤的三个儿子极为宠爱。

也就是因为葛荣这种有着无比坚强意志和定力的人，才会在如此短短二十年中发展出足可让天下人都为之侧目的势力，这些年来，他将所有的精力都花费在事业和武学上，清心寡欲，也便使他的武学进境与事业蒸蒸日上。

葛荣绝对不是个心软之人，他的这种作风正是其最可怕的地方，不过，他对自己的妻子仍有着一份歉意，在妻子的主张下，他这两年之中又纳了五房小妾，可葛荣绝不是一个沉浸于房事之人，虽然他已年近四旬，但精力之旺盛绝不是普通年轻人所能相提并论的。

是以，连日来，葛荣都很少好好地休息一个晚上，不过看起来依然精神充足，他的功力的确已经达到了深不可测的地步，见到蔡念伤行来，他欢颜立展道：“念伤快坐下，叔父有事情要问你。”

蔡念伤先向一旁的游四拱了拱手，这才坐下，他的确是个很有修养之人，或许是因为他对游四特别尊重。

游四还了一礼道：“大公子别客气！”他对蔡念伤极有好感，但对蔡泰斗似乎就少了这份亲切感，他知道，蔡泰斗乃是出自魔门十八层地狱之中，那里面根本没有道理可讲，只有死亡的阴影和适者生存的戒条。一个在如此阴暗之中生活了十几年的人，的确会与正常人有些不一样，而蔡念伤却不同，因此，在别人的眼中，蔡念伤比蔡泰斗更可爱一些。

葛荣却也极喜欢蔡泰斗，是因为蔡泰斗更有一股疯狂的狠劲，无论是冲锋陷阵的沙场上，还是在江湖刺杀之中，蔡泰斗都会表现出让人惊骇莫名的凶悍和可怕，像是一个永远也战不死的战神，这种情况经常让葛荣想到蔡伤。

蔡伤当年就是这样，所以他能很快便自军旅中突起，成为一代无敌的悍将，因此，葛荣觉得师兄的确是虎父无犬子，三个儿子各有各的特色、各有各的魅力。当然，他最欣赏的却是蔡风，像是永远也无法猜透的风，便连他也完全猜测不透蔡风的脑子之中想些什么。那充满智慧的论断，那让敌人心寒的机智和聪慧，那独到的眼光，使他像是一个无可比拟的绝世猎人，天下无一不是他的猎物、无一不在他的掌指之间，但他又有着极为善良的本性，更继承了蔡伤广博的学识，便构成了他那独特迷人的魅力，连葛荣都极为佩服。

游四和蔡念伤不由得微微呆了一呆，他们想不到葛荣也会有发呆的时候，只是他们想不到葛荣究竟在思虑些什么。

良久，葛荣似从遥远的记忆中返回，笑道："我刚才有些感慨，才会想入神，对了，念伤，你在西域住了那么多年，相信应听说过蓝日法王这个人吧?"

蔡念伤一呆，脸色变了几变，吸了口气，问道："叔父怎么会知道蓝日法王这个人呢?"

"游四，你将在内丘所发生的事讲给念伤听听!"葛荣扭头向游四淡然道。

游四于是将那次行事的经过始末原原本本地说了一遍，只听得蔡念伤神色变幻不定。

葛荣有些惊异地望着蔡念伤变幻不定的神色，有些肃然地问道："蓝日法王究竟是一个怎样的人物呢?"

蔡念伤深深地吸了口气，道：“我曾听师父说过蓝日法王之事，蓝日法王应该算是我师祖一辈的人物，今年算起来也有七十多岁了，武功在域外可以说是一个神话!”

顿了顿，蔡念伤又道：“蓝日法王原本也是我瑜伽行宗之人，乃是无著祖师的小弟子。可是他天资无比的聪颖，自小就有灵童之称，也是最得无著祖师宠爱的一名弟子。在他十二岁之时，一身修为就已经可以胜过比他早修习十几年的师兄；十四岁时便得吐蕃赞普的重视。后来因无著祖师的七十三大弟子都嫉妒他，便设计陷害他，他一怒之下就反出了瑜伽行宗。无著祖师也为之动了真怒，要废掉蓝日的一身武功，无著祖师当时在域外具有神一般的地位，唯有中观宗大宗主可与之分庭抗礼，所以连赞普也无法包容，但蓝日反出瑜伽行宗之后便即投入了中观宗的大宗门主下，碍于大宗主的面子，无著祖师不想让两大宗派成为世代仇敌，就与蓝日定下三招之约，那一年，蓝日才十六岁，结果，他顽强地接下了无著祖师的三招而未落败，无著祖师只好作罢，可却因为心爱的徒儿另投他门，一气之下，不久便圆寂了。

蓝日其实最敬其师，硬接无著祖师三招乃是迫不得已，投入中观宗亦是被逼，若当时他不这样做，无著祖师一定会废掉他的武功，到最后更会死于他的众师兄手中，可是他没想到因为他的原因而让无著祖师气死，可后悔已是晚矣。一怒之下，就独闯苯教总坛，大开杀戒。当初就是因为苯教教主施以巫法，才害得无著祖师相信了他七十三位弟子的话。这一年蓝日只有二十岁，苯教受挫，从此便一蹶不振，后被喇嘛教所替代。

蓝日也从此成了西域最有名的人物，人的名气大了有时候并不是一件好事，他的七十三位师兄并不甘心，终于又挑起了中观宗的大宗主对蓝日的不满，蓝日无可奈何，又离开中观宗，远赴天竺，习得禅宗的武学，以其天纵之才将中观宗、瑜伽行宗及禅宗的武学融为一体，终于突破了人体的极限，再次返回吐蕃，在赞普面前一一挫败他的七十三位师兄。其武功之高，连中观宗的大宗主也为之色变，赞普一喜之下，就留下蓝日在国中担任国师之职，这一年蓝日才三十九岁，因为蓝日曾入过喇嘛教的两大宗，又习得禅宗之绝学，可以说既是喇嘛教之人，又是禅宗教派之人，但他并不穿青衣，而穿喇嘛教的黄衣，其弟子也皆穿黄衣，直至后来，赞普赐蓝日以蓝衣，他才终生不改服饰。自喇嘛教和禅宗教创始以来都没有人穿过蓝衣，蓝日却例外，因此激起了许多人的不满，首先就是中观宗的大宗主，最终，中观宗的大宗主与蓝日国师的一战是无可避免的。

因为蓝日身为国师，其身份和地位不同，否则在西域如神话般的人物中观宗宗主绝对不会亲自出手。他们选择了念青唐古拉峰峰顶比武，其实这次也是喇嘛教两宗对外来禅宗的一种排斥，纯属于宗教间的矛盾，蓝日虽然出身于喇嘛教，但又去学禅宗武学，等于叛出了喇嘛教一样，大宗主更深深地感觉到蓝日国师日渐取代了他在赞普心目中的地位，而这一切更由赞普赐蓝日蓝法衣而更加明显，大宗主绝不能容忍一个异派教徒超过他，蓝日国师也知道迟早会与大宗主比试，他也尽量避免，但这次的确是避无可避，他只好应战。当时整个西域能够上得峰顶的只有五人，赞普与大宗主及蓝日之外的两人，一个是中观宗的大长老，一个是瑜伽宗的一位老行者。蓝日与大宗主的那一战，没有人知道谁胜了，因为到场的五人都没说，赞普更因后来抗不住山顶的高压气闷，未看完结果就退了回来，知道结果的，也就只有四人，但无论谁胜谁败，大宗主再也未曾找过蓝日的麻烦，甚至在三年后圆寂时，还恳请蓝日担任喇嘛教的大宗主，赞普更封他为蓝日法王。是以，人们认为念青唐古拉峰之战，蓝日法王获胜的可能性比较大，他也便成了西域不可替代的神话。他的座下有五大尊者，分别为‘青黄蓝赤紫’，每个人的武功皆深不可测，其中犹以青尊者最为可怕，赤尊者仅排在第四位，武功也只能在第四位。”

蔡念伤娓娓道来，直听得葛荣与游四眉头紧皱，微微抽了口凉气，如此说来青尊者的武功的确是胜过赤尊者多多，由此可见，那蓝日法王的武功又是何其可怕啊！

“那赤尊者怎会到中土来呢?”游四有些不解地问道。

“这个我也不太清楚，不过吐蕃的现任赞普乃是一个极富野心之人，又身为蓝日法王的弟子，早有入侵中土的狼子野心，蓝日法王更是雄心勃勃，他们来到中土大概并没有什么好事。”蔡念伤想了想道。

葛荣的脸色变得极为难看，因为他想到了一个可能，一个让人极为惊心的可能！

“叔父在想些什么呢？”蔡念伤问道。

葛荣深深地吸了口气，道：“你们说蓝日法王会不会与鲜于修礼联手呢？”

游四和蔡念伤禁不住都呆住了，他们倒没想到这一点，但是否会出现这种情况，也不是完全没有可能的，以包向天这只老狐狸的老谋深算，这的确是极有可能的一件事情。

“若是鲜于修礼与吐蕃联手，的确是一个极为棘手的问题，但为什么蓝日法王未与莫折念生及胡琛这些人搭上关系，反而要与远在东北部的鲜于修礼交好呢？这不是有些矛盾吗？这样他们根本无法出兵相援，顶多也只能派出一些喇嘛高手助威，其他的根本没有什么作用。”蔡念伤分析道。

“总之，这件事情要小心地查探清楚，无论如何，绝对不能让鲜于修礼真正威胁到我们，我们与他们相隔如此之近，矛盾绝对会很尖锐，我不想这个什么蓝日法王来阻碍我的计划！”葛荣坚决地道。

游四深深地明白鲜于修礼存在的威胁，绝对像是一根毒刺。

“阿四是不是有些后悔当初放了他一马？”葛荣嘴角逸出一丝莫测高深的笑意，问道。

游四愣了一愣，道：“我想庄主总会有自己的见地，属下不敢妄加评断！”

“哈哈，阿四什么时候变得如此谨慎？好，你去传阿二来，我要他亲自负责查探蓝日法王之事，不能有半点闪失，念伤对西域之事了解颇多，就协助阿二将这件事情办好！”葛荣吩咐道。

“念伤愿为叔父效尽全力，定将这件事办到最好！”蔡念伤自信地道。

“好！虎父无犬子，果然豪气干云，你的无相神功练得怎样了？”葛荣笑问道。

“回叔父，念伤不敢偷懒，精进却并不是极快！”蔡念伤道。

“看你目中神光就知进展极快，何用谦虚？你体内本也是佛门异学，虽然与中土佛学有些差异，但却万佛同宗，正气归源，是以，你的进展比泰斗快多了。”葛荣笑道。

“这还不是叔父指点之功？”蔡念伤心中微喜道。

“你的嘴巴就是甜！”葛荣欣慰地一笑道。

“叔父，娘叫我早些过去吃团圆饭呢，你也一起去吧？”蔡念伤道。

“哦，你倒是个孝顺的孩子，泰斗此刻也在吗？”葛荣问道。

“新元已经准备好了一切，只可惜爹和三弟现在身处异地，否则可真就是一家团圆了。”蔡念伤微微有些黯然道。

葛荣也微微叹了口气，想到胡秀玲宁可不做皇太后，也愿意与蔡伤一起过着平淡的生活，抑或流落江湖，如此情深义重，的确值得任何人敬佩，也难怪念伤和泰斗会如此孝顺，不由暗忖道：“这两个孩子从小就失去了母亲，没有亲情的呵护，一旦遇到亲人，自然备感珍惜，两个孩子更深明事理，想想大嫂曾贵为一国之后，地位何等尊崇？若是此际受人冷落，心里定会不高兴，有这样两个孝顺儿子，自然可以解开她心头的结。”

葛荣的心却飞到了另一个人身上去了，忍不住暗自叹息一声，心想：“要是她也能为我抛弃一切，那可有多好！”口中禁不住喃喃低念道：“敏儿呀敏儿，你现在可好？可好？……唉！”

最后一声叹息竟显得极为无奈。

“叔父为何而叹息呢？”蔡念伤忍不住奇问道。

葛荣禁不住脸上一热，忆及年少时的一段情孽，有些含糊地道：“没什么……”

游四和蔡念伤同时感到极为讶然，葛荣竟然也会脸红，这的确是一件十分不可思议的事，游四自十四岁时就跟在葛荣身边，从来都不会想到葛荣也会有脸红的一天，但今日他的确是脸红了。

除夕。

预示着新的一年即将开始，节日，只是一个欺骗自己的借口。

除夕，就是给自己一个好好反省的夜晚，一年之中的所有事情，要在今晚作一个具体的回顾和反省，更要对明年拟出一个打算。

有些人其实也没什么打算，因为他们能做的事情也不多，抑或每天所做的事情都相同。

凌通就是这样，这几日来，他都怀疑自己的肚皮快涨暴了，顿顿大鱼大肉，山珍海味，吃得他一天上了几次厕所。

凌通几疑是在梦中，刁蛮的萧灵对他百依百顺，一个劲地哄他开心，令他每日都有一种轻飘飘的感觉。

萧灵回到王府之中，便如鱼得水，呼风唤雨，府中人人见她都敬畏三分，可谁也想不到萧灵对凌通这个小鬼会如此关心。

见过靖康王，并不像凌通想象的那般白胡子老头，也不是很英俊，但一脸霸气倒是极有个性，白面青须，笑起来也很温和，只是那鹰眸般的眼睛，熠熠逼人的目光却似乎极不好相处。不过，他对凌通倒极为客气和喜爱，或许是因为凌通的机智及对萧灵有救命之恩的缘故吧。

萧灵乃是靖康王的侄女，其精灵古怪、顽皮天真的小女儿之态的确逗人喜爱，也便成了靖康王府中的宝贝。只是因为刘家送亲的队伍在虎谷遭袭，靖康王心里一直无法释怀，更且萧传雁的死对他打击颇大，外务总管的失踪，这一切都让他焦头烂额，更让他无法忍受的却是出手之人竟是郑王！

郑王算起来乃是萧正德叔辈人物，他本也无法获得王位，只是因萧衍曾立他为太子，后又另换他人，萧衍心中过意不去，所以就封了他一个王位。而萧灵之父却无法享受此等待遇，但也是爵位在身，萧灵因受靖康王之宠，也被列入郡主之位，地位尊崇，出入都是车前马后，家将成群。

凌通从来都没有这么风光过，得意之情自然无法言表，每天除了练功之外，就是吃喝玩乐，与萧灵一起四处闹事，两个小孩在一起倒也逍遥惬意，是以无忧无虑，过年和不过年都是一样，他们根本不会考虑太多。

有一种人，他是不用过任何节日的。

其实，在生命之中本就没有节日可言，因为它不知道自己究竟将去何处，它生存的意义似乎就代表着痛苦。

有人说，世上如果没有酒，男人就不再是男人，正如世上若没有阳光，就定然不会有万物生长一般。

酒，是多么不可缺少的东西啊！

除夕，无月！有风！

一堆篝火，像燃烧着的鲜血，在无月的夜晚，是那般色泽明艳而生动。

火，是精灵，跳跃的精灵！没有什么东西可以捕捉到它内心的狂热，但寒风却不同。

寒风的心只会有一种感觉，那就是冷！冷的不只是寒风，其实火的心也是冷的。

一只手在火堆中抓出一只烧焦了的东西。

如果细心一些的人，可以看见火堆不远处的地方挂着一张狼皮及狼的脑袋。

这是荒郊野外，一个不是很避风的地方，但正是在这种地方燃烧着一堆篝火，还坐着一个人，一个比冰雕还冷的人，不是很合体的几张皮缝在一起，似乎便成了一件别样的外衣，如果有一个猎人在这里，一定知道这皮是狼皮。一个以狼皮做衣的人，拥有着一张粗犷而坚毅的脸。

极为粗糙的皮肤，像是被风沙击得一脸坑洼，脸颊上更有短短的胡须，配合着那锐利无比的目光，让人想到的只是一头猛兽。

就这样一个人物，他的动作极慢极慢，好像在享受着这种极富动感的节奏。

那只不怕烫的手抓住火堆中烧焦的东西，轻轻剥下焦黑的外壳，却是一只逸散着香气的兽腿。

正是那只已魂归天国的狼的腿。

狼是吃人的，但今日却有人吃狼，一个吃狼的人，一定比狼更狠！

的确，这个吃狼的人比狼更狠，这已经是他所吃的第一百零九只狼，但他却从来都不吃狼心，不是因为怕狼心所存在的热毒。

不错，狼心的确是一种极毒之物，但他并不怕毒，他曾经被极毒的眼镜蛇咬过，但他没死，死的却是眼镜蛇，也记不起吃过多少只毒虫，亦记不清多少次被毒虫所咬，那是一段非人的记忆、非人的生活。

他不想记起来，不过，他感谢狼的心，是狼的心让他还活着，因此，他吃狼时总会将狼的心虔诚地埋下，对它有一分莫名的亲切感，那是别人无法理喻的，但他仍要吃狼，一条条地吃，也许是因为他吃的狼多了，才会产生这种亲切感，正如一生都吃米饭的百姓，对粮食，他们有着一种莫名的亲切感。

吃狼是因为他喜欢兔子，喜欢那些温驯的小动物。长这么大，他从未伤害过一只食草的小动物，从未伤害过一种不主动伤人的生命，当然树木除外！

因为他认为自己本身也曾是它们中的一员，所以，他吃的全都是一些毒物和凶残野兽。

也许，他是一个怪人，但绝对不能怀疑他善良的本性，多吃一只狼，就会少一些弱小的动物受到伤害，他的怀中，便有一只小兔子。

兔毛雪白雪白，那双通红的小眼睛像篝火般鲜艳。

兔子受了伤，是他正在吃的这只狼的杰作，是以，他毫不犹豫地杀了这只狼，在除夕之夜，以狼肉下酒，对着黑暗，迎着寒风，有一种说不出的舒畅。

这是人的生活，至少在他的眼中是这样的，比之往昔，今日的生活已胜过千倍万倍。

那黑暗阴森潮湿的沼泽，瘴气毒虫猛兽出没的沼泽，处处存在着死亡危机的沼泽，他也活了过来，顽强地活了过来，那寒极闷极的绝峰之顶，他照样活了过来，所以，他知道生命是多么美好，火光是多么可爱，烧熟的狼肉和这最劣质也最烈的酒是多么值得他去珍惜。

他，究竟是谁？究竟来自何方？

没有人知道，知道他的人，都叫他慈魔。一个经常吃狼，比狼更凶残，比兔子更善良的人，这是一个矛盾的说法，因为根本没有人知道他到底是怎样一个人，因此，所有对他的说法都是矛盾的。

江湖上并没有这号人物，至少，在中土的江湖上没有他这号人物，抑或他本就不是江湖中的人物，但他杀人，人也要杀他，在他的心中也隐藏着深沉无比的仇恨，一种无可比拟的仇恨，所以他恨狼、吃狼，恨所有猛兽和害人的人，当然更恨他的仇人！

他的仇人是谁？只有他的心中才明白，别人永远都无法猜透他，因为他的存在本就是一个谜，一个无法破译的谜。

除夕，其实也并不是每个人都快乐，并不是每个人都可以享受宁静与和平。

慈魔就是其中之一，因为他知道自己的平静在这只狼腿啃完之后就会消失，但他并不急，依然十分缓慢地吃着狼肉，另一只手却轻轻抚摸着怀中刚定下惊魂的小白兔。

篝火突然跳动了一下。

慈魔没有回头，其实他根本就无须用眼睛看，没有必要，绝对没有必要，他已经习惯了不用眼睛看东西，而是用心！他看东西多半是用心，再附以耳朵，就连一条毒虫在他的五丈范围内爬过都逃不过他的感觉。

慈魔的鼻子也与一般人不同，几乎没有人敢相信慈魔的鼻子可以嗅到两里外的血腥味，但有人相信。

那就是慈魔身后渐渐逼近的几个黄衣喇嘛，他们绝对相信慈魔的可怕，比洪水猛兽更为可怕。当然，这是指对慈魔的敌人来说，是以，这群喇嘛在来此地之前，每人都念了一百遍《陀罗尼经》，以乞求度母保佑，因为，他们是慈魔的敌人。

度母并不会时时显灵，因为死在慈魔手中的喇嘛好手已经有九十八个，据说，这些人在去对付慈魔之前，不仅诵念了一百遍《陀罗尼经》，还诵念了一百遍真言“嘛呢叭咪”，可观世音菩萨和度母没给他们好运，倒是死神，接受了他们的生命。

慈魔不动如山，寒风中，像一块墓碑，没有人能知道他冷静沉稳的根源何在，就像是一个修习了千年的瑜伽行者，对任何事情都不会有丝毫的惊诧和异样。

这正是慈魔的可怕！

“慈魔，你还是跟我们回去见法王吧，或许法王仁慈，可以免你死罪！”一名几有七尺高的魁梧喇嘛的声音中充满诱惑地道。

慈魔不语，依然在啃着狼腿，像是根本就不知道身后站着几名敌人一般。

“慈魔，大喇嘛说过，只要你不踏足中土，回返圣藏，他愿意代你向法王求情免去死罪！”又有一名拿着禅杖的喇嘛沉声道。

“我会回去的，但不是现在！”慈魔终于开口了，却是那般冰冷。

“那是什么时候？”高大魁梧的喇嘛奇问道。

“那是待中土事完之后，我定会返回吐蕃，取下蓝日和华轮的狗头！”慈魔的声音充满了憎愤和杀机，更有着无比坚决的意志。

“慈魔，你不要执迷不悟，你残害了我们这么多师兄弟，大喇嘛不追究你的责任已经像是菩萨一般仁慈了！”高大魁梧的喇嘛道。

“哈蒙，我不想杀你，你与索瓦其带着这些人回去告诉华轮和蓝日，他们欠我的，终有一天要还的，十年之内，我一定要让蓝日和华轮都败在我的手中！”慈魔自信地道。

“慈魔，虽然我们曾是朋友，可我若不带你回去，就无法向大喇嘛和法王交代，只好得罪了！”高大魁梧如小山似的大个子喇嘛无可奈何地道。

“哈蒙，你曾救过我的性命，就是我的恩人，我不想与恩人动手，但我却会杀了你和索瓦其之外的其他人，难道你不信我有这个能力？”慈魔冷冷地道。

“我们不怕死！”哈蒙怒道。

“死也得有个价值，若只会作无谓的牺牲，那是对生命的一种浪费和污辱，就连度母都会骂你们的！”慈魔将吃完的狼腿骨头抛入篝火中，淡然立起道。

蔡伤心中似乎有太多的感慨，因为，脚下的这片土地就是他十九年前孤军被困之地。

那一战极惨极惨，敌方以十倍的兵力扑杀，己方活着的人，有石中天，而自战场上回来的人，却只有蔡伤一个。正因为这一役朝廷才给他一个莫须有的罪名，将士阵亡，不仅不抚恤其家人，反而抄家灭族，这的确是元恪造成的一件大错事，也是整个北魏的大错，是以元恪正值风华气壮之时，便死去了。

没有多少人知道元恪的真正死因，有人说是暴病而亡，也有人怀疑他被人所害，但事实究竟是如何却没人知道。

蔡伤没有选择住客栈，也不想入城，他回到了十九年前的那个山洞。

山洞依旧，依然极为阴暗，找不到被岁月流逝的痕迹，洞口前不远处曾经是屠场，若是有心人，仍可在这片场地之中找出几根枯骨，那是连狼都不想要的东西。

黄海不在，而蔡风也成长为一代可怕的高手，一切的一切都似是那般无奈。

世界变化得太快了，变得让人难以想象，不知道这究竟是一种罪过还是一种痛苦。

往事纷涌，蔡伤感觉到自己的眼睛已经潮湿，而且有种东西流淌下来。

的确，他可以肆无忌惮地流泪，因为这本是留给他的一片天地，一片无人打扰的天地。

夜色极为深沉，无星、无月、有风，寒冷的风，却无法使蔡伤的心头平静，他的确是个念旧之人。

蔡伤虽不怕黑暗，但仍点燃了火把，他记得自己有一件带血的战甲埋在此地，那也是陈旧的记忆。

这是一个无人打扰的世界，他可以想干什么就干什么，也许，就这样过除夕，会是一种浪漫、一种优雅，不可否认，这样过除夕，的确别具一番意义，独具一格的表现形式肯定让人难以忘怀。

火把的光亮犹若林间魔鬼的眼睛，闪动跳跃着邪异的光彩。

蔡伤望了望那不显眼的坟墓，心中叹了口气，自语道："兄弟们，安息吧，我定会为你们讨回一个公道，将罪魁祸首的脑袋拿来祭你们的在天之灵！"

火光的映射之下，蔡伤的眸子之中暴绽出骇人的杀机。

他要杀人，这是肯定的，但要杀的人又是谁呢？没人知道，而十九年前那一役的罪魁祸首又是谁呢？同样没有人知道，但蔡伤肯定发现了什么。

"是时候了，我也该回去了。"蔡伤自语道，说着缓缓转身向临淮城走去。

铁异游诸人在城中，蔡伤绝不想让他们也跟着品尝寒冷，何况还有两个女子。

蔡伤更不想让任何人发现他的脆弱，他流泪的时候，绝对会找一个无人之处，除十九年前那一次。

铁异游有些不解，那是因为铁异游并不知道在不远处的城外就曾是蔡伤生命的转折点，但石中天却知道。

在蔡伤根本未作决定之前，石中天就知道蔡伤一定会去，一定会！他太了解蔡伤了，就像了解自己一样，他知道蔡伤一定会作如此决定的，因为蔡伤是一个怀旧的人。

蔡伤出去的时候，天就已经黑了，此刻天色更黑。

铁异游与石中天也都休息了，因为今晚是除夕，所以两人都喝了很多酒，铁异游似乎更不胜酒力地睡着了，石中天也差不多快醉得晕头转向，三子却极为清醒，他并非不想睡，而是蔡风的生命似乎更胜过他的生命，是以他与葛家庄的几名兄弟并未睡去，而是在黑暗中的一处角落静静地坐着。

三子极为警惕，但再警惕的人都有失神的时候。

其实三子并未失神，而是他的警惕对有些人来说完全是不起作用的。

三子突然发现自己不能说话，也无法动弹，哪怕走动一根小指头都不行，他身上被人点了八处大穴，这一惊几乎让三子怀疑自己是不是做了一场噩梦，他并没有发现敌人，因为敌人是从背后出手的，可三子的背后却是一堵墙，院子的外墙！

不错，正是因为这道外墙，三子才会不知不觉中被人点了穴道，劲气正是自外墙透入他的体中，在他仍未能作出反应之时，穴道已经受制，这的确似乎有些可悲。

三子的心都凉透了，这人的功力似乎太过骇人听闻，竟可达到隔墙点穴的境界，认穴之准，不差分毫，如此惊世骇俗的武功的确让人无法想象。

他根本想都不用想，自己落得这般结果，那葛家庄的几人也定不会好到哪里去，正在他猜想的时候，一道黑影，已若大鸟般悄无声息地落入院中，连衣袂的拂动声都没有。

这种轻功的确达到了登峰造极的地步，当世之中大概也没有几人能与之相匹敌。

“难道是尔朱荣或是尔朱家族的高手？否则谁还会有如此可怕的绝世功力呢？”三子这样猜想着，他知道只有铁异游和石中天两人联手，也许才有可能阻住这人，可对他两人的武功，三子似乎也没什么信心，因为他根本就未曾见过两人真正出手过，而眼下此人却真真实实地存在着。

三子不明白，这人怎会算得如此之准，蔡伤在这个时候离去，而且凑巧石中天和铁异游醉酒，但他已经没有细想的机会，神秘人物来到了蔡风的窗口之外。

房间之中，凌能丽望灯静坐，以右手托着自己的下巴，抵在桌子上出神，元定芳也坐在旁边相陪。

回忆的确像是一柄锋利的利刃，无论怎样都会将她的心割伤。

过去的日子越美好，这刃口也就越锋利，割得越深越重。

今日是一年一度的除夕，浪子可以不在意，但并不是每个人都会对这种节日无动于衷，蔡伤有蔡伤的表达方式，凌能丽和元定芳又是另一种形式。她们在想，想过去最美好的时光，想过去一家人在吃团圆饭之时，有说有笑热热闹闹的场面，可是现在……

是呀，一切都成空，就像是做了一场无法醒来的梦一般，这就是人世的悲哀。

梦醒何时呢？很快她们二人都醒了过来，但并非真的梦醒，而是跳进了另一场梦境中。

在灯火微微一晃之际，桌边便多了一道人影，像是幽灵和鬼魅般，快得让人难以想象，凌能丽虽然在沉思之中，但近两年来艰苦的磨炼使她有着超强的反应能力。

她出手了，在烛焰摇晃的一刹那之间，她的剑就若出洞的碧蛇狂射而出。

她的反应之快，似乎也出乎来人的意料之外，谁也不会想到，如此年轻的一个女子竟会具备深厚的功力和身手。

元定芳吃了一惊，她在仍未反应过来是怎么回事之时，一道白光已经在她的眼前划过，直到这一刻她才知道，原来凌能丽的武功也会这么可怕！

“咦?”那突然而至的神秘人物似乎有些吃惊，但却并没有退步，世间似乎没有什么可以让他退步，就是绝世高手的蔡伤也不例外，在他的心目中，自己才是真正的高于一切，一切的人和物，都必须臣服于他，是以对凌能丽的剑，他并未退，只是伸出了两根手指。

凌能丽清晰地感觉到，一股强大无匹的气势已经将她完全笼罩，这是一种不同于蔡伤那凛冽无匹的霸气，也不同于绝情的盖世杀气，反而与曾经和蔡风交手的老者所散发出的王者之气相似，可她知道这绝不会是那名老者。

其实，她也根本没有太多思考的机会，剑已经被夹在对方的两指之间。

她的眼角闪过一点夺目的光彩，那是一颗硕大的红宝石戒指，就在那只中指的指根之处，虽然她见过的宝石不是很多，但像这种宝石就是瞎子也会知道，是价值连城之物，这人究竟是谁?

凌能丽软软地倒下，神秘人物出指封住了她所有的穴道，元定芳也来不及呼叫，就被点晕在地，一切只是弹指之间的事，没有人会想象这电光石火之间竟能发生这么多事情。

那神秘人物伸手拂了拂膝盖上的灰尘，喃喃自语道：“现在的小娃娃是越来越厉害了，竟能弄脏我的衣服，啧啧啧，世间还会有如此美丽的女子……”

神秘人物缓步踱至蔡风的床边，似乎无比熟悉地掀开蔡风身上的被子，伸手在他神藏穴上一吸。

慈魔的身材原来也异常高大，凄厉的北风之中，像是一棵苍劲的古树。

篝火呼呼作响，闪动着一种梦幻般的节奏。

慈魔缓缓自裤腿上撕下一片小布，细心地将小白兔受伤的腿包扎了起来。

“赤尊者来到了中土，是吗?”慈魔的声音极为平静地道。

“不错!”哈蒙身边的索瓦其应道。

“是他要你们来送死?”慈魔极为自信地冷冷瞟了众人一眼，淡然问道。

“哼，谁死还是未知之数，不要过早论断!”一名喇嘛怒道。

慈魔缓缓将手中的白兔放下，再立直身子的时候，众人已经感觉不到慈魔的存在，而只是感觉到一柄刀，一柄静立在荒野坟冢中被风雨浇淋了千万年的古刀。

刀，越来越冷，越来越寒，比凄寒的北风更寒。

众喇嘛禁不住都打了个寒战，禁不住又想起了那个传说，在西域所有的马贼群中都流传着这样一个传说：

一个比兔子更善良的人，他却被神打入了十八层地狱，在恶魂的欺凌之下，善良的人终于忍受不了神的不公，而杀出地狱之门，降临在人世间。这是一个吃狼的人，一个憎恨所有虚伪之神的人，这是一个沾了地狱阴邪之气，又心地善良之人……

他们更想起了牧民门的一首歌：

上部，南方的白云飘浮，

下部，一条清河碧波荡漾。

二者之间有雄鹰翱翔，

各种野草杂生，大树翩翩起舞。

向闯出地狱善良的人致敬!

对于自身，他无言可讲，

他，是冰川白雌虎的儿子，

早在母胎之中，完整的“三倍之力”已经形成。

童年，便发誓要吃尽所有的豺狼。

……

哈蒙知道，慈魔在草原之上可谓一个神，所有的马贼群，都几乎对慈魔的话言听计从，他不知道为多少牧民驱赶过狼群，但就是这样一个憎恨豺狼、受到牧民欢迎的人物却对喇嘛恨之入骨。难道慈魔真的就是那个破开地狱、闯入世间的善良之人？

“嘛呢叭咪……”众喇嘛一齐诵起经文，他们要驱赶慈魔的凶煞之气，更要使这个来自地狱的人臣服于佛法之下。

慈魔的刀，非金非铁，却是一种奇怪的木头，弯曲的弧度似刀，但却无锋，看起来极为笨拙，黑沉沉的木质透出一股无法理解的寒气。

没有人知道这究竟是什么刀，但在喇嘛之中，却传说这是地狱中的利器，在人世之间根本无法找到，没有人能像慈魔那样被打入了地狱，又能够闯出来，是以就不会有人知道这究竟是什么刀。

刀，寒意越来越浓，空气之中竟可看见凝聚的水雾。

众喇嘛似乎又感受到大雪山之上那种风雪连天的情景。

“呼！”风响之处，哈蒙终于出招了，他乃是大喇嘛座下的一名得意弟子，出手极其利落。

风声四起，众喇嘛一起出击，他们配合十分默契，神杖、戒刀、金钢橛，在虚空之中，交织成密密麻麻一张网。

十八人，十八个不同的方位，大有一举将慈魔击毙之意。

慈魔没有动，他的黑木刀依然低低地垂着，像是在酝酿一场暴风雨般轻轻地垂着，没有人知道他在想些什么，但让所有人感到不解的是，慈魔竟缓缓合上了双眼。

慈魔习惯这样的动作，每一次出手之前，他都会闭一下眼睛，似是在为将死的亡魂超度，不管是别人还是自己，因为他将出刀……

第一百零九章　魔道慈刀

魔刀横空，慈魔出刀，简简单单，平平淡淡，然而这朴实无华的一刀，却掠过了所有该掠过的空间，构成一圈完美的弧线。

“呼！”篝火的火苗一下子冲起近五尺之高，在气机的牵引下，慈魔消失在一片茫然之中。

篝火灭了，似乎突然将所有的一切都转移到了另一个世界，一个让人无法明白和弄懂的世界。

爆响过后，慈魔已经冲出了十八人的包围圈，就只那么简简单单、直截了当的一刀，没有花巧，却起到了想象不到的效果。

这是慈魔自己的刀法，在实战之中以一次次血的教训所换来的经验和教训的结晶。

众喇嘛因为受火光突灭的影响，失神之下，却被慈魔突出战圈，不由得大急。

“砰砰！”两声闷响，显然是有人与慈魔对接了两招。

当火光再次亮起之时，慈魔已经执刀而立，神色间极为冷漠，刀锋之上散发着难以形容的一股极寒极寒的杀气，紧紧地罩定与他相对三丈而立的两人。

其中一人赫然是刀枪不入的碎天，另外一人却是拄枪而立的白毛老者。

“中土果然高手辈出！”慈魔的声音极为淡漠。

十八名喇嘛并没有再出手，而是重新将慈魔和那两人围在圈中间不住地诵读着《金刚伏魔经》的经文。

“听说你是域外第一年轻高手，是吗?”碎天有些不相信地问道。

“域外高手如云，年轻一辈中比我强的也不知凡几，你们听错了。”慈魔知道这两人与众喇嘛是一伙的，语气也不再客气。

“是吗?但不管你是什么人，我们中土不欢迎你这满手沾满血腥的外人!”那老者冷冷地道。

慈魔不屑地一笑，反问道：“你如何称呼?”

“老夫江湖人称枪王毛无影!”老者冷漠地道。

若慈魔是中原人，就一定听说过枪王毛无影的名头，早在二十多年前，枪王毛无影便名动江湖，只是后来，他的名声被华阴双虎的名头所盖而已，再后来就很少有人听到过枪王毛无影的消息，有人传说他已经死了，但事实上他还活着，可慈魔并非生长于中原，自然没有听说过枪王毛无影的名字。

但，一个高手自有一个高手的气质，若说毛无影是高手，慈魔会相信，但若说毛无影是枪中之王，他就不服!一个人，想让自己手中的兵刃成为此类兵刃之王，那就必须要击败这类兵刃中的所有对手，所以慈魔不服!

“我还以为你是中原武林的皇帝，原来也不过如此，却不知道你有什么权利不让我踏足中原，你又怎知我满手血腥?你看见我杀过人吗?你又有什么亲人被我所杀?真是荒谬至极!有本事就拿出你的破枪，看看是否真是枪中之王，以多为胜，哼哼……”慈魔语调极为轻蔑。

枪王毛无影的气势为之一窒，刚才他的确是与碎天联手出击，本来以他的身份，对付一个不知名的年轻人，无论从哪个方面出发，都不应该与人联手，但当他见到慈魔刚才所出的那一刀，就知道若不与碎天联手出击，慈魔绝对会逸走，但慈魔却拿这点来攻击他，他只得哑口无言。

慈魔冷笑道：“中土让我有些失望，不过，我却要告诉你们，本人绝对不会畏惧你们以多欺少，你们都上吧，看我会不会皱眉头!”

毛无影乃极为自恃身份之人，此际听得慈魔如此狂妄，如此不屑，不由得大怒，吼道：“好，就让我来教训教训你这个不知天高地厚的小子！”

慈魔露出淡淡地笑意道：“如果你作出这样的决定，一定会后悔的！”

毛无影神色一变，向前大踏一步，一股如山气势紧逼而出，就这一步踏出，他整个人几乎已与手中的枪合二为一。

这当然只是一种感觉，很清晰的感觉。

蔡伤轻轻地吸了口气，推门而入。

烛火闪烁了一下，蔡伤又反手关上房门。

房中的红烛已经燃了一半，蔡风依然静静地躺在床上，沉沉地睡着，凌能丽和元定芳却不知所踪。

这让蔡伤微微有些惊异，不过，也没有太过细想，连日来，她们无论是在精神上还是身体上都拖得极为疲惫，是该好好休息一会儿了，何况，此刻夜已经很深，想到三子和众葛家庄弟子仍在暗中守护，他心头微微有些感动，为了蔡风的安危，竟连累了这么多人没有休息好。

轻移了一张椅子，放在蔡风床边，他关怀无限地为蔡风再将被子拉了拉，盖好那只露在被子之外的手。

也就在这时，蔡伤突然一惊，因为他赫然发现蔡风那乌黑乌黑的眼珠。

蔡风睁开了眼睛！

蔡风竟在突然之间睁开了眼睛，那紧闭了一天多的眼睛出乎意料地睁开了。

蔡伤吃惊的并不是蔡风突然睁开的眼睛，而是一只手，一只要命的手！

是蔡风的手，正是蔡伤想将之放入被窝中的那只手，而此刻就是这只手封住了蔡伤所有的筋脉。

蔡伤穴道可以移位，但蔡风的劲气在他毫无防范之时突然注入他的筋脉中，无论穴道如何移位，总在这条筋脉上，这是从根本上点他穴道，也是最佳最有效的方法。

蔡伤做梦也没有想到蔡风会在这个时候向他出手，但当他反应过来时，已经太迟了，的确是太迟了。

蔡风坐了起来，掀开被子，向大衣柜之后恭恭敬敬地道："主人请出来，我已按你的吩咐制住了他的筋脉，请主人定夺！"

"哈哈！"一声轻笑自书柜之后传出。

"精彩，精彩，想不到堂堂北魏第一刀也有今日的窘态，不过，实在对不起，我只能这么做，谁叫你回来得太巧？"正是那神秘人物自书柜之后走了出来，双臂之下还夹着凌能丽与元定芳那浑软的娇躯。

蔡伤心头杀机狂涌，但却莫可奈何，此际全身筋脉受制，根本无法动弹，不过，还可以说话。哑穴属于奇穴，并不属筋脉之间的。

"你杀了她们？"蔡伤的语调无比愤怒。

"那倒没有，我不想伤害任何人，因为我与她们无冤无仇，更何况，任何人都下不了手来伤害这种美人，你放心好了。"神秘人物不动声色地道，整张脸容全都蒙在一块缎巾之中，双眸闪动着智慧的光芒，更似有着无边的深邃，浑身散发着一种让人自然生出敬畏之感的威势，只那么随便一站，就像是在天与地之间立下了一块巨大的丰碑。

这是一个绝对不可以轻视的对手，就是将铁异游与石中天唤来也只会作出无谓的牺牲，蔡伤很明白，在他的感觉中，神秘人物的武功绝对不会低于他，那这人又会是谁呢？天下怎会有如许之多的可怕高手？但眼前这个高手却是绝对不容置疑的。

"你究竟是谁？怎会知道这个秘密？"蔡伤冷冷地问道，他也只能强压住心头的怒火。

蔡风静静地立在那神秘人物的身后，像是木塑冰雕一般，不言不动。

"从哪里知道这个秘密，你可以不必明白，我只想告诉你，我要向你借助蔡风五年时间，五年之后，我可以保证帮他恢复其记忆，而这五年之间，我也并非白借……"

"哼，你不觉得荒谬吗？借别人的儿子，那你的儿子会不会让别人借？"蔡伤冷笑着打断那神秘人物的话语道。

神秘人物神色微微一变，冷冷地道："我只是好好跟你谈条件，其实我完全没有这个必要与你说这些，我只是敬重你是个人物，才会如此，请不要敬酒不吃吃罚酒。”

“你想说什么都可以，我蔡伤从来都不想与人谈什么条件，你就省点力气吧！”蔡伤不为所动地道。

“哼，好个蔡伤，你觉得自己还有谈条件的资格吗?”神秘人物冷笑道。

“那你所说的条件就是一种施舍?”蔡伤反唇相讥道。

神秘人物冷笑不语，向蔡风淡淡地吩咐道：“我们走！”说着再也不理会蔡伤，转身外行。

蔡风像个机械人一般，木然无语地随在其后向外行去，连眼角都不望蔡伤一眼。

“萧衍！不杀我，你会后悔的！”蔡伤突然冷冷地冒出这样一句话。

那神秘人物猛然扭头，眸子之中射出两道冷厉无比的寒芒，跳动着无限杀机！

慈魔的刀反而缓缓垂下，目光中显出无限的狂意，像是一只充满野性的猛兽，弓着背，整个身子在狼皮之中，似鼓荡着爆炸性的力量。

没有人会感觉不到那张狂野性的热量和冷酷的杀机。

寒风如刀，刀却如冰，冰一样的刀散发出一种异样的热力，那是因为慈魔的手，一只不怕火的手。

毛无影的眼睛眯成一道极细极细的缝，不像是枪，反而犹如剑、犹如刀。

慈魔并不急，从小他就知道，心急的人吃不了热豆腐，狼的忍耐力在百兽之中最强，但慈魔的耐性比狼更好，所以，他能吃狼！

只要在慈魔出现的地方，就不会有狼嚎，更不会有狼出没，那并不是说明慈魔会将它们杀尽，而是狼群那天生的警觉使它们像是遇到了天敌一般逸走，在慈魔出现过的地方，它们可以嗅到一种死亡的气息。

狼，是没有天敌的恶兽，也许唯一的天敌就是人，像慈魔一样的人！

毛无影的耐性却不如慈魔，因为他从来都不敢想象慈魔的生长环境是怎样一种地方，也许他做梦都不会想到那是怎样一种环境。

但不管如何，他还是出了手，耐不住那种像死一般的沉寂，因此，他只得出手。

劲气若狂泄的洪流自枪尖飞旋而出。

风更狂、更野，火焰似乎遇到了一个吸风的黑洞，顺着枪尖刺出的方向，扑向慈魔。

枪王果然不同凡响，但慈魔的刀更是沾满血腥而且奇异的刀！

枪尖在火焰的映射下，由一小点不断地扩大，像是想充斥整个天地一般进入慈魔的视线，指向他的眉心！

慈魔的刀划了出去，一道似蹿自地底冰河埋藏了千万年的冤气，顺着刀锋送了出去。

所有的人都禁不住打了个寒战，血液似乎在刹那间变得僵硬，躯体之上更似结成了一层薄冰，冷得牙齿直打颤。

枪王的心也凉了，并不是因为慈魔的武功真正可怕，而是来自对方刀身的那种裂肤冻心的寒气！

北方，一向都会拥有极寒的冬天，但这柄刀所催发出来的寒气竟似乎更胜冬天寒冷十倍。

没有人能想象这种寒冷的程度，就像是没有人能够想象珠穆朗玛峰顶的积雪有多厚一般。

“当！”慈魔的刀直截了当地劈在枪王那要命的枪尖之上。

在万分之一秒的时间中，慈魔找到了对方枪尖在虚空中所在的轨迹。

一股极寒极寒的气劲自枪身传到枪王的手上，他忍不住打了个哆嗦，那是完全无法控制的一个哆嗦。

他在这一刻便发现一道黑沉沉的幻影，若整个夜幕般向他盖了下来，是慈魔的刀！

慈魔的刀永远都是那么直截了当、永远都是毫无花巧，但却带着整个冰川的气势，自刀锋疯狂地泄下。

枪王根本没有时间去细想慈魔的可怕，这些年来，能够准确无比地找出他枪尖所在之人本就不多，但慈魔却是一个！

当然慈魔能找准枪尖所在的位置，也是因为侥幸，抑或是因为慈魔能够制造出那种机会，那就是黑木刀所散发出来的极寒之气。

慈魔把握机会的本领绝对不会有人敢怀疑，就像是饥饿的狼在守候猎物，它们总会珍惜每一次机会，把握每一次机会。

枪王的枪，终于收了回去，横扫慈魔腰际！

慈魔没有退，他根本就没有退的必要，因为他知道，与对手相拼，最好的方式便是近身相搏！

枪，是长兵刃之王，对方能称之为枪王，自然对枪的造诣极高，慈魔如若远攻的话，根本就不会有获胜的机会，是以一开始他就计划好了以近身相搏。

论实战经验，虽然枪王痴长数十年，却仍不能与慈魔相比，这十多年来，慈魔没有一天不是在生死的边缘中挣扎、没有一天停止过战斗，在无数次厮杀之中，慈魔已伤痕累累，满手血腥，但不可否认，他也变得更可怕！是以，在草原之上的传说中，慈魔是自地狱中闯出来善良的人。

慈魔绝对不会退，枪王自他的眸子之中看出了那种坚决而悍然的决定。

决斗，那是看谁比谁更狠的游戏，枪王不想死，也更怕死！尽管比慈魔多活了这么多年，但正因为他尝到了生活的甜头，他才会更为留恋尘世！

"噗！"一声闷哼，慈魔的刀斩在枪王横起的枪杆之上。

在最后一刻，枪王终于放弃了两败俱伤的打法，他知道，即使枪杆扫中慈魔，也不一定会要了对门对方性命，但慈魔的一刀绝对能送他归西，所以枪王只好横抬那槟铁枪杆挡住这凶猛无比的一刀。

枪杆突然断裂。

这似乎出乎慈魔的意料之外，虽然他知道自己的力度极大，应可让对方震退两步，但却没有想过会使对方的枪杆断裂成两截，但刹那间，他便明白是怎么回事了。

刀，并未因为枪杆断裂而劈中枪王的脑袋，只因为一根铁链！

枪杆之间竟多了一根不长的铁链，这枪杆本就是两截，中间以一根铁链相连。

枪王的嘴角逸出一丝冷笑，似乎极为得意。

慈魔惊愕之时，铁链已经将他的刀缠住，而两截短枪如闪电一般射向他的胸膛。

慈魔的刀根本无法拔出，如果后退，代价不仅仅是失刀，更会死于众喇嘛的手中，再说慈魔成名，就是因为手中的刀！

哈蒙不忍心看慈魔惨死的模样，毕竟慈魔是他救回的一条生命，看着自己救活的生命再次死去，这的确不是一件很舒服的事。

众喇嘛一齐诵起了超度恶魂的经文，在凄寒的风中，显得极为怪异莫名。

碎天也感觉到没趣，对手这么快就死了，的确有失韵味。

蔡伤依然在冷笑，他根本就不想回避对方的目光。

他没有猜错，那神秘人物突然低声欢笑起来，道："蔡伤果然不同凡响，居然可以识破我的身份！"

"天下间，能拥有皇者霸气的人不多，但又蕴含帝王紫气的却只有萧衍一人，是你的眼睛出卖了你！"蔡伤淡漠地道。

"可你知道识破我身份的后果吗？"萧衍充满杀机地问道。

"哼，你的确想杀我，但并不是此刻，所以你想与我谈判！"蔡伤极为自信且有些愤怒地道。

"为什么你会这么自信？我萧衍一生中杀人无数，难道还在乎多你一个蔡伤？"萧衍意味深长地望了望蔡伤，悠然道。

"哼，我也不用解释什么，因为你根本就没有这个把握可以自己去对付那潜在的邪宗、魔宗，甚至还有冥宗，更需要我的力量，所以我赌你此刻不敢杀我。你今日所为，是在多一个帮手之外，又会多一个敌人，这是我的忠告！"蔡伤冷冷地道。

萧衍的手上骨节一阵劲爆，笼上了一层紫气，渐渐握成拳头。

蔡伤毫不畏惧地与之对望，就像是一个看穿了一切的圣者，无比的悠闲自在。

良久，紫气渐敛，萧衍气不过地道："算你狠，我答应你，只借用蔡风三年，并保证还你一个完整的儿子，更可以为他的子孙世袭封侯封王！"

"条件果然极为诱人，但身为人父，怎想让自己的儿子如一件玩物般任人指使？更何况你的承诺我根本没有必要相信，再说子孙后代的生活自有他们自己去创造，完全不用我操心，而且，有些事情根本就不是一句承诺就可以解决的，因为你没有必要遵守三年时间的承诺，在事情干完之后，你大可让他来杀我，而那时候，大概我已经没有什么利用价值了，对吗？"蔡伤不屑地道。

萧衍无可奈何地摇了摇头，道："那我只好对不起你了，是你太固执、太不识抬举，我不希望多你这个敌人，所以你只好去死了！绝情，送他一程！"

绝情缓缓跨出一步，但突然又退后一步。

萧衍大惊。"砰！""呀！"在根本来不及反应的一刹那间，绝情的手肘以不可思议的速度和力量击在他的胸膛上。

鲜血狂喷，在烛火的辉映之下，有若一道凄红血雨。

"哗！"萧衍硕壮的身躯撞破窗子跌了出去。

挣扎之中，萧衍又吐了一口鲜血，他毕竟是一代绝世高手，竟仍能在如此仓促之下回掌护胸，但绝情功力的确太过可怕，刹那间他根本就无法使出全力，顶多也只能用上三成功力，绝情这一击让他自己的手也无法控制地撞在自己的胸膛之上，五脏六腑几乎尽数移位。

萧衍不明白为什么会这样，明明是他拔下的金针，但绝情为何不听使唤呢？到底是哪里出了漏洞？但他无心细想，眼下形势是尽快离开这是非之地，趁绝情没有追出来之前。

慈魔没有死，死的人却是枪王！

这的确是一个让人无法想象的结果，但事实上慈魔真的把枪王杀了。

尸体并未倒下，而是冻结成了一块巨大的冰雕。

火光之中，枪王的额上有一道细小的伤口，凝结了一串细碎的血珠，但却已经完全凝结在一块冰中。

火光之中，冰块映衬着一道道亮光，显得诡异莫名。

慈魔手中所握的，是一柄透明得几乎看不见实质的刀，但那自刀身之中所透出的寒意，似周围的空气都凝成一串细碎的水珠，落在地上便成了霜花。

谁也不知道这究竟是怎样可怕的一柄魔刀，但没有人想再去回忆刚才的一刹那之间，那道像是北极之光的厉芒，犹如催命的死神一般，在每个人的心上都割开了一道伤口，一道见风就痛的伤口！

就是枪王也不会想到他死得竟会如此突然，如此不明不白。

本以为对方必死无疑，可是他错了，所有的人都错估了慈魔的实力。

慈魔那沉沉的黑木刀并不是要命的，要命的是刀中之刀！

黑木刀中最厉害的杀招！

枪王本以为锁住了黑木刀，就可以让慈魔束手待毙，可在他的双枪刺入慈魔胸膛的前一刻，他看见了一道亮光，就像是在强光下的坚冰，折射着篝火和火把的光亮，形成一幕灿烂无比而又奇寒至极的世界。

而在这一刻，枪王发现自己的血液全都冻结了，就是心脏似乎也停止了跳动，那是一种无法解释的感觉，全身的每一寸肌肉都似乎被冻结，麻木得毫无知觉，而慈魔的刀也在此刻划破了他的额头，一道寒流使他脑中所有的思想都变成空白。

他死了，不仅死了，还浑身结上了一层冰。

在慈魔透明的刀划破天空之时，所有的人都像是置身于雪山之顶，那濒临绝境的感觉是那么清晰、那么恐怖。

“冰——魄——寒——光——刀！”哈蒙像是患了绝症的口吃者，念出这五个入耳惊魂的字。

碎天并不知道这是一柄什么刀，但从那十八个喇嘛的脸上神色便可清楚地知道对方这柄刀是怎样的可怕！

萧衍的身形向院外疾掠，此刻他倒有些后悔亲身犯险，虽然他的八大护卫也随之而来，但却无法呼应，是以，他必须退身而出，这里已经属于他的国土，只要出了这个院子，一切都好说。

但是，他能出得了这个院子吗？绝情和蔡伤会让他离开吗？抑或绝情本来就是蔡风，他的神志早已恢复。

不管怎样，总会有人不想让萧衍离开，这人不是蔡伤，不是蔡风抑或绝情，而是独臂石中天！

石中天的身法快得犹如鬼魅，让萧衍都吃了一惊。

在空中，石中天以一道无法抗拒的掌力将萧衍拂落于地，也就在萧衍落地的前一刻，石中天掌化满天指影，重伤之下的萧衍似乎做了一场噩梦般，转眼就被制住了全身的筋脉。

石中天的武功竟会可怕到如此程度，从萧衍背后数丈远追来，却在瞬息之间就落到了萧衍的前面。

萧衍知道，即使自己未曾受伤，身法和手法想达到这般，也需要付出全力。

“吧嗒！”萧衍的身体重新自他撞碎的那个窗子之中飞落入房中，

似乎连蔡伤都感到大为意外，萧衍去而复返，而且如此狼狈，大概萧衍做梦也不会想到自己会有今日，他乃一国之君，是何等威风、何等尊贵，但此刻落在地上就像是一只受惊的狗。

绝情没有动，他似乎完成了所有应该完成的任务，只是静静地立在房子中间，甚至连看都不看萧衍和蔡伤一眼，好像这个世界的一切都与他无关。

石中天优雅地推开房门，烛火摇曳了一下，门又被关上了。

“中天，是你！”蔡伤的声音中充满了欣慰。

石中天的脸上似乎泛着一丝诡秘的笑意，并不管理蔡伤的话，甚至连眼角都不瞧瞧蔡伤。

“绝情见过主人!”绝情恭恭敬敬地向石中天行了一礼道。

蔡伤和萧衍同时大惊，忍不住惊呼道：“你……你……”但却全都没有了后文，因为他们实在无法将话说下去，事情变化之突然的的确确太出乎他们的意料了。

“是不是感到很意外?”石中天不无得意地向两人笑道。

“为什么会这样?”蔡伤的心在发寒，语气也有些发冷，他怎么也无法想象，跟随他多年忠心耿耿的兄弟竟然会做出这种事情，若说真让萧衍成功了，他也许还不会如此心痛和难过，但做出这件事情的却是与他一起出生入死、情同手足的兄弟。

一种被出卖的感觉，使他心痛欲裂，但萧衍的话更让他心头发凉。

“石中天，你想背叛朕!”萧衍的话是那么坚决和愤怒，但却清楚地告诉了蔡伤一件事——石中天是萧衍的人。

这是怎么回事?蔡伤的头皮在发麻，如果说石中天是萧衍的人，那的确是一件极为可怕的事，也难怪萧衍如此清楚他们的一举一动，甚至连金针插进神藏穴也能知道，可是石中天为什么要对付萧衍呢?他忍不住愤怒地道：“中天，你什么时候成了他的人?”

萧衍仰天一阵长笑，但牵动了身上的创伤，竟又咳出一摊鲜血来，这才道：“蔡伤呀蔡伤，枉你聪明一世，却糊涂一时呀。中天在二十多年前就是我的人了，你知道他的真实身份吗?”

蔡伤的心像沉入了万丈玄冰之中，声音冰冷冰冷地问道：“什么身份?”

萧衍淡淡一笑，道：“郑伯禽的师弟，圣刀门的最小弟子!”

“圣刀门的弟子?”蔡伤目中爆出一团寒芒，惊骇地问道。

石中天没有否认，他认为这一切似乎并没有否认的必要。

“一直以来，他都一直在我身边充当你的奸细?”蔡伤愤怒地道。

萧衍见石中天并没有答话，虽然他的心中也充满了疑虑，但仍然应道：“不错，因为你表现得太优秀了，任何人想北伐，想吞并北魏，就必须除掉你。在战场上你是无敌的猛将，你的战术根本就让人无法揣摩，想在战场上对付你，所付出的代价那连我都不敢去想，所以只好从战后寻机对付你。打一开始，我就命他取得你的信任，在适当的情况下，给你最致命的一击，他的确做得很好！”

蔡伤的眸子之中充满了无尽的怒火，就像快要燃烧，快要爆炸的样子，惊人至极，但谁都知道，他已经没有动手的能力了。

“还记得十九年前，我命临川王北伐，而却用昌义之与韦睿来对付你吗？那一次的确是我的失误，但唯一值得庆幸的，就是顺利将你这块最大的绊脚石给除去了，虽然我付出的代价也极惨，以四万人对你几千人马，不过那一役若没有中天出力，只怕你便不会是今日这个局面，也许你已经是什么镇国大将军，进封王公之类了，因此，那一次，中天所起的作用几乎比那四万军马更有效，你知道究竟是什么原因吗？”萧衍阴阳怪气地笑问道，似乎此刻对生死又变得十分淡然了。

蔡伤的目光再一次转移到石中天的脸上。

石中天悠然一笑，并不否认，徐徐地道出了当年的内幕：“不错，那次你让我去搬救兵，我非但没有搬来救兵，还散布谣言，说你举军投降，在北朝想你死的人也很多，只是碍于孝文帝对你的宠信，及宣帝元恪也对你极有好感，且皇后又多为你说好话，才没有人敢动你而已。而你举军投降经我证实之后，就连宣帝元恪都深信不疑，那些希望你死的人更是加油添醋，使得宣帝与皇后想保你都不行。皇后自然不知道我见过宣帝且做证人这一举动，可笑当时刘家还执刀为你辩护，却遭到满朝大臣的攻击，连宣帝都将之责斥一顿。有些人虽然不相信，但又怎拗过得过鲜卑贵族？因此，当时不仅没有人给你兵力支援，反而派出大军对你正阳关蔡府进行围歼，灭你满门，而蔡府之中的布置我都了若指掌，有多少高手我也清楚得很，因此，所有围攻蔡府的人物都由我选定，这样才会有足够的力量对付你蔡府上下所有的高手。只可惜，不知是谁走漏了风声，使得十大家臣竟有六人突围而出，但黄海侥幸没死已是幸运，对付他的人物全都是拔尖高手。铁异游孤身一人，是以逃得最快，杨擎天与陈保春及余天三人护着大公子，竟也逃了出来，但始终无法躲过追兵的袭杀。陈保春与余天终为掩护杨擎天而战死。颜礼敬、徐飞血战而出，但徐飞终还是死在暗箭之下。

唯蔡艳龙与王银桃护着二公子双双杀出重围，几已精疲力竭，而我却赶了上去，可笑他们还以为我是来救他们的，而将二公子托付给我，于是我又顺手将他们两人送上极乐世界。除十大家臣之外，几乎没有人可以逃出那数百高手和近千官兵的围戮。可是后来，战场之上居然传来你阵亡的消息，说你血战到底，以三千人马让敌军损失数万之众，宣帝这才知道后悔，皇后更是大发脾气，几要斩杀所有当初围歼蔡府的官员。刘府之人更是再也不上朝，这十多年来变得极为低调，宣帝也不再重用尔朱家族的人，皇后亦似乎恨极尔朱家族，是以尔朱家族除几个边关的大将军之外，朝中几乎没有尔朱家族的人上朝。满朝文武更是心惊胆战，生怕元恪和皇后拿他们出气开刀。”

石中天顿了顿，又接着道：“闻说你战死，宣帝几乎是病榻半个月，传说皇后也病了一个多月，满朝凄凉，那场面好不有趣。当然，他们更四处派人查找我的下落，那些大臣们当然不敢说见过我，因为他们都怕落个与我勾结的罪名，那可就是抄家灭族之祸。宣帝更不想让皇后知道有我这个人的存在，怕皇后怪他信任外人，而不信任她，追杀我时只是秘密进行，他们自然不可能找得到我，此事也便不了了之。宣帝知道定是南朝主使，就将气出在南梁之上，大举南征，不过那全都是意气用事。何况北朝因为你的死，正阳关蔡府被抄，军心大丧，几乎所有的边关将士都不服，泄了锐气，斗志消减，以数十万大军竟攻不下钟离，反而遭到宣帝继位以来最大的一次惨败。因为你的死，梁军反而斗志大盛，那一役，魏军死伤二十余万，生擒者五万，沿淮水百余里，尸体遍布，所丢粮草器械堆积成几座小山，牛马驴骡更是不计其数，因此，宣帝更是病根深种，才会在数年之后归西。”

蔡伤禁不住听得呆了，眼角竟缓缓滑落两行清澈的泪水，为他死去的战友，为他亲爱的家人，也为死去的宣帝元恪，更为没落的北魏。他做梦也没有想到石中天这么一条离间之计，竟使整个北魏陷入了万劫不复之境，造成了如许之多的遗憾，酿成天下如此乱局。他更没有想到自己在北魏朝中起到了如此大的影响，比他所想象的更甚。

他不知道是该为自己感到骄傲还是应该感到悲哀，命运总会跟人开这样或那样的一些玩笑，但世人又不得不顺应命运的脚步去走。如果不是他，眼下的北魏或许便不会像今日这般战乱纷起，如果不是石中天和萧衍的毒计，柔然军也不敢侵犯北部六镇……

一切的一切，都只是因为一个石中天，而蔡伤自己当初又是那样的信任他，没有什么词语可形容他心中的愤怒和悲痛。

萧衍似乎微微感到一丝歉意，苦涩地一笑道："我之所以想出这样一个策略，也是没有办法的事，只是短短的两年时间，你就夺下了我三座重镇，身为一国之帝自然会将你视为心腹大患，如果不除去你，无论是军心还是国力都会受到极大的折损，我也想与你在战场上拼个鱼死网破，但世上的事情全不是这样，两军交锋，各用其谋，各凭手段……"

"你不用说了，我很明白你的处境，换作是我也同样会如此做的！"蔡伤突然变得十分冷静，打断萧衍的话道。

萧衍微微一愣，悠悠地吁了口气。

"只可惜，他也同样背叛了你，而且还将你陷入了一个死局，这是不是一件很有趣的事情呢？"蔡伤突然又笑了起来道。

萧衍黯然，这也是他心中的疑虑，为什么石中天竟敢背叛他？而这一切又是为了什么？想到这里，他显然十分迷茫，冷冷地道："你可曾想到过这样做会有什么后果吗？"

石中天冷酷地一笑，道："我知道你的八大护卫就在外面，更曾想到一切可能会发生的后果，因此，为今日之举我已经策划了十多年，但天助我也，今日却给了我一个大好机会。这只能怪你将自己的武功自视过高，也不该孤身进入这个院子，更不该犯蔡伤所犯的同一个错误，太过相信别人的话！"说着石中天自怀中缓缓掏出一张蝉翼般透明的皮膜，在众人面前缓缓蒙在脸上。

"啊！"除绝情之外的所有人都忍不住惊呼出声。

众人的眼前赫然出现了另一个萧衍！

萧衍只觉得自己似乎是在照镜子一般，自头顶一下子凉到了脚跟。

“怎么样？这个样子是不是还有几分气势？”石中天得意地笑问道。

“你这逆贼，竟敢做出如此大逆不道的事情，你……”萧衍差点没气晕过去，石中天竟早有替代他的念头，制出了如此精致的人皮面具，的确让人有些难分真伪。

“嘿嘿，你似乎还忘了一点，任何人都可以易容成他，唯独你却不可以！”蔡伤冷笑道。

“哼，也许我的确不可以，但他却可以！”石中天一指绝情，悠然道。

“他?!”萧衍和蔡伤同时惊愕出声。

“我只要由他代替萧衍离开这里就会有办法，抑或我根本不需要他戴这张面具！”石中天淡笑道，同时轻轻拍了拍手掌。

一道黑影电闪般掠入房中。

“冰魄寒光刀”传说乃是瑜伽行宗无著祖师于南迦巴瓦峰峰顶苦修之时，在一道冰缝之中发现的，如一种晶石般的万载玄冰之魄。

无著祖师历尽艰辛万苦终于取得冰之魄，再以本身三昧真火炼制了三年零八个月，最后将冰之魄炼成一柄绝世“冰魄寒光刀”！

此冰魄比凡铁更坚硬百倍，即使无著祖师也只能使其成刀形，而无法开锋，因为根本没有什么东西可以磨开它的刃口，但即使这样，这柄刀也可开碑裂石，更可怕的不是它的坚硬，而是它的冰寒，刀身自然透出强烈无匹的冰寒，足以让人僵毙而亡。使用此刀者本身不仅需要功力深厚，而且还要善于阻抗极寒，否则自身也会为之冻毙。

冰魄寒光刀曾一度随无著祖师扬威域外，甚至连大食、萨珊、不花剌、康国等都被这柄充满异力的刀所震慑，使得无著祖师成为西域崛起的一个神。只是后来，无著祖师的修为已经达到了根本不用刀的境界，传说他将这柄刀送给了一个瑜伽苦行者，只是没有人知道这个苦行者究竟是谁，却没想到这柄传说中的冰魄寒光刀却出现在慈魔手中，这的确是一个让人无比震骇之事！

慈魔极优雅地取回黑木刀，冷冷地道：“能逼我动用神刀，你已经值得骄傲了!”

碎天不知道是不是还该出手，他心中十分明白，枪王的武功的确比他强，不过他自信绝不会败给枪王，因为枪王不可能刺破他的皮壳，但是慈魔手中那柄可怕的魔刀却完全可以不用把任何人切开，只需将之冰封即可，这是如何恐怖的一件事啊！但如果碎天就这样回去，又怎能向包向天和赤尊者交代呢?

众喇嘛心生怯意，因为这柄刀乃是无著祖师所传的神器，要知道，在喇嘛教中对祖师的崇拜比任何神都甚，祖师的神物他们只能跪拜，又怎敢相抗呢?

慈魔轻轻地叹了口气道：“我本不想大开杀戒，但是既然你们已经看见了这柄刀，我只好送你们上西天极乐了。”

第一百一十章　冰封异僧

碎天知道事情再非当初的形式一样，不再是他们要围杀慈魔，而是慈魔要杀人灭口，是以，他必须出手！

慈魔的动作快得有些不可思议，在光影中，只有淡淡的一抹黑影，然后碎天看到了那黑沉沉无锋的黑木刀。

他想躲，但慈魔的刀似乎算准了他所有的退路，直截了当，毫无花巧的击出，以一弯美弧重重地击在碎天光头之上。

“轰！”慈魔的黑木刀反弹了起来，让慈魔大吃一惊，他没想到碎天的脑袋会如此坚硬。

碎天的武功招式比之慈魔相差很远，他成名的便是一身横练功夫，打人先要学会挨打，他的拳硬脚厚，但这一刻却被慈魔劈得晕头转向，一道寒气几乎使他大脑一片空白，更感觉到脑袋似乎缩进脖子里了一些，心中骇然。

“嘶！”慈魔由于对碎天劈之不开的铁头而感到震骇，一愣之间，竟被刀气在自身添了一道伤口。

“呼！”黑木刀化出一道幻影，而在这黑暗的幻影中，一点亮光爆绽。

两声惨叫，两颗硕大的脑袋滚落于地，鲜血迅速凝成冰块，四截身体也被冰所封。

慈魔的攻势比之刚才与枪王争斗之时，几乎变成了另外一个人，更可怕十倍，无论是功力，还是招势、速度，都几乎完全超出了这群喇嘛的想象。

也许，这才是慈魔真正的实力，而一直以来，他从未真正地全力出手过，他的武功又来自何处呢？他的战意、斗志又出自何方呢？

没有人能够解答，也许，只有慈魔自己才明白。

绝情没有为之有丝毫的震动，似乎根本就无须他动，也没有什么可以惊动他一样，因为他的主人并没有吩咐他出手，所以他只是一尊木偶。

石中天也没有动，因为一切都早已在他的意料之中。

黑影落定，却是被杨擎天与颜礼敬所擒的年道汝。

原来，今日一早杨擎天与颜礼敬便随刘府的队伍北返，负责护送刘瑞平和元叶媚，并顺便送信给仆射王英豪及刺史魏子健，再则联络上胡孟诸人。而从暗月寨下来之时，杨擎天知道年道汝是魔门中人，且剑痴与矮门神另有要事，无法带着年道汝，是以，他们便将年道汝带了来，当日一走，就拿年道汝拷问，事情也便成了这样。

“属下参见宗主！”年道汝恭恭敬敬地向石中天道。

蔡伤自然听杨擎天说起过年道汝的事，不由得怒问道：“你和魔门勾结？”

石中天似乎极为不屑，冷冷一笑道：“我忘了告诉你另一个身份！”

“你究竟是什么人？”萧衍只感到石中天越来越莫测高深，像是永远都无法猜透一般，心中更感到寒意越来越甚。

“我就是天魔十宗的天邪宗宗主，而我的父亲就是天邪宗的上代宗主，而今子承父位，你们还会感到惊讶吗？”石中天傲然道。

萧衍脑中“嗡”的一声响，霎时变得一片空白，想不到自己信任了多年的属下，竟然是自己最大敌人魔门中的一宗之主，这是多么可悲、多么好笑的一件事情啊。

蔡伤突然笑了起来，笑意之中似乎充满了对萧衍的怜悯，一种幸灾乐祸的情绪极为显明。

石中天竟意外地不反对蔡伤笑，因为他知道蔡伤笑的对象，他没有必要制止。

“萧衍呀萧衍，枉你也聪明一世糊涂一时，你看这事情越来越有趣了。

我被骗，你同样也给蒙住了，我被骗损失是一家亲人，是北魏的衰落，而你被骗的却是南朝江山，以及一生的荣华富贵和一条老命。看来我们在黄泉路上得好好思虑思虑，哈哈哈……”蔡伤怜悯地望着萧衍那满脸愤怒的神色，竟然也寻找到了一丝快感。

说起来，萧衍也是改变他一生的祸首主谋，虽然大家处于不同的立场，不择手段是不得已的，但蔡伤仍不能大度地当萧衍是朋友，想到那些冤死的兄弟，想到温柔却又刚烈的付雅，他的心仍忍不住揪动，想到娇妻在怀中低低细语，痴缠的一幕，他恨不得杀光所有的仇人。所以，此刻见到萧衍的痛苦，他竟感到格外的兴奋和幸灾乐祸。

萧衍感到一丝苦涩，他从来都没有尝试过如此惨败，从来都没有想到算计了这么多年，到后来仍然只成别人计划中的一件牺牲品，的确是有些可悲，的确是有些好笑，但他此时却无法改变这个现实，如果就这样让他不明不白地死去，他感到很冤，可谁能为他改变这个命运呢？如果有重来的机会，他绝不会再做亲身犯险的傻事，无论对自己的武功如何自信，即使能击败蔡伤，击败尔朱荣和黄海又怎样？自己是何等身份，岂能与江湖之中的人相比？第一次亲身犯险让黄海借机而遁，第二次亲身犯险却连命和江山都要赔掉，他不甘心，可这似乎是命！

石中天笑得很邪异，也很得意，他天魔门无时不在想着争夺天下，无一日不在想着统领江湖，可是一直都处于劣势之中，不得不转移到暗处而挣扎求生，而这种日子他们实在过得够了，他们也需要扬眉吐气，也需要让人们去崇拜、去敬仰。

“萧衍，你就安心地去吧，我会把南梁治理得比你更好，会让百姓安居乐业，我甚至连计划都已经写好了，我会用五年的时间去灭佛，同时收回部分王权，再用五年治理王族的贪赃枉法之辈，让那些潜在寺庙中的和尚尼姑全都去开荒种地，大力发展生产，同时更鼓励生育，以徕民之政策，吸起北方穷人，然后一举对乱成一锅粥的北魏发起攻击，让天下统一在我的手中，哈哈哈……”说到得意之处，竟忍不住放声笑了起来，似乎天下已经被他统一了似的。

年道汝眼中露出无限崇慕的神情，在他的眼中，石中天就像是一个神！

“你杀了铁异游?”蔡伤突然冷冷地问道。

石中天一愣，不屑地道：“我没有必要杀他，也不值得我出手，我只是让他睡去几个时辰而已！”

蔡伤似乎松了口气，眼前的石中天的确有些莫测高深，无论从面貌还是精神上都给人一种无法理解的邪异，与以前的石中天简直判若两人。

蔡伤不得不佩服石中天深藏不露的功夫，能够在这么多年中不露出一点破绽，的确让人不可思议。

“那泰斗也不是真正的泰斗了?”蔡伤再一次冷冷地问道。

“那倒并不是假的，谁不知道泰斗屁股上有梅花胎记，这岂能假的了?如果在他身上出了纰漏，我岂不是前功尽弃?我怎会傻得做这种蠢事!”石中天傲然而不屑地道。

“如此甚好！如此甚好!”蔡伤喃喃地念道。

也就在此时，石中天只觉得一只手掌已经按到了他的背上，一股汹涌无匹的劲气若开闸的洪水向他四肢百骸狂撞而至。

萧衍的神色也变了！

黑沉沉的夜幕，竟响起了一声霹雳，紧接着一道闪电破开天幕，像是梦魇中的魔火，映亮了每个人已经变得苍白的脸。

篝火的光亮显得那般微弱、那般暗淡，所有的人都似乎做了个可怕的梦一般。

除夕之夜，竟然会有霹雳和闪电，这是多么不可思议啊，更显得有些无法理解。

荒野之中，凄寒的风像是在哭号着一种悲剧的发生。

闪电过处，从另一道幻境中才可以看到电芒，以一种横弧划过，竟拖起一阵霜花。

那是慈魔的刀！

这一刻，慈魔的所有心神全都注入了这一刀之中，所有的梦，所有的意识，一切的一切，都归结于这一柄刀中。

天地人间，只此一刀，这也是冰魄寒光刀的真正精义所在，那是一种寂灭的神灵，是心外的一种神觉，就像是千万年才苏醒的一份魔念，自人、自心、自刀，流向天、流向地、流向苍穹、流向天地万物……

慈魔流泪了，冰凉冰凉的泪花，像是在冰缝中夹藏了千万年的珍珠，终于破冰而出。

天空，突然间满是雪花。

轻飘曼舞，在篝火的光亮之中，是那么温柔、那么纯洁，像是一场特殊的葬礼。

慈魔静静地立着，便像他周围的那一具具冰雕。

其实，那也不是冰雕，是被玄冰紧裹的尸体，只因为慈魔那一刀，寂灭苍生的一刀！

慈魔的眼泪，不知为谁而流，或许是在一种极端的明悟之中，他终于找到了解脱生命的一种法门，所以他感动得流泪，抑或是因为死者而感伤。

生命的意义究竟是什么呢？就是去终结别人的生命吗？

慈魔良久地凝视着手中的冰魄寒光刀，心头涌起了一种莫名的惊悸，他不敢想象刚才是怎样的一刀，他像是完全没有知觉一般。望着那些冰冻的尸体，仿佛做了一场噩梦，他想不到这一刀竟然产生了如此强大的威力，甚至是一种魔力，连他自己也完全无法控制的魔力！

这时他又想起了那冰壁之上以血留下的这样一段话：

“这是一柄来自地狱九幽的魔物，无著祖师以至高无上的佛法驯化了三年零八个月，还是无法灭去此物的魔性，终再踏足尘世造成无数杀孽，却在偶然冥思之际，将神灵融入魔物之中，终于发现其根源之所在。

无著祖师的神灵重返前十九世轮回，感悟出此魔物实被一滴永生不灭之邪血所侵，才会得具寂灭苍生之魔性。

此魔物取自南迦巴瓦峰顶一冰峡，而此处，正是曾经邪王破开九幽之门所留下的裂痕，邪王身入九幽，却以邪血留存于冰魄之中。

无著祖师破开冰魄取出邪异之血，但此冰魄之精因尘封邪血而深具魔性，实乃凶物，后人谨记……”

“难道这真的是一件魔物？为什么我似乎无法控制它？”慈魔喃喃地低语道，似乎丝毫没有感觉到雪花的飘落，没有感觉到篝火已经摇摇欲灭。

那只小兔子自老远又一拐一拐地跳了过来，用通红通红的小眼睛细细地看着慈魔，似乎有着一种无形的依赖之感。

石中天魂飞魄散，死亡的阴影几乎将他的心头都麻木了。

生与死的关头，他终于将自己生命的潜能激发了出来，在电光火石之间，他伸出了那只仅存的断臂。

不是回击，而是前伸，以无法想象的速度搭上年道汝的肩头。

年道汝一声狂号，如洪水狂涛般的气劲自石中天的独臂上传出。

石中天竟将身后那断肠摧肝的劲气转移到了年道汝的身上，然后他击出了一脚。

短短的距离，却有风雷隐动，一股沉闷得几乎让房子炸裂的气机牵动得烛焰变成一团火球，邪异的光亮照得石中天脸色苍白，而年道汝若吹大的气球，胀成一个巨大的气囊，脸和身体扭曲得不成半丝人形。

“噗！”年道汝终于无法承受那无匹的力量，炸裂成无数的碎肉四散射出。

石中天一声狂号，竟然挣脱了那只要命的手掌，却是靠反踢出的那一脚！

石中天挣脱那只手掌之时，忍不住喷出一口热血，而在此时他看见了一柄刀。

一柄霸烈无匹，却又充满浩然正气的刀，剖开烛焰，剖开飞散的碎肉和鲜血，以不可抗拒的气势向石中天的眉心斩到。

气刀，是蔡伤的手掌！

蔡伤竟然可以出招，竟然可以击出如此可怕霸烈的一刀！

刀锋所过之处，桌椅无声自裂，就连房顶也为这汹涌澎湃的气势而战栗。

石中天心中暗自叫苦，能够挨下刚才背后的一招杀招已是费尽了力气，更使内腑受创，但这一刻所面对的却是蔡伤如此霸烈无匹的一刀！

“轰！”石中天的独臂击出，也就在同时，他感觉到了背后有劲风袭体，那是一只拳头，但他再也无法分出力量回击了。

惊天动地的一拳，如怒涛海啸般的气劲激冲而出。

房顶尽被狂掀而起，瓦片、断木四散击射，劲气之骇然，足以震慑世人。

“呀！”石中天挡住了蔡伤的刀，却无法抵抗身后的一拳！

那是绝情的拳，包括刚才的一掌，全都是绝情的杰作，不，应该叫他蔡风！

没有人能够想象石中天的顽强，中了蔡风一掌一拳竟然还不倒下。但感触最深的人当然是萧衍，惊诧最厉害的也是萧衍。

石中天的武功比他见过的所有人都可怕，他刚才尝试了蔡风的一肘，那还是未曾击实的一肘，已让他身受重伤飞跌而出，可石中天在承受蔡风一掌之后，竟能再硬接蔡伤那足可开天辟地的全力一刀而面无惧色，更再受蔡风一拳，仍然不倒，反而伸指直击蔡伤的双目。

蔡伤冷哼一声，双手成剪，竟产生两柄巨大无匹的刀影，就像是两道峡谷向中间挤压一般。

那纯粹是一种感觉，一种足以让所有人喘不过气来的感觉。

蔡伤消失在峡谷之间，整个天地都变得不真实起来，萧衍也觉得自己在怒涛中翻转，在无尽无期的冥世轮回，劲气绞旋着他的每一寸肌肤，这大概是转世的前奏。

“轰轰轰！”三声爆烈无匹的巨响之后，一切都陷入了黑暗，烛火熄了，但这并不影响众人的视线，他们的眼睛可以洞穿夜幕那是毫无疑问的。

但，蔡伤还是重新点燃了烛火，大家这才发现，外面的天空竟然下起雪来，自掀开的屋顶飘落房中。

石中天大口大口地咳着鲜血，他背上的衣服破了三个洞，一道掌印、一道拳印、一只脚印，极为清晰地烙在自破洞中露出的肌肤上，那全都是蔡风的杰作！

而他的胸口，也有两道裂开的刀痕，那是蔡伤的刀所留之纪念，承受这两大绝世高手的五记重击，他居然还没有死去，这的确不能不说是一个奇迹。

蔡伤和蔡风的呼吸逐渐变得均匀而细腻，望着石中天露出难以置信和惊骇的神情，连他们自己都无法相信这个世上居然有人能够硬受他们父子联手的五击而不死，而且是在对方毫无防备之下，这几乎是一个神话，若在这一刻之前，打死他们也不会相信这个事实。

萧衍的眼睛瞪得比鸡蛋还大，他还以为自己是在做梦，否则，世上怎会有如此可怕的人？他更惊奇地发现房子四面的墙壁都是透风的，因为在刚才狂猛无匹的震荡之下，四面的墙壁竟裂开了几道长长的裂缝，像是石中天胸口的刀伤。

沉默了良久，石中天也停止了咳血，神情委顿地依在墙壁的一角，惨然道："想不到我还是败了！"

"你是邪宗的人？"蔡伤突然冷冷地问道。

石中天又急促地喘了几口气，口中涌出一股血来，并未否认，半晌才问道："为什么……会这样？明明是我为他拔去了金针！难道孙游岳的'毒人注解'是假的？"

"你是邪宗的人？"萧衍的脸色也变了，他这刻也立刻想到，若对方不是修炼了《不灭法》的"不灭金身"，如何能以血肉之躯硬抗两大绝世高手的五击而不死？更有刚开始借年道汝转移体内的劲气手法与当年花如梦的手法如出一辙，想到此处，萧衍心头禁不住打了个寒战。

蔡风强压住心中的愤怒，淡淡地道："孙游岳大师的'毒人注解'并没有说错，但那只是对普通毒人而言，对于我来说，却并不适合，甚至是多余的，无论是谁，只要拔出我神藏穴中的金针，我都会立刻恢复神志，不再是绝情，而是一个复活的蔡风！"

萧衍禁不住也呆了，忍不住问道："那你为什么还要这样假装下去？"

“因为我要等一只老狐狸露出尾巴，更要查明一件事情的真相，现在你应该明白了吧?”蔡风微微一笑，那种消失了两年的自信和傲意再现脸上，眼神之中又透出少许的顽色和机智。

“原来你早就知道了?”石中天惨淡地望着蔡伤一笑道。

“可我一直都不敢证实，因为这涉及到我最信任的兄弟，我总想这一切不是真的，可这一切偏偏又是事实，而且比我想象中的更让我痛心疾首!”蔡伤说话间，眸子中竟隐含泪花，任谁都看得出他对石中天的确情义深重。

石中天惨然道：“只可惜，我们天生只能是敌人，没有谁可以改变这种命运!”

“你到底是邪宗的人还是魔门中人?”蔡伤再一次沉声问道。

石中天伸手缓缓擦了擦嘴角的鲜血，自豪地道：“如果我不告诉你，也许你们做梦都不会想到，在中土从来都没有邪宗的出现。”

蔡伤和萧衍俱都为之一震，不屑地道：“你胡说!四十五年前邪宗和冥宗之乱，天下无人不知。”

石中天不屑地一笑道：“真正的邪宗在西域，在天山之南，更曾越过昆仑山至吐蕃，后被喇嘛教赶至极西的大食，更有些流窜至阿尔泰山以北的罗刹国，他们发展的地方在恒河以东，高山雪原及草原是他们生存的地方，却从来都没有踏足过中土。在吐蕃曾流传过一个由佛入邪的传说，及在罗刹、西域更有邪王的传说，邪王便是邪宗的创始者。四十五年前的邪宗只是魔门十大宗之一的天邪宗!”

众人不由得目瞪口呆，蔡风却似乎极有兴致地问道：“你怎么对邪宗知道得如此清楚?”

“哼，当年我天魔门被慧远的白莲社逼得走投无路，四分五裂，我们知道若想对付白莲社，也就只得另寻出路，而更听说西域的邪宗有着绝世武学，横行域外数百年不灭，于是我们天邪宗便派人前往域外，想方设法打入邪宗，后来终于偷得邪宗武学返回中土，但所得武学却并非邪宗至高无上的宝典《不灭法》，只是邪宗二流的武学，可已足够让中原大乱，当世之中更无慧远葛洪之辈的高手，自是不凡，却没想到，在中土竟有一个世外桃源，一个已将武学发展到无人交流之境的神秘莫测的地方，于是便有了四十五年前之乱，哈哈哈……你们感到很惊奇吗?”石中天有些不屑地道。

蔡风听得似乎兴趣十足，想不到真正的邪宗是在域外，而且从未踏足中土一步。邪宗的二流武学就让中原大乱，那一流武功又会如何呢?

“你是如何猜到我的身份的?”石中天有些不甘心地问道。

蔡伤轻轻一叹，道：“天网恢恢，疏而不漏。艳龙，你出来吧!”

石中天一听蔡伤如此一呼，禁不住瞪大了眼睛，道：“不可能！绝不可能!”

“世上没有不可能的事，只有想不到的事!”一个充满悲怆的声音自屋外传来，推门而进的是一个两鬓微白的中年汉子，一脸的沧桑似乎在述说着一个苦难的历程。

“蔡艳龙!”石中天真的惊呼了起来，虽然事隔十九年，但他仍清晰地记得蔡艳龙的模样，此刻的蔡艳龙的确老了，但眸子之中那闪动着的厉芒，让人感觉到他的深沉和愤恨。

“想不到吧！你当初那一剑的伤疤仍在我的心口!”蔡艳龙一把撕开外衣，露出肌肉的胸膛，一道刺目的红疤在烛火之下是那么惊心动魄。

在石中天呆然的时候，蔡艳龙道：“你算得很准，对于任何普通人，都没有半丝生存的希望，但你没有想到的是，我天生心脏偏离一寸，这是天意，天意是不可违逆的，而后来却被陶弘景大师救了，你应该明白为什么会失败的原因了?”

“哈哈哈……”石中天仰天狂笑，咳出的鲜血乱飞，良久才竭，狂意大发地道，“我还以为是有人比我的智慧更高，原来只是贼老天在耍我，我是败给老天的，而不是败给任何人!”

“哦，原来昨晚并不是我在做梦，竟真是你在拔阿风的金针。”凌能丽突然记起昨晚梦中那熟悉得不能再熟悉的身影正是石中天!

蔡风在这之间早已为元定芳和凌能丽解开了穴道。

"不错，是我又怎样，我石中天绝对不怕你们，也不会败的……"说话间，石中天双手突扬。

两道淡黄的花影向元定芳和凌能丽射去，更有两道白光分别射向萧衍和蔡艳龙！

"独臂冥王三叩首！"

室内的断椅破桌，及一些细碎的物件竟像是被飓风所牵扯，形成一道汹涌的狂流。

凌能丽和元定芳一阵惊呼，竟无法立稳脚跟，被那飓风的引力牵扯得向石中天扑去。

蔡艳龙牢牢立稳身形，却只能勉强击开那道白光。

"沧海无量！"蔡伤徒然跨步，双掌合十，整个人立刻幻成一柄插天巨刀，又在万分之一秒的时间内散布成无数光影，若愤怒的大海，狂涛汹涌，杀机犹如迅速漫散的草藤，向四面八方无限扩展。

蔡风也为之色变，他不仅惊诧石中天居然还能够发出如此可怕的拳劲，还惊骇父亲竟用了从来都不轻易出手的"沧海无量"，这不仅需要无相神功相辅，更要以天罡正气出刀，方能达到"沧海无量"的最高境界，而且这样也是最耗损功力的打法。

"轰！噼！"两股劲气相接，天空之中竟劈下无数道闪电，落在房中的四周，历久不消，就像是一条闪亮的巨蛇在天与地之间狂舞，百里之外清晰可见。

蔡风想都不用想，双手将凌能丽与元定芳一抱，电射一般掠了出去。

而在此同时，更有一条身影自上而下飞扑向萧衍，隐约中，可看清那是一道娇巧婀娜的身影。

"轰轰……"雷电狂劈，雪花变成疯狂的冰雹洒落而下。

三子和众葛家庄弟子全都远远地缩在树后，惊悸地望着屋子之中爆出的让他们永生永世也无法忘怀的奇观。

原来蔡艳龙早为他们解开了身上的穴道。

雷电交击之中，无数道有形有质的巨大而雪亮的刀，组成一朵巨大雪白的莲花，那种惊心动魄的震撼使方圆数里的居民们忍不住顶礼膜拜，虽然在寒冷的冰雹之中，但依然感动得热泪盈眶，包括三子和众葛家庄弟子。

而在另一面的萧衍和八大护卫及一名美艳至极，却又有种高不可攀之感的贵妇却是另一种感受。

“世间能将刀道发挥到这种境界的人，也只有他一个，这比我想象中的更为完美而可怕！”萧衍忍不住感叹地道。

“的确，除了烦难大师，又有谁的刀能胜过他呢？但石中天似乎更可怕！”那贵妇认真地道，她的一只手轻轻扶住萧衍。

在莲花的另一边，却由无数的冰雹及碎瓦沙石凝成一条巨大的狂蛇之形。

方圆二十丈的冰雹全都被那狂旋的气劲所吸引，没有人可以立稳脚跟。

蔡风的心也绷得极紧，石中天就像是一个打不死的怪物，受了如此重创，竟还可以击出这般无与伦比的招式。

天空中的电光束集，如拧在一起的无数绳索，狂舞成张牙舞爪的巨龙，重重地击在两团似梦似幻的光影之上。

莲花和冰雹组合成的狂蛇在刹那之间四分五裂，散漫成无数的碎劲，汹涌四射。

惊呼，摧毁性的爆裂之声纷传而出！

二十丈内的树木尽折，摧枯拉朽般毁灭性的劲气，带着一股汹涌的寒潮扑至二十多丈外观看的众人。

功力薄浅之人禁不住全都打了个寒战。

萧衍的神色不由得极为难看，忧心重重地道：“石中天不仅已修炼成了四十五年前邪宗的邪功，甚至连冥宗的武学也学会了，这怎么可能?!”

那宫装贵妇骇然问道：“难道他刚才施展出来的就是冥宗的武学吗？”

“倩香听说过当年花如梦偷走冥宗宝典之事吗？”萧衍向身边的宫装贵妇温柔地问道，他的心中的确是充满感激，刚才若非她所救，此刻自己犹身处风暴的中心，只怕活望不大，而且这个世上最关心他的人，似乎便是身边的宫装贵妇。

她，正是黄海为之神伤的师妹叶倩香，也就是南朝的西宫之主，萧衍一生中最爱的女人。

萧衍此次只是偷偷出宫，但身为一国之君，除夕未归自然会影响后宫，就连皇后都大感诧异，但在南梁，萧衍为开国之君，威势之高，皇后根本不敢多管，更何况萧衍事先跟皇后说过要出宫办事，皇后不敢违拗，而西宫娘娘却对萧衍极为了解，担心他会出事，是以尾随追了上来，却正好遇到两大绝世高手相搏的精彩场面。

“的确听说过，这也是冥宗和邪宗决裂的真正原因，对吗?”叶倩香轻问道。

“不错，但我却知道这部宝典并非冥宗的最高武学，传说冥宗有八大冥王，而花如梦所偷的却是其中一个独臂冥王所创的《独臂冥王经》，那上面所载的乃是独臂冥王的毕生武学，而石中天刚才这一式似叫作‘独臂冥王三叩首’，应该正是《独臂冥王经》中所载的武功。”萧衍神色极为凝重地道。

“不好，石中天竟然跑了!”叶倩香惊呼道。

萧衍一看，果然见到一道黑影电射掠向远方。

雷电的光亮之中，蔡伤静静地有若一座孤峰般屹立着。

“爹!”蔡风一声惊呼，如风般飞掠向蔡伤，蔡艳龙和铁异游也惊骇地飞掠了过去。

难道蔡伤败了？刀道的神话难道就要到此刻结束?

萧衍也几乎不敢相信这是事实，因为他亲眼见到石中天身中两大绝世高手的重击，即使武功再如何高强，又怎么可能击败蔡伤呢?

若是蔡伤没有败，为什么不追？石中天可以说是他直接的灭门仇人，为何要让他逃走呢？这完全不符合常规。

只凭蔡伤刚才那一招“沧海无量”，当世之中又有谁能够自信接下来呢？但石中天不仅没有死，而且还逃了。

萧衍绝对不能让这样一个可怕的人物活在世上，先不说他那连蔡伤和蔡风两人都奈何不了的惊世武功，更因石中天不仅精通“圣刀门”的武学，更兼学魔门、邪宗和冥宗的武功，这个人的确是太可怕了。何况石中天的计谋之深，野心之大，只要任何人想到世上存在着这样一个敌人，都不会有一份好心情，甚至连做睡觉都不会做好梦。

“连虎，你带着他们立刻去给我将石中天追回来，格杀勿论！我绝不想让这样一个人活在世上，你可以凭你手中的金牌，调动一切力量，我要不惜任何代价，一定要换取石中天的脑袋!”萧衍的语意充满了无尽的杀意，显得是那样坚决而肯定。

彭连虎的身形一震，他的心神还沉迷在蔡伤那无与伦比的一刀之中，蔡伤的确是他最尊崇的刀手，今次是他第三次见到蔡伤出刀，也是最为莫测高深的一次，一个能将刀道推至此种境界，真不愧为刀道的神话，他清楚地感觉到蔡伤没有败，更没有死！那一刀的精神和精义，似乎仍飘荡在寒风之中。

他听到萧衍这么一说，才真正回过神来，恭敬地应了一声：“是!”同时又回头再望了蔡伤一眼，心中忖道：“十多年来，他武功精进之神速远远超过我，看来今生永远都别想在刀道之上有胜他之望了。”

想着不免心生几分惆怅，这才领着五人飞速地向石中天消失的方向追去。

萧衍对八大护卫的实力极为自信，是以，虽然只去了六人，即使石中天未曾受伤，也绝对讨不了好，何况此刻他绝对是身负重伤，而且自己更可动用一切的人力，包括南朝的军队和各府中的高手，对付石中天他绝对不会手软，更不会放过石中天，一定要让这个恶魔陷入万劫不复、永无超生之境！

萧衍从来都没有受过如此一番窝囊气，今次却被石中天弄得险死，甚至差点连江山也给输在对方的手中，他如何不怒？不气？

蔡伤没有死，若是死了，也不能算是武林中的神话！

当蔡风赶到他身边之时，蔡伤已缓缓地舒了一口气，面色由赤红渐渐转为微微的红润，但额角的汗珠却依然未曾被寒风化去。

冰雹也越下越大，击落在碎瓦之上，不再“噼里啪啦”地爆响，但却并没有冰雹可以侵入蔡伤方圆一丈之内，似乎被隔了一道厚厚的气墙。

触目惊心的是，刚才他们所住的那间小院此刻已经变成了一片废墟，地面之上全被雷电烧得焦黑，更形成了一个方圆几达三丈的浅坑。

没有人可以想象刚才究竟是怎样的一场搏斗，是怎样惊天动地的一击！

蔡风有些骇然，石中天的可怕的确是太出乎所有人的意料之外了。

“爹，你没事吧？”蔡风关切地问道。

“主人，老爷子，义父……”众人都关切地望着蔡伤，似乎已将蔡伤当成了一个病人。

“我没事，他还要不了我的命。”蔡伤有些无奈地道。

“你受伤了？”蔡风惊问道。

蔡伤苦笑着点了点头，却向蔡风叮嘱道：“风儿，今后你千万别用‘沧海无量’，切忌切忌！”

蔡风一呆，有些茫然地问道：“为什么？”

蔡伤轻轻一叹，道：“石中天的武功的确太出乎我意料之外了，甚至比为父更要胜过一筹，天下能胜过他的人几乎已经没有了，但他在身受重伤之下，还没有伤我的能力，伤我的人，是我自己！”

“是你自己？”蔡风及所有人都禁不住傻了。

“当初你师公便对我说过，催发‘沧海无量’不仅需要以无相神功和天罡正气相辅，更要以无上的佛心作为刀之精髓，方能纳天地百川之气为己用而身不受损，也只有以无上的佛心作为刀的神髓，才可以真正地发挥到刀道的极致——天地涅槃！化出三朵圣莲，那才是真正无敌的‘怒沧海’，为父虽俱佛心，但杀戮太重，是以只能化出一朵圣莲，虽然能够接引天地之浩然正气，但也被未排出的浩然正气所伤，才会让石中天有逃走的机会。”蔡伤无奈地道。

蔡风听呆了，他想不到“沧海无量”竟会有如此后果，也在暗叫可惜。

“但他此际身负重伤，相信逃不远，为父已斩下他的一条手臂!”蔡伤指了指不远处一摊血迹中一只几乎快要烧焦了的手臂道。

“那他现在岂不没手了?”蔡风心头一宽道。

“不，他还有一只手臂，以前他的手臂根本就没有断，他比任何人想象的更可怕，我从来都没有见过一人身具如此多的绝世魔功，他平日以‘不灭神功’将手臂缩小，几乎是转化为另外一种形式，而在真正出手之时，这便成了最为致命的一击，但幸亏为父发现得及时。”蔡伤有些惊吁地道。

“这人太可恶了，我一定要杀了他，让孩儿去把他的脑袋提回来!”蔡风恨恨地道。

“不用，有人比我们更想他死，自然有人会去对付他!”蔡伤伸手相拦道。

“萧衍!”蔡风脑中立刻想到刚才还有个萧衍，而此刻却已经不见了。

“刚才是个女子救走了他，这女子的武功也似乎高得出奇。”蔡风仿佛想了什么似的道。

“她是你黄叔的师妹，自然武功高得出奇，以后行走江湖时要小心谨慎一些，天下的高手多不胜数，绝不能自高自傲!”蔡伤缓缓移了一步，叮嘱道。

“孩儿明白!”说着向凌能丽和元定芳望了一眼，心头微微涌起一丝歉意，随之又恢复了一向的顽皮之色。

“能丽、定芳，让我们去看看那些村民，可能有些人已经受伤了……”蔡风打了个眼色道。

“阿风，你真的好了吗?”三子激动得眼中涌动着泪花问道。

蔡风伸手重重地揽了一下三子那已经变得宽阔不少的肩膀，笑道：“自然是真的，今后咱们哥们儿又可上山打猎了。对了，长生哥呢?”

蔡伤和三子的脸上肌肉都抽动了一下。

蔡风立刻明白是怎么回事，脸上的笑容一下子变得僵硬。

“阿风，人死不能复生，不要太难过了！”凌能丽也黯然地安慰道，她心中自然也不好过，长生可以说是因她而死的。

蔡风愣了一愣，放开搭在三子肩膀的手，一把紧紧地搂住凌能丽的腰，似乎怕又会失去一个亲人般。

元定芳神色一黯，正自感伤的当儿，一只大手也从她的腰际搂了过来，她身不由己地靠了过去。

一股熟悉的气息涌入她的鼻息，蔡风那温柔如水的眼神似乎一下子透入到了她的心底，元定芳禁不住微微脸红。

三子似乎明白蔡风此刻的心情，他又何尝不一样呢？那一群猎村的兄弟所剩无几，的确让人痛心，他更将长生当成亲哥哥一般，但天意总会那么去捉弄人。

“我们去看看那些村民好吗？”蔡风低低地向二女问道。

“嗯！”二女早已脑中一片空白，意乱情迷，哪还会反对？

“爹，我们先去看看了。”蔡风向蔡伤道了一声，就向灾情惨重的几户民居行去。

石中天竟然不见了，火光之中，血迹殷然，但很快就被砸落的冰雹化去。

冰雹中又夹着片片雪花，在这种天气的夜晚，想要追人，那的确是一件极难极难之事。

彭连虎也十分清楚明白，是以他已让人去临淮关调动城中所有的官兵。

天气极为寒冷，那是不可否认的，更何况在冰雹和雪花之中，众人并未预备雨具，因为谁也不曾料到会因蔡伤与石中天的气劲，而牵动天气发生了一个不可能的变化。

雷电渐无，天地陷入一片黑暗，彭连虎等人只得点亮火把，但在寒风之中，光线极弱，根本就无从找起。

血迹也渐渐被覆于白雪之下，彭连虎诸人只能凭着感觉寻找，可夜幕深沉，又怎么能够知道石中天身在何方？

第一百一十一章　心灵之音

蔡伤面对欲哭无泪的掌柜，只得报以苦笑，谁都不希望在除夕之夜发生这种毁灭性的事情，整个客栈全都毁于一旦，残墙断垣，一片凄惨，两大高手的摧毁力的确是太可怕了。

掌柜的却不敢说什么，刚才的景况他已经历历在目，就像是刚才从神话中回来一般，但现实却让他有些难以接受。

蔡伤的眼角闪过一道陌生的人影。

“我是武帝身边八大护卫之一的抗月。”那陌生汉子淡淡地向蔡伤微微一抱拳道。

蔡伤微讶，但对萧衍并没有好感，只是冷冷地问道：“你来干什么？”

“这里是我南梁的土地，这里的子民也是我南梁的子民，武帝仁爱天下，见自己的子民受灾，自然会前来看看。”抗月不亢不卑地道。

那掌柜一听对方竟是皇上身边的护卫，禁不住大惊，骇然跪下。

抗月伸手一抬，淡淡地道：“不用行礼，这里是一面金牌，明日拿了这块金牌到衙门直接面见县令，或到城守府，就会有人立刻为你安顿家园，以后有任何不满意，便可直接找他们，只要你有所求，就不会有人拒绝！”

掌柜的哪想到会遇到这样的事情？接过金牌的手直颤抖，竟似无法立稳身子一般，更不知该如何说话。

蔡伤不再言语，事情也只有这样解决，或许掌柜的会因祸而得福，不过也庆幸今日是除夕之夜，客栈之中根本就不会有别的客人，否则殃及无辜就更令自己心中难安了。

掌柜的老婆在一旁也给看傻了。

铁异游和蔡艳龙诸人皆在屋檐下避冰雹，这个夜晚的确是太冷了。

夜，的确很冷，但也有并不怕冷的人。

黑黑的夜，在一棵巨大的樟树之下，燃起一堆篝火。

冰雹无法侵袭，雪花飘落，也被那凋零的叶子轻轻托住，形成一张极大的保护伞。

地上，是一张不大的毛毡，却可以挤坐着三人，面对着篝火，那映红的容颜闪动着一层幸福而温暖的光润。

蔡风轻轻拨动了一下滑下火架的木头，舒舒服服地吸了口凉气，像是初生的婴儿，吸得十分贪婪。

“冷吗?”蔡风忍不住低声询问着身边的伊人，眼神中露出喜悦的光彩。

元定芳和凌能丽呆呆地望着跃动的篝火，只是轻轻地摇了摇头。

“怪我让你们担惊受怕了吗?”蔡风有些微感歉意地问道。

凌能丽没有作声，元定芳却有些微微不忿地道：“你们男子汉做事总会保持一份神秘，我能怪吗?”

蔡风不由得大为怜惜，伸手将元定芳搂得更紧，在她耳畔轻声道：“我保证以后再也不会有瞒定芳，一定不会让你担心受怕!”

元定芳大窘，粉面一下子红到了耳根，不好意思地小声道：“丽姐在一旁呢。”

“听见了，听见了，你说的话能丽全听到了!”蔡风突然一把搂过凌能丽，笑着道。

元定芳更是大窘，凌能丽却笑得直发抖。

“啊啊，你耍我，我不来了。”元定芳露出少有的娇憨，不依地道。

“大不了我再对着能丽的小耳朵吹口气不就得了?”蔡风顽皮地道，此刻他才真正地感到一种复活的快乐。

三人都忍禁不住笑了起来，气氛变得无比融洽。

在变成毒人的这段时间，蔡风的脑部神经被锁，对过去的记忆一片模糊，虽然他仍然有自己的意志和思维，但体内的佛门无上神功“无相神功”与所受禁制相互冲突，他的思想始终处在一种轻微状态的煎熬之中，这使他的天性玩世不恭之态存封于矛盾中而无法解脱，此际禁制一解，本性之中的玩世不恭又复出来，无拘无束、无牵无挂之感的确极为动人。

良久，蔡风才低声问道：“这是不是有生以来最为难忘的一个除夕？”

“你说呢？”凌能丽反问道。

“当然是。”元定芳毫不犹豫地回答了。

蔡风悠然一笑，像是在梦呓般道：“静静的时界，有雪花曼舞，有冰雹奏乐，更有寒风相和，篝火结伴，爱人相偎，这是一种优雅还是一种浪漫呢？”

元定芳和凌能丽不由得哑然失笑，道：“别人认为最无奈和最可怕的事，你却当成生机无限。”

“不错，正是生机无限，因为今日是我的又一次新生，要不要为我的新生而庆祝呢？”蔡风突然露出一丝神秘的笑容，轻问道。

二女大觉奇怪，奇问道：“如何庆祝？”

“你们想不想吃点野味？”蔡风认真地问道。

“这么晚了，哪来的野味可吃？”二女不相信地问道。

“三子，去借点盐巴来！”蔡风突然向不远处屋檐下的三子喊道。

三子不由得也莫名其妙，不过他却知道蔡风一向是把戏层出不穷，也并不十分奇怪，便向那破败的客栈行去。

“他们倒很识趣，不来打扰我们的清静！”蔡风得意地笑道，同时从怀中掏出一根翠玉笛子。

“还记得这根笛子吗？”蔡风淡淡地问道。

“自然记得，本以为那只能算是今生一场虚幻的梦。”元定芳向往地道。

“空空的幽谷静静的原野，清风相随，绿水常伴，的确是一种梦境，过去难道不是一场梦吗？而且是一个不想回头的梦！来，我为你们吹上一曲！”蔡风悠然地说完，横笛触嘴。

一缕清幽无丝毫杂质的音符自松开的指孔间，滑向深深静静的夜空。

清灵飘逸的旋律像是在寒冷的夜空中更制造了一层清静缥缈的空间。

笛音有若一阵轻风拂过每一个人的心间，欢快而愉悦的情感清晰地表达在音乐之中，一种萌动的生机似破茧而出的蛾虫。

没有任何谱子的约束，更没有曲子的界限，全凭一种感悟，以心神催动着音符。

音乐本身就是自己感情舒泄的一种形式，而蔡风却更能把握住这种情感的交融，他似乎将自己的灵与神完全倾注于音符之中，婉转于九霄。

元定芳与凌能丽不由得听入了神，紧紧靠在蔡风的身上，心神跟着音符也进入了那种静谧而轻悠的境界之中。

寒风，冰雹，雪花，篝火，一切都似乎变得不真实起来。

不远处的众人也在静静地聆听着，静静地感受着……

“呜——哦……”远处传来了一大群野狗的厉嚎。

狗叫之声越来越凶，越来越厉，也越来越密集，只听得众人浑身起了一层疙瘩。

野狗的叫声只是在片刻间便已停止，但余音似乎仍在夜空中与笛声相应和。

蔡风依然吹着笛子，是那么专注、那么认真。

片刻间，黑暗之中传来了一点点暗火，众人全都吃了一惊。

有人忍不住惊呼出声：“是野狗群！”

竟有大群的野狗应声而至。

凌能丽和元定芳也吃了一惊。

正在众人小心戒备的当儿，笛音突止，那一大群野狗竟然迅速奔到樟树之下，一字排开，然后将口中之物轻轻放下。原来每条狗的口中都叼着一只猎物，也有数条野狗合力叼着大一些的猎物。

蔡风缓缓站起身来，拍了拍手掌，笑道：“如何？野味来了，今年一定要过一个有声有色的除夕，让我这超级大厨师为你们下厨吧！”

众人禁不住大感惊讶和奇怪，谁也想不到这些野狗冒着大雪和冰雹却是送来这么多的猎物，什么山鸡、野兔、獐子、山羊，竟多达近百斤。

元定芳立刻记起，蔡风曾在那山谷之中以笛音唤走他的狗王天网，而在元叶媚与她跟踪蔡风之时就发现狗王天网远远地跟在蔡风身后，刚才蔡风以笛音相传，自然也是召唤天网，却没想到这么快狗群就可抓到如此多猎物。

不过想到那天漫山遍野都是野狗的场面，元定芳不由得又感奇怪，如此多的野狗要抓这些猎物并不难，何况此刻众猎物归巢，只要知道巢穴也并不难抓。

除元定芳之外，其他的人哪里见过这等场面？不由得全都瞪大了眼睛，眼前情景令他们难以置信。

蔡风拾起几只猎物，抛给众野狗，像是驯孩子一般，道：“这是给你们的，去吧！”

众野狗听到蔡风这一句话，才缩回舌头，叼着几只猎物头也不回地走了，转眼间便消失在众人的视线之下。

凌能丽不由得讶然，惊奇不已地问道：“怎么会这样呢？”

“嘿嘿……”蔡风莫测高深地一笑，道，“等你成了它们的女主人之后，就知道是怎么回事了。”

“好哇……你……”

蔡风的烧烤水平的确已经达到了绝顶境界，更以雪灌入猎物的腹中，或以冰雹颗粒融入猎物体中，烧出来的猎物不但没有焦味，反而更有一种清心爽神之感，清香扑鼻，就是元定芳这生在都督府中的贵族女子也未曾尝过如此美味。

此刻的野味比上次幽谷中另具一番风味，凌能丽则已是两年未曾吃过蔡风所烤之食了，当初蔡风在猎村做的菜古怪百出，无人能学及其十分之一。

蔡伤则没有领教过蔡风的烧烤水平，在阳邑多由马叔亲自下厨，蔡风根本没有大显身手的机会，只是刚学厨艺时烧的一些不到火候的菜还被他笑了好一阵子，此刻吃起来，竟丝毫不逊马叔的手艺，大家不由连连赞赏。铁异游和蔡艳龙更是初尝如此美味，几乎连舌头也给吃下肚了，掌柜的一家子也分得一只山羊腿和一只野兔，只差没将骨头啃完。

吃喝谈笑间，几人问及这两日之事。

原来在昨日车厢之中，蔡伤就已经拔出了蔡风体内的金针，并说了自己的计划，然后又将金针剪断半寸，刺入穴中，根本就不会对蔡风构成任何危险，一直以来蔡风极为清醒，能够感觉到周围发生的一切事情，这才会让石中天和萧衍吃了大亏，落入圈套之中。

众人听了无不感到痛快。

“我们明天去哪里呢？主人。”蔡艳龙问道。

“我还要去赴一个约会！”蔡伤吸了口气道。

“约会？什么约会？”蔡风奇问道。

“主人一定要去会阿那壤吗？”铁异游有些担心地问道。

“阿那壤野心勃勃，若不挫他锐气，他定会再乱中土，那更将是生灵涂炭，酿成无法挽回的乱局。柔然人不像起义军，他们所过之处会全都变成一片焦土，绝不留有任何生命。我身为中土一员，就应该赴这次约会！”蔡伤肃然道。

“什么时候？”蔡风目中露出一丝奇芒，问道。

“清明，华山！”蔡伤淡然道。

“我也去！”蔡风似乎终于找到一件可做的事，忙道。

“可你却要前往邯郸元府与广灵刘府。”蔡伤淡淡地道。

蔡风有些不好意思地望了元定芳与凌能丽一眼，将二人紧紧拥了过来，道：“邯郸，我们一起去，而刘府由爹去就行了。”

元定芳和凌能丽一阵娇羞，脸皮子还是有些受不了。

蔡风却“哈哈”大笑起来。

“呜！”正笑间，却突然笑不出声来，却是凌能丽以一只獐腿狠狠地堵住了蔡风张大的嘴巴。

众人不由得一齐大笑起来。

包向天看起来不高，却也不怎么老，倒像个三十多岁的人，一张娃娃脸上嵌着一双细小的眼睛，两道极不相称的眉毛斜斜插入鬓角，像两柄小刀，高耸的鼻梁，像凸起的山峰，裂开的大嘴上有一小撮翘起的胡须，构成一种似乎有些滑稽的形象。

此刻他的脸色铁青，青得使整个大厅都有些发冷。

发冷的并不是他的脸色，而是地上的一堆冰，一堆紧裹着尸体而未化的冰。

十八个喇嘛，二十块冰，再加另外两具，一共是二十二具冰尸。

没有人敢想象这是怎样一种死法。

这些全都是派去抓慈魔的人，赤尊者的眸子中也射出了无比的震骇，似乎是因为这些人奇异的死法和死状让他心惊，现在他能做的事就是闭眼低声诵念佛号。

“可有人发现他的行踪?”包向天充满杀机地问道。

慈魔杀了他的两个得力助手，这的确是包家十多年来都未曾有过的事情，让他十分震怒!

碎天并不是被刀劈死的，而是冻死的，虽然他能刀枪不入，但却无法抗拒严寒，是以碎天死了。

那几名抬回尸体的人不由得有些惶恐地道：“那小子似乎突然消失了一般，无法查到他的踪迹!”

“一群饭桶!”包向天说到这里突然觉得似乎不该去招惹这个可怕的敌人，这人能够让十八名喇嘛，包括枪王与碎天这类级别的人物都一齐死在他的手下，只凭这份武功就绝对不能不对这个对手重新估计。

赤尊者双眸再次睁开，也禁不住无可奈何地道：“邪刀再现江湖，看来我还得给法王寄书一封，望法王能早赴中土一行了。”

“什么邪刀?”包向天不禁有些好奇地问道。

“这乃是西域一个神秘的传说，传说此邪刀乃是瑜伽行宗无著祖师在南迦巴瓦峰获一邪异冰魄，而炼成了至寒的邪刀，被邪刀所杀的人，身裹坚冰三日不化，看来他已经获得了这柄邪刀，如此一来，只怕更难对付了。”赤尊者担心地道。

包向天本打算考虑要不要继续对付慈魔，但一听慈魔竟拥有一柄绝世邪刀，而蓝日法王又快至中土，立刻改变了主意。包向天毕竟是个生意人，不仅是个生意人，更是一个擅观形势的人，只要形势对他有利，他就不会放弃，他与赤尊者本是处于一种合作的关系，相互利用，但若要是弊大于利，他就立刻会取消。

“立刻给我查出慈魔的下落，但千万别轻举妄动，一切待我有了安排之后再作决定。”包向天冷冷地道，他的确想见识一下这柄邪刀究竟会邪到什么样子。

过了年，凌通的囊中鼓涨得不得了，本身就有四五千两银子，在靖康王府领的红包又是不少，钱多得几乎没地方花了。

这时候，他倒真的想起凌能丽的提议：去做生意，赚大钱将来用以对付魔门。虽然他不明白魔门是什么东西，但既然是丽姐不喜欢的，又害了蔡风，自然不是好人，做生意便做生意吧。

凌通找来萧灵，两个小孩子一拍即合，反正这些爆竹、斗鸡之类的也玩腻了，吃饱了撑着没事干，倒不如去找点刺激的生意做做。凌通当然对生意是一窍不通，萧灵更是糊涂，一时也想不到做什么生意好，想了老半天，凌通突然惊喜地道：“有了！”

“什么有了？”萧灵喜欢地道。

“陈志攀老兄不是还在城中吗？咱们去找他商量商量，定然有戏可看。”凌通喜道。

“好哇，好哇，咱们也不用去求王叔，多好！”萧灵也附和着道。

陈志攀受梦醒之托，负责照顾凌通，因赶上过年，也便留在建康城中，反正凌通有的是银子，更何况他若缺钱，只需去赌场中走两圈，手中立刻就会有用不完的银子，日子过得倒也十分潇洒。

凌通来找他也很轻松，不在住所就在赌场之中。

当凌通将想法跟陈志攀一说时，他也傻眼了，好奇地打量着眼前两个半大的娃儿，有些吃惊地问道："你们知道生意怎么做的吗?"

"就是不知道才来找你呀，要是知道我才懒得理你呢!"凌通没好气地道。

陈志攀不由得感到极为好笑，他也不明白这两个小孩子是什么脑子，对生意一点不通也敢去做。

凌通看他那古怪的表情，就知道其心中的想法，禁不住气道："你别小瞧人，做生意不就是与银子打交道吗?有什么好稀奇的，大不了输了就勒紧裤带，赢了就大手大脚地花呗!"

萧灵和陈志攀不由得大感好笑，不过想到凌通所说也是，反正银子总不是左手进右手出，只要不怕亏本，做什么生意都行。

"小子，有你的，你会做什么?"陈志攀没办法地问道。

"杀人放火、舞刀弄剑之类的会一些!"凌通没正经地道。

"哈哈，那你便去占山为王好了。"陈志攀没好气地道。

"好哇，好哇，通哥哥当大寨主，我当二寨主!"萧灵却是唯恐天下不乱，想到的确没有比占山为王更刺激的了，是以拍手称好。

凌通不禁和陈志攀面面相觑，萧灵更是连个谱都没有。

"你不能做二寨主，你要做就做押寨夫人!"凌通调侃道。

萧灵嫩脸一红，嘟嘟囔囔地道："做就做，谁怕谁来着?!"

"你不怕我?"凌通大为开心，一把揽住萧灵的小腰，盯着她的眼睛问道。

萧灵被看得小脸绯红，像个熟透的苹果，羞涩地道："还有人在呢。"

"哈哈……"陈志攀禁不住大笑道。

凌通也一阵得意，却搂着萧灵不放，道："我还会做一手好菜，怎么样?"

“这是做生意，又不是要你下厨!”陈志攀仍不赞同道。

“这也不行，那也不行，会做菜，难道不可以开酒楼吗?”凌通极不服气地道。

“那倒也是，可是在建康酒楼多不胜数，何况你又不擅经营，不亏才怪。”陈志攀眉头微皱，反驳道。

“那你会什么?”凌通恼问道。

“我只会赌钱!”陈志攀自豪地道。

“有没有输过?”凌通又问道。

“我怎会输呢?我的赌术可以说是天下无双，你知道我祖师是谁吗?”陈志攀没好气地道。

“是谁呀?很有名气吗?”萧灵好奇地反问道。

“他瞎吹的，你别信!”凌通赌气道。

“我瞎吹?哼，我祖师乃当年白莲社排名第一百零七，以赌术冠绝天下的‘千手如来’谈通吃，你知道吗?”陈志攀极不服气地道。

“你学了你师祖几成功夫呢?”凌通仍想顶他几句。

“不说十成十，九成九是有的。”陈志攀自信地道。

“有了，我们就去开赌场!”萧灵突然脑子灵光一闪道。

“开赌场?”凌通和陈志攀相互望了一眼，凌通却高兴地重重在萧灵脸上亲了一口，这次萧灵出奇的没有脸红。

“这个，行吗?”陈志攀却犹豫起来。

“哦，你说你赌术无双，原来只是骗人的玩意儿呀，不敢开赌场，是怕很多人来找你赌输不起吗?”凌通激道。

“我怕你个小鬼头，开就开，有什么了不起，咱们这就去找场子!”陈志攀被激得大为气恼，呼道。

凌通终于得意地一笑。

蔡风伸了个懒腰，漫不经心地望了望窗外，依然灰蒙蒙一片，不由得嘟囔着低骂道:“这么早就鬼叫鬼叫的，吵得我梦都做不好。”

"呜……哦……"又是几声长叫，声音尖厉而急促。

蔡风微微皱眉，心里隐隐升起一丝不祥的预感，要知道天网从来都不会主动来吵醒他的，更深通人性，是以蔡风对天网极为满意，可今日天网却反常地这般呼叫，难道出了什么事情？想着蔡风迅速穿衣掠了出去。

浓雾之中，银白色的世界像是一种梦幻的魔境。

一点灰色的影子在雪原之中飞快地移动，隔着浓雾依然瞒不过蔡风的眼睛。

雾地上，凌乱的脚印，给这纯洁的世界增添了数不尽的小花。

正是野狗王天网，它健步如飞地奔至蔡风身前，摇尾摆首，更"呜呜"地叫了一阵子。

蔡风的神色微变，他竟似是听懂了狗语，同时立刻跟在天网的身后，向不远处的林中掠去。

在一个树洞之中，他竟发现了元叶媚心爱的狗王如风。

虽然满身鲜血，但如风见到蔡风的到来依然挣扎了几下，摇摇晃晃地站起身来，"呜呜"地低啸似在哭咽，又似在诉说着一件惨事。

蔡风自小与狗为伍，食狗乳长大，更似天赋异能，竟能听懂狗语。狗王如风一阵低咽后，蔡风的脸色变得极为难看，心头也大急，元叶媚与刘瑞平诸人竟然出事了，这的确是一件让人头大的事情。但目前首先要做的事，便是给如风治伤，而一切的问题都得靠如风带路才有效，否则只怕事情难以办到。

凌通和萧灵今日起得极早，全副武装，身上更装满了银票，不仅像是去赌，更像是去打架闹事。

萧灵虽生长在杭州，对建康城却也熟悉至极，靖康王府的几名家将像是守护神一般跟在他们身后，单凭这种威势就可以吓倒一大片人了。

凌通却不喜欢摆出架势，不过也没办法，几人来到玄武湖畔，陈志攀已经在渡口相候。

玄武赌坊乃是建康城三大赌坊之一。

玄武赌坊建于湖心菱州，规模极大，不仅设有赌坊，更有酒楼、妓院。

这里的青楼完全可与秦淮河的画坊相媲美，更因建于湖心，又多了一番浪漫的情趣。

建康，乃富豪达官显贵聚集之地，这种浪漫欣赏的人自然极多，虽然湖心是销金之窟，但客人仍然络绎不绝。

冬天这里的景色也极为迷人，满树的红梅、蜡梅，香气怡人，赏心悦目至极。南朝更是骚客云集，梅林下，碧水边，对着轻风吟诗作画，的确是无比惬意之事。若再有美人以琵琶、弦琴相和，谁能怀疑这种意境不好呢？

一叶轻舟，逍遥湖上，在轻浪中摇晃，在冷风中垂钓，自在悠闲，累了，抚琴而歌，兴致所至，举杯邀朋。摇舟绕菱、樱、梁、翠、环五州漫游，看红梅，看腊梅，看骚客豪兴大发，激扬文字，看美人半掩琵琶地轻歌。

的确，玄武湖有着无与伦比的曼妙，让人心醉的优雅。

在这里开设赌坊和青楼、酒楼之人，的确是见地不凡，更是日进斗金。

花钱之人，也花得开心，赚钱的人也赚得开心，又是在天子脚下，绝不会有什么大乱子出现，是以，人们玩得更放心。

黄河鲤，长江鲫，都是有名的美食，在菱州之上应有尽有。

凌通赶到建康虽然只有几日，但到过的地方却不少，每天萧灵带着他四处游逛，早将附近地形摸熟。

今日反正又不用他出手，只要去看看陈志攀的手段，说不定真能够把赌坊给赢下来也说不准呢？

凌通早知道陈志攀有江淮第一赌徒之称，就连要命赌坊都怕他，自然不会没有几手硬功夫。而此刻的他，不仅有靖康王府作为后盾，还有破魔门作后盾，更是其门主的入室弟子，自然更横行无忌。

萧灵更是唯恐天下不乱，哪里好玩哪里玩，除对凌通百依百顺外，对其他的人根本不放在眼里，惹事就惹事，还会怕谁来着？

陈志攀更是信心百倍，若让他去开赌坊，那可定很有趣，又有靖康王罩着，自然是财源广进了，更不怕人赖账。在建康，除了武帝，靖康王谁都不怕，在京城之中，其实力最为雄厚，其他几王，除郑王和成王之外，都要让萧正德三分。是以，陈志攀敢放手一搏。

既然来了，就已经打定了主意……

众人的神色极为肃穆，也极为沉重，看着蔡风那娴熟的动作，众人并没有多少开心。

狗王如风很快就已经被包扎好了，满身都涂满了药。

蔡风的确是一个治狗专家，给狗治伤的确有着无比丰富的经验。

蔡伤也感欣慰，蔡风的所学虽杂，但无一不精其神髓，真让人难以想象，他的脑子中怎么能够掌握如此之多的学识？但无论如何，蔡风的确是个奇才，博学的奇才。

“阿风，我们该怎么办？”元定芳与元叶媚的关系最好，如风这个样子，她自然知道元叶媚出了事，是以有些惶急地问道。

蔡风抬头向蔡伤道：“爹，孩儿要单独前往一趟，绝不可让他们冒险！”

蔡风的话的确很坚定、很认真，语气之中也充满了杀机。无论怎么说，元叶媚与刘瑞平都是他的女人，蔡风绝对不是一个不负责任的人，更何况元叶媚是第一个让蔡风心动的女子，那份最初的感情的确是无比真诚的。

也许在很多人眼中，蔡风玩世不恭，又多情无忌，但他却绝对会尊重任何一份感情，珍惜和看重每一份感情，这正是与他生性的博爱有关：对任何美好的事物，他都有着探索和追求的欲望，这并不是一种过错！

蔡伤对蔡风极为了解，知子莫若父，是以，他才能够设下这个计划，使蔡风恢复本性。也绝对不会不相信蔡风的实力，天下之间能够对蔡风够成威胁的人已不是很多，是以，他很放心蔡风前去。

“你的事情，就由你自己去解决，邯郸和刘府的事情待这事办妥之后，再去办也不迟。”蔡伤极为支持地道。

蔡风欣慰地一笑，道：“那我便立刻起程！”

“我们也去！”凌能丽与元定芳同时出声道。

“当然少不了你们。”蔡风爱怜地道。

三子二话没说，便即去收拾行囊，他跟着一起去是毫无疑问的。

“有机会去一趟冀州，帮你师叔出些力，顺便去看看她。”蔡伤吸了口气道。

蔡风自然知道“她”指的是谁，不由笑了笑道：“我会的，只要是爹喜欢的事，我自然会去做，不过爹需好好养伤，我会尽量早一些去华山。”

蔡伤像是拿他没了办法似的摇了摇头。

陈志攀的确是个高手，只在玄武赌坊转了一圈，就已经进入了五万多两银子，但也立刻让赌坊内的伙计给盯上了。

在赌坊中来赌的高手，一般都不会太过招谣，除非你真的是想得罪人或是踢场子。更有一些抽老千的，他们通常小赢便走，像陈志攀这种一入场只赢不输的赌法的确十分引人注意，甚至连那些常赌的老客，也立刻就知道这是个高手，亦是有备而来之人。是以，他们马上改变方法，紧跟着陈志攀下注，甚至加码，这就使得这些人也跟着大赚了一笔，只乐得他们眉开眼笑。

凌通大感好笑，他们走到哪里，那些赌徒在身后跟了一大群，压宝时更是大家一起挣钱的赌法，而掷骰子却全得靠本领，推骨牌也需要手法的配合才可，这也是没办法跟着下注的事情。

陈志攀下注极大，凌通和萧灵也跟着一起进了数万两，满身都是钱，更将筹码换成银票。

凌通都快乐疯了，他从小到大，哪想到有一天会拥有这么多银子？甚至做梦都不会想到。

“小心，找麻烦的来了！”陈志攀小声道。

凌通一惊，将衣服紧了紧，并把手中的银票向一个早已预备好的大袋子中装了进去，一切都准备就绪，只拿着千多银子的筹码才回头顾看。

几名赌场的伙计大步逼来，但脸上并无杀气，只是走过来轻轻拍了拍陈志攀的肩膀，极为平静地道："朋友，我们的老板想见你。"

凌通知道热闹又来了，这几日来，正手痒到没人比试，在萧灵的怂恿之下，极爱闹事，而在靖康王府，能做凌通对手的家将不多，因为这些人都不敢真正动手，而真正的高手又不会与凌通过招，加之凌通的武功的确已经达到了一流高手之境，得梦醒的手迹之后，他竟能够将以前所自悟出的剑法连贯起来，不仅如此，更自创新招，只让靖康王府的家将们敬服不已。

靖康王就是因为凌通如此小的年龄，便有这样好的一身功夫，才会加以看重，他能在南朝叱咤风云，毕竟也是个极为厉害的人物，看人用人当然有其独到之处。凌通根骨精奇，又如此好学，的确是块练武的好材料，更听得萧灵讲起凌通一路上的事迹，有勇有谋更是难得，最难得的却是依然如此年轻。那将来的前景难以预料，绝对拥有极大的发展潜力，是以，靖康王对凌通极为善待，府中的家将自不敢真刀真枪以对，但就算真刀真枪面对，能胜过凌通的人，也只是那么几个而已。

不过，凌通知道今日不能以武力解决，否则只会弄糟，但他绝对不怕武力解决。

陈志攀知道，玄武赌坊的老板肯定是坐不住了，这一切早在他的预料之中，是以并不感到惊讶，此刻他和萧灵、凌通三人合起来已经赢了十多万两银子，如此数目定够普通家庭花好几十辈子，玄武赌坊的老板岂能不为所动？

"将这拿去兑成银票！"陈志攀极为随便地将一大堆筹码向一名汉子面前一堆，很优雅地道，却自有一副大将之风。

那汉子没说什么，抱着大篓筹码退到一边。

"走吧，待会儿我离开的时候再把银票给我！"陈志攀极为自信地道。

凌通毫无顾忌地跟在那几位汉子身后向一个小厅走去。

蔡风马不停蹄追着如风的脚步一路赶到河溜集。

坐下的健马都有些受不了，大口大口地喘着粗气，甚至都吐出了泡沫。

元叶媚与刘瑞平诸人至少与他相隔了一天多路程，这样赶路自也无济于事，但幸亏狗王如风能够顺着元叶媚所留下独特的体香追赶。

狗的嗅觉之灵敏，的确不是人所能够想象的。

河溜集，正是元叶媚与刘瑞平几人遇事之处，狗王如风在遇事的树林里转了几圈，不住地狂吠，显出极为焦躁不安的神情。

蔡风在狗王如风转圈之处，找到了元叶媚的一根镶有珍珠的金簪。

这的确是元叶媚之物，蔡风绝对忘不了，两年前的每一个场面，每一份相思，过去的记忆似乎又若一幅画面显现在脑中，令他更是心急如焚。

“我们换马立刻赶路!”凌能丽坚决地道。

“换马，哪里换?”蔡风不由得迟疑着问道。

“龙元集有我设下的人，只要我们的马可以支持到龙元集，就有马可换!”凌能丽认真地道。

蔡风的眼中射出坚定无比的神光，向身边的元定芳关切地望了一眼，柔声问道：“定芳能挺得住吗?”

满面风尘的元定芳坚定地点了点头，心中升起了无限的暖意。

蔡风伸手将元定芳的貂裘领口翻了起来，又将小皮帽的两檐向下拉了拉，盖住元定芳的耳朵，才道：“受不了就说，别强撑着，这样只会适得其反，让人担心，知道吗?”

元定芳感动地点了点头，轻轻地道了声：“嗯!”

蔡风这才来到凌能丽的身边，在她冻得通红的俏脸上轻轻吻了一口，随后跃上自己的马背，道：“上马赶路!”同时向野狗王天网呼喝了一阵子。

野狗王竟无比听话地领头就跑，也只有它才能够找到去龙元集最近的路，出奇的却是，狗王如风也带头向龙元集跑，而且一边不住地吸着鼻子，显然这凶手也定是向龙元集的方向行去。

第一百一十二章　帝落凡尘

凌通并不是没见过大世面的人，这一段时间以来，几乎是在生与死的边缘中度过，人也变得无比镇定和沉稳，虽然稚气未脱，但也自有一番气派。

小厅之中光线并不是很暗，只是比外面清静多了，没有吆三喝四的场面。

小厅的背面就是玄武湖，碧蓝碧蓝的湖水和天空的色调是那么协调。

建康的天气与北方相比起来，那就要暖和多了，凌通本就不怕冷，到了建康，穿的衣服也便不多，虎皮袄都不曾穿，一身利落，看起来有着豹子般的活力。

小厅里布局极为典雅，更可嗅到窗外幽幽的梅香，只不过小厅中极有压抑感。

一张虎皮大椅上，坐着一个红光满面的老人，那锐利的目光扫视着凌通三人，他身后立着的八名剽悍大汉更是个个木无表情，这也就是制造出小厅中压抑的主要原因。

这个老者就是玄武赌坊的老板张勇，一个曾经凭着实力赢回玄武赌坊的赌坛高手。

陈志攀是赌徒，甚至是天下第一流的赌徒，而这样的人，对天下的任何赌坛高手都有着极深的了解。

凌通大剌剌地在张勇对面的一张大椅上一坐，又向陈志攀打了个手式，萧灵自是不用说，早就坐下了。

陈志攀望了张勇一眼，边坐边问道：“张老板要我等前来可有什么指教?”

张勇本来凝于凌通脸上的目光再次移向陈志攀，淡淡地一笑，直截了当地问道：“朋友的来意可否直说呢?”

陈志攀似也没有想到对方如此直截了当，不由也笑了笑，道：“快人快语!”

凌通更不含糊地插口道：“我想开赌坊!”

所有人都为之一愣，谁也没有想到这个小孩竟如此狂妄、如此直接，更说得那样认真、那样坚决。

张勇的脸色由错愕变成微怒和不屑，目光逼视着凌通，冷冷地问道：“小兄弟可知道开设赌坊所要付出的代价吗?”

凌通毫不在意地笑了笑，道：“做任何事情都要付出代价，这是千古不变的至理，同时我做事不喜欢有人以所谓的代价来吓唬我。”

张勇身后的八名汉子个个面带怒色，凌通的语气的确让他们气恼，但却弄不清楚凌通究竟是何身份。

张勇也禁不住对眼前这个小对手另作估计，凌通所说的话虽然轻缓，但却透着一股无比的自信。

凌通的确变了很多，再非猎村的一个小顽童，所读之书，在他游历江湖这一个多月来完全地消化了，其实他开始变得深沉，虽然他的江湖经验和处世经验并不丰富，但他却深明狩猎之道。

“有时不考虑后果是一种极不明智的做法，不过听小兄弟的口气，似乎早已成竹在胸，不知你对开设赌坊又有何见地呢?”张勇饶有兴致地问道。

凌通淡淡地笑了笑，却笑得极为灿烂和天真，这才悠然道：“在这个世道中，生存似乎比狩猎更麻烦一些。”

众人不由得又是一愣，却不明白凌通又怎会扯到狩猎上去了，连陈志攀都觉得有些突兀。

“此话怎讲?”张勇却似乎在深思，凌通的每句话都似乎出人意表，但又似都深含道理。

“狩猎只需要有实力就行，但干这一行，却不能只靠实力，还要靠权力，两者少一样，都只能做亏本生意。”凌通竟然答出连陈志攀也为之惊讶的话来。

凌通所说的，的确没错，在这种权力的夹缝之中生存，没有什么可以脱开权力的庇护，开赌坊尤其是如此。

张勇本想对这三人来个下马威，或是教训一顿之类的，一开始凌通就打乱了他的计划。

凌通的每一句话都似乎有些莫测高深，使他举棋不定，更不敢贸然行事。

“小兄弟所说十分有理，这个实力的确很重要，但却没有权力的支持就会处处碰壁，无从做起。听小兄弟如此一说，倒似乎这两个方面全都具备喽?”张勇笑容有些勉强地问道。

凌通想了想，突然问道：“不知道你们玄武赌坊值多少钱?”

张勇和他身后的八名大汉神色全都大变，张勇吸了口气，声音变得很冷地问道：“你对我们玄武赌坊有兴趣?”

“那是另一回事，我只想知道你们玄武赌坊值多少钱，也好估量一下自己的实力到底够还是不够。”凌通依然神色不变地道，目光毫不回避地迎向张勇的眼神。

张勇冷冷地道：“本赌坊从建筑到一切的设备，至少需要一百万两，你有吗?”

凌通心中暗暗咋舌，他哪里能拿出一百万两银子？那么多的银子岂是玩笑之语?

陈志攀也为之咋舌，当然，若在赌场之上，以他的赌术想赢一百万两银子，并不是一件难事，但对方绝对不会让他有这个机会。若由张勇亲自出手，胜败也只能是五五之数。张勇风行赌林数十年，的确是一个绝顶的赌坛高手，想自他的手中赢回一百万两，凭借自己手中的这点赌资绝对不够，至少也得有八十万两的赌本，可这八十万两的赌本何处去找呢？即使转战天下，也不是一朝一夕之事，不由得哑然。

张勇微眯着双眼望着凌通，并不言语，他要等凌通先说，不过也暗自佩服凌通小小年纪有如此胆子，虽然被一百万两之语给怔了怔，但并没有太久的震撼。

“如果我拿出了一百万两银子呢？”凌通突然道。

就是萧灵也吃了一惊，他凭什么可以拿出一百万两银子呢？虽然她王叔和她家有钱，可若让他们借凌通一百万两银子，只怕没人做得到。

张勇气势一弊，见凌通说得那么肯定和认真，他倒的确有些惊诧。

“那还得看我肯不肯将它让给你。”张勇冷冷地道。

“哈哈！”凌通突然笑了起来，道，“这就是了，就算我能够拿出一百万两银子，你也不一定会转让给我，而我们仍要在赌桌上见个真章，说实在的，我们没有胜你的把握，因此，打一开始，我就没想让玄武赌坊变成我的产业。”

陈志攀和萧灵都被凌通的话语惊得呆若木鸡，他们怎么也没有想到凌通说出的话突然这般有条有理，更像是一个生意场上的老手，与昨日那痴缠的小孩子气完全不同，这的确让他们感到莫名的惊讶，也深感欣慰。

陈志攀心中涌起了一种极端奇怪的感觉，但凌通毕竟是破魔门的弟子，能够如此游刃于生意场上，的确让破魔门的所有人都感到万分的欣慰。只是他怎么也想不到今日的凌通会表现的如此得体。

张勇微感得意地笑了笑，因为这话是自一个小孩的口中说出，反而显得十分真诚、十分自然，没有一点做作，虽然凌通也许并不是一个赌坛高手，可他所显出的那种莫测高深的感觉，让人无论如何都产生一种信服之感，更难得的却是对方只是一个小孩，张勇想不起这小孩究竟属于哪一府之人，但绝对极有来头，单凭自凌通口中那么自然地说可以拿出一百万两银子，就可以看出。

“那小朋友又想怎样呢？”张勇的语调缓和了不少，更透出一股欣赏之意，一个小孩能表现出这般的气度和手腕，的确让人感觉到可爱。只要对方不会成为自己的敌人，那这样有意思的朋友多结一些又有何妨？这是张勇生存的原则，同时也因凌通刚才那一句话，而对凌通深深地产生了一种好感。

凌通轻轻地挪动了一下身子，露出一个很自然的笑脸，毫不掩饰地道：“我并不善于经营赌坊！”

众人又为之一愕，如果说对方不善于经营赌坊，那他又为何对赌坊会表现出如此浓厚的兴趣呢？也让张勇无法理解。

“但我相信任何事情都有一个开始，任何人并非天生就会做这一行，所以我没有理由让自己不做这一行……”

张勇打断凌通的话道：“如果你不善于经营赌坊，那肯定只会是有亏无赚！”

“我知道，我自然不想出现这样的场面，所以今日才会来玄武赌坊！”凌通并不为之所动，悠然地道。

众人又产生了一种莫测高深的感觉，凌通说出的话的确让人无法摸清其底细，而使得张勇也感到有些意外。

“此话怎讲？”张勇淡淡地问道。

凌通伸了个懒腰，道：“张老板认为这是待客之道吗？难道连杯茶水也没有？”

陈志攀也为之哑然，想不到凌通更是得寸进尺，步步紧逼，居然将这种敌对的场面化成了拉拉家常，自己也一下子由敌人变成了客人。连萧灵也感到意外，对凌通更是佩服不已。

张勇本是想给对方一些教训，所以小厅之中并没有准备什么，可是凌通这么一说，倒真的感觉到有些不好意思了，向左后挥了挥手，一名大汉立刻行了出去。

凌通这才缓缓地道：“我来玄武赌坊，是为了求经取宝，玄武赌坊能成为皇城之中三大赌坊之一，自有其过人之处，它的主人至少对于经营赌坊是绝对有心得的，对吗？”

“这个当然！”张勇自豪地道。

“这就行了，我不会经营，只要张老板与你属下会善于经营就行了……”凌通说到这里突然打住。

“你想与我合作？”张勇也是老江湖，岂会仍听不出凌通的话意之理？

“不错，但请张老板别误会，我对玄武赌坊不想有丝毫染指，除非张老板愿意，否则，我绝不会插足，我想合作乃是在玄武赌坊之外的地方合作。”凌通笑着解释道。

张勇松了一口气，脸色舒缓了很多，目中射出奇光，盯着凌通。

凌通并不回避。

伙计敲门送来了茶点，这才解开了这尴尬的局面，那出去的汉子回来后，在张勇的耳边低低地说了几句什么。

张勇的神色变了变，旋又恢复正常，也稍稍缓和一下语气，打个哈哈笑道：“原来是小郡主和靖康王的客人，失礼之处还请海涵！”

“哈哈，张老板真是厉害，我们故意隐瞒身份，仍逃不过你的耳目。”凌通笑了笑道。

“这也是开设赌坊必须做到的一点，既然你是靖康王的客人，又有小郡主在，有话就直说吧，你需要怎么合作？”张勇似乎想通了什么，客气地道。的确，在皇城之中，最不能得罪的人除了皇上和皇后之外，就数靖康王，想要在皇城中立足，那便不能得罪靖康王，除非你有足够的后台，才可以不卖他的面子。

“我就知道张老板会作出这样的决定，我想在秦淮河上再开一家赌坊。当然在规模之上，也不一定会小于玄武赌坊，这赌坊的老板是我，但张老板也需要投一些资金和人力去帮我管理，到时按照一定的比例分红，这就是我的初步构思。”凌通语出惊人。

的确，凌通所说的合作方式本就很新鲜，也是以前从来都不曾有过的合作方式，更让人感到惊讶的，却是凌通想在秦淮河上建造一座赌坊，若是有玄武赌坊这样的规模，那岂不是摆明与“至尊赌坊”争生意吗？而凌通只是一个小孩，如何可以拿出如此多的资金？

张勇也不由得对凌通所说的合作方式大感兴趣，但犹豫地问道：“可是这样岂不是会与‘至尊赌坊’争生意了？”

“天下的生意，是天下人做的，没有竞争也便没有活力，根本就不存在这个争不争的问题，客人选择什么地方去赌，那还得凭他们自己的目光和判断决定，客人至上，我们必须尊重他们的意见，尽力为他们提供最好的服务，使人有宾至如归的感觉就行。其他的问题实在没有必要考虑太多，难道张老板不觉得应该这样吗？”凌通似乎颇有经验地道。

张勇只得点点头，凌通所说的话的确是无可反驳的，但是心中却有些顾虑，那就是“至尊赌坊”的后台，是以，他没有应声。

凌通神秘一笑道：“张老板有太多的顾虑，其实这是没有必要的，我之所以将新赌坊冠在我的名下，就是让一切官场的问题由我去摆平，你只需负责经营的事宜，就算会得罪一些人，也是有限的，这一点难道张老板还会不明白？更何况，玄武赌坊一直以来都在受着其他两大赌坊的排挤，我们如果联手，立刻可使势力均衡起来，甚至有着压倒性的实力，也可以一洗往日的窘境，何乐而不为呢？以张老板的实力，赌坛之上又有几人能及？”

面对凌通极具挑逗性的话语，张勇陷入了沉思之中，他在考虑这样将会出现怎样的后果，将会面对怎样的局面，而若不应允，那他所面对的又会是三家赌坊的冲击，说不定眼前这小孩，一怒之下将赌坊建在菱州或其他几州之上，那并不是没有这个可能，而他绝对不想再多加一个敌人，如果一个合作的伙伴与一个敌人，他当然会选择前者，何况事实也是这样，“至尊赌坊”与“通吃赌坊”嫉妒他生意之好，在很多场合之中都有联手排挤他之势，而眼前这个小孩的加入是否就能够扳回平衡之局呢？

“你准备怎样合作？”张勇问道。

凌通想都不想，似乎早就做好计划似地道：“我们可以把投资分作十成，我们可以是七三的分法，即一百万两银子，我出七十万两，你出三十万两；也可以八二分法，但一切的操作和营运便由你玄武赌坊去主持，至于江湖和官场上的一些问题，就不用你们负责，而我们分利却是按照六成半和三成半，抑或七成半与二成半的分法，那半成是对你们负责为我们操作运转所给的红利。但这十成之中，你最多只能占三成的投资。”

张勇哪听过这样的合作方法，但对方提出的，也的确不失为一个绝妙的合作方法，这样双方都出资，就不会有任何一方能从中拖后腿，只是他很难想象，怎么凌通的脑子中会想出如此的合作方式，但无论怎么说，这对他绝对是有利的，要知道，赌坊和青楼乃是世道中获利最快、最高的，几乎可与贩卖私盐相比。一年获利上百万两银子并不是一件什么很难的事，当然，那得规模大，像玄武赌坊，每年便可获利近百万两。

“还未请教公子高姓大名呢?”张勇此刻才记起自己似乎仍忘掉了最重要的一环，一直以来，都被凌通的话给震住了，意忘了询问对方姓名。

“哈，我叫凌通，这位乃是百年前赌坛第一高手‘千手如来’的再传弟子陈志攀。”凌通落落大方地介绍道，显出一派老练的样子。

张勇一惊，再次打量了陈志攀一番，又望了望陈志攀端茶的手，道：“难怪会有如此高名的赌术，张某真是有眼不识泰山!”

“好说，好说，张老板的赌术才是名闻赌坛呢，后辈晚生，怎敢并论!”陈志攀也难得谦虚地道。

张勇却没有听说过江湖中可有个姓凌的什么高手，更没有什么大人物是姓凌的，对凌通不禁微微有些莫测高深，有些怀疑地问道：“凌公子的尊上，不知是哪位高人呀?”

凌通神秘地一笑道：“这个说出来张老板也不会听说过，这并不是一件重要的事情，重要的却是我是否有这个实力拿出这么多银票，不妨直说了吧，这次出资之人更有靖康王府，所以有些事情根本就不需要我们去考虑。”

听凌通这么一说，张勇立刻安心了不少，如果眼前这个小孩真有靖康王在身后出资的话，那一切的事情的确就很好解决了，凌通能够拿出如此多的资金也就并不为奇了。

“这是靖康王给你下的帖子!”说完凌通从怀中摸出一张镶有金边的红帖递给张勇，在陈志攀和萧灵无比惊讶之时，又道，“他邀请你明日前去靖康王府做客，顺便商量合作事宜，明日我会给你一份具体合作的计划，只待张老板今日一句话。”

张勇翻开金帖，哪还会犹豫，道：“好，我愿意合作，你回去敬告王爷，明日我张勇一定准时赶到，再向王爷请安!”

“好，那咱们就这样说定了，明日你就会看到一份详细的合作计划和一些规章条例，到时候大家再作商谈。”凌通欣慰地拍了拍手道。

“那就有劳凌公子了。”张勇诚恳地道。

“应该的，今日就到此为止，告辞了。”凌通说着适时地立身而起。

萧灵二人也跟着站了起来。

“我送公子一程！”张勇极为客气地道。

一边的伙计拿出一卷银票，恭敬地道：“大爷，这是你的筹码所兑之银票，请清点！”

陈志攀哈哈一笑，伸手抓过银票，从中取出一张，道：“给你的！”这才将银票纳入怀中。

蔡风的心情越来越沉重，如此追下去，的确难以找到头绪，这凶手似乎是走水路而行，如风到了龙元集附近的河边，竟然再也无法嗅到元叶媚留下的气息。

蔡风只能赌，如果对方不是向北方而行，那么，就不可能向龙元集进发，否则便可直接向怀远方向行走，而这条河的另一头也是怀远，对方并没有必要多此一举地绕个大弯再到怀远，这的确没有必要，因此，蔡风只会赌对方向张家铺的方向行走。所以他唯有沿河强追，幸亏有狗王如风和野狗王天网，否则就有些麻烦了，若是对方在另一岸登陆，就会把人追丢，所造成的后果便将不堪设想，是以蔡风的心中十分着急，但这也全都是无可奈何之事，他无法改变现实。

生命就像是与人开玩笑一般，总会给你一些意想不到的变故。

蔡风绝对想不到，由刘承东及刘家的几位好手，又有杨擎天和颜礼敬两人相护，居然还是出事了，以他们的实力，又有多少人有这个能力做到这一点呢？的确让人有些费解，同时这神秘的敌人也的确不容轻视，而此刻蔡风自己身边又有凌能丽和元定芳二女，会不会再节外生枝，让他难以兼顾呢？

此刻蔡风竟隐隐感觉到此次似乎不该将二女带在身边，但此刻自是更不能让她们独自离开，只能尽心尽力地去保护她们，哪怕是再苦再难。

天涯路远，不是天涯也会有路远之时。

萧衍没有想到，从临怀返回建康的路会如此之远。

或许并不远，远只是一种感觉，一种很要命的感觉，抑或是因为他受伤太重之故，或许也不是，但他已经后悔了。

他后悔不该去冒这个险，也许，这就是生命游戏的无奈之处，他更有些不解，事情为何会弄成这样。

当然，这样并不是指蔡风和蔡伤演的戏，而是比蔡伤和蔡风所演的戏更可怕。

萧衍有些无奈地望了望滁州城，这是他的土地，里面是他所辖的子民，可这一刻却有一种有家难归之感。

被血染红了衣衫的抗月坚定地道："皇上，让我去城中搬救兵！"

萧衍无可奈何地摇头道："没用的，在入城的路口，他们一定设有高人，他们又有猎鹰为眼线，我们完全无法逃脱他们的视线，再说你根本不是他们的对手！"

"这批人究竟会是什么人呢？竟然如此阴魂不散！"叶倩香的发髻也有些松落，一脸风尘之状，虽然高雅美丽依旧，却无法掩饰疲惫的神情。

"让爱妃也跟着我受苦了，朕真是好生过意不去！"萧衍无可奈何地叹了口气，苦笑道。

"皇上何必如此说，没有皇上就不会有臣妾，能为皇上出力是臣妾的本分！"叶倩香正容道。

萧衍爱惜地轻抚了一下叶倩香的脸蛋，感慨地道："爱妃真是朕的好知己，有你在朕的身边，我心中也踏实多了，没想到这么多年来你的武功也进展得如此之快，没有爱妃，只怕此际朕早已死在那群乱臣贼子手上了，你要朕怎样感谢你呢？"

叶倩香妩媚地一笑道："臣妾只要皇上能体谅苍生，善待黎民百姓，让国家长治久安，就是对臣妾最好的回报！"

"好，爱妃一心为着苍生，为着国民，真是黎民百姓之福呀，爱妃之想正合朕意。"萧衍终于露出了四天多来最开心的一次笑容。

"这批人究竟是什么来历呢？"叶倩香有些怀疑地问道。

萧衍想了想道："以他们的武功来看，的确像是冥宗的武功，天下间也只有冥宗的武功才可能会如此诡秘，可不拜天曾答应过绝不再踏入中土一步，难道是不拜天死了，他的后人又重临中土……"

"依臣之见，这群人中不仅仅只是拥有冥宗的武学，他们甚至还拥有魔门的武学，与属下交手的三人，所用的就是魔门‘恨天宗’、‘幽灵宗’和‘暗月宗’三宗的武功!”抗月若有所思道。

“哦，这三宗不是早给灭了吗?”叶倩香一惊问道，她曾听说过当初天魔门与正道一战，正道之人联合出击，将魔门十宗灭掉了三宗，再将魔门击得四分五裂，所以，此刻魔门唯剩下七宗而已，但抗月却说与他交手的三人竟会使出那三宗的武学，这的确让人有些吃惊。

“据臣所知，这三宗的确几乎被灭，但仍有活着的人，那是因为天邪宗的关系，才让这三宗得以保存，只是后来，这三宗全都融入了天邪宗，他们总认为是魔门抛弃了他们，对魔门甚至产生了恨意，所以此后不再与魔门其他几宗联系，魔门也便从此只剩下七宗。”抗月恭敬地道。

“难怪四十多年前邪宗竟会有如此深厚的实力!”萧衍恍然道。

“那这么说来，这批人应该是天邪宗的人了?石中天岂不是……”说到这里，叶倩香不禁骇然。

萧衍也为之色变，对方如果真是天邪宗的人，那么这一路上的人定是石中天所预先安排的，因此才会如此准确地把握自己的行走路线。同时也可以想象，石中天该是如何的可怕，甚至做到了万无一失，就连自己所有的退路他都已经想好了。他对每一种可能发生的结果都进行了准备，可以说下了极大极大的决心要让自己死在路途之中，这人的心思有多么缜密，没有人敢想象。

“彭连虎怎的此刻仍未见到踪影?追踪一个受伤如此重的人还用这么长时间!难道连皇上的安危也不顾了吗?”叶倩香有些埋怨地道。

萧衍苦涩地一笑，道:“连虎绝不是这种人，他是一个极有原则的人，只不过是朕太低估了石中天，也看错了他，以至没有安排好退路，总以为自己是天下间最聪明的人，想不到却落得今天如此狼狈，或许是天意吧。”

“是呀，彭大哥定会完成任务，提着石中天的人头来见皇上，彭大哥做事从来都未曾失手过。”抗月对彭连虎极有信心，出言道。

“石中天绝不是普通人，连朕都被他算计了，此人不除，天下恐怕永无宁日。连虎这多几日来犹未能赶回，只怕情况也不容乐观，但不要出事为最好，朕已失去了萧远，不想再失去他们!”萧衍有些丧气地道。

想到石中天布下的几乎天衣无缝的计划，任何人都不得不为之心寒。萧衍所走的每一步，他都似乎算得清清楚楚，更似经过无数次演练一般，只是他算漏了一点，那就是叶倩香的出现。

虽然石中天依然截断了萧衍与外界的所有联系，但因为叶倩香的出现，使他所付出的代价惨重多了，本来早就应该截住萧衍，但是却被叶倩香这个高手的出现而破坏，一直逃到滁州附近。不过，仍损失了一名护卫，更无法突破石中天所设的大网，就像是在网中挣扎求生的鱼儿，却多了几分无奈。

萧衍无语，他不知道该说些什么，在内心深处，他对石中天生起了一丝畏怯之意，并非对他的武功，而是对他那深沉的智慧，算无遗漏的决策。

这的确是一个极端可怕的对手，任何人都会有这种想法。

“那个天冷啊，那个枝寒，一把斧头，一条扁担……两条麻绳身上缠！一壶酒哇，几个窝窝头，劈荆斩棘往前走哇，那个路呀，真是陡，那个山呀，真是高……”

忽闻一阵悠扬粗豪的歌声远远飘了过来。

萧衍诸人一愣，这歌声显然是樵夫所唱，倒有些小调的味道，抑扬顿挫之中，显示出山野之人的那种极为淳朴而悠闲自得的情趣。

抗月眼珠一转，喜道：“有了！”

“怎么有了？”萧衍问道。

“我可以化成樵夫入城，不就可以混淆猎鹰的视线吗？”抗月喜道。

萧衍和叶倩香对望了一眼，同时充满了希望，这的确不失为一个办法，也是没有办法的办法。

这四天来，他们一直在荒野之中度夜，被这批神秘敌人追杀得连进入一个小城都十分困难，身为一国之君，这是何等的狼狈啊。

对方似乎算准了萧衍的八大护卫不会全都在身边，若有八大护卫相护，对方的追杀自然就构不成威胁，而此时，却只有两大护卫和叶倩香相护，萧衍又身受重伤，需要人守护，三人之中总得分出一人护着，而对方高手众多，根本就只能处于挨打的局面，甚至需要两人或三个人同时相护，所以他们只能一路逃命，也非逃不可。是以，他们一路上苦不堪言，萧衍身边的两大护卫也去了其一，他本身的伤势也未能得到很好的调养，甚至有恶化之现象，而抗月亦带伤在身，所以，目前他们最需要的是有大军前来接应，在安全的地方养好身上的伤，才是正理。

“好！你快去!”萧衍喜道。

凌通心中大为欢快，果如凌能丽所说，靖康王对他极为支持，但支持的力度实在是大得让凌通也感吃惊，竟一下子出了七十多万两银子为他开设赌坊，当然，凌通绝对不会不知道，靖康王之举也是在为他自己做生意、挣银子，而对于凌通来说，只不过是一颗棋子而已。凌通和陈志攀每人也投入了十万两，加上张勇的三十万两，与秦淮河上一家画舫的老板所加入的二十万两，竟然有一百四十多万两，这的确是一个让人无法想象的数目。

靖康王的确是个极有魄力之人，要做就要做到最好。

这赌坊将以凌通的名字命名，即“凌通赌坊”!

赌坊的规模真让凌通咋舌，即使张勇也为之兴奋莫名，赌坊将建于莫愁湖附近，更会投入五艘画舫，不仅以赌为业，更会以酒楼、青楼相附，两艘画舫之上设有雅轩赌坊，专为贵宾准备的，还有一艘画舫设有雅轩酒坊，剩下两艘大画舫却是以青楼为主，也分雅轩坊与一般的青楼。更在莫愁湖中间所建，画舫分别存于秦淮河与莫愁湖之中，占地数十亩，一下子几可成为京城第一大赌坊。

这之中对经营青楼之事的高手也有，而经营赌坊的高手同样有，靖康王府更派出最精明的人来相助凌通。

凌通对经营这些并不在行，但却很快成为了这最大赌坊的老板，他恍若置身梦中一般，一切的经营规则全都由重要内行人物议定好，如何分利，如何建立理财的机构，保证做到账目清晰而公平，靖康王府的确出了不少力，凌通这几日之中也学到了太多太多的东西。

自那日他激将陈志攀做生意后，不知怎的靖康王竟也知道了这个消息，得知凌通有志于做生意开赌坊，反而极其热心地找凌通谈话，并帮他出点子、策划，是以凌通在张勇面前才能够一反往日的本色，变得无比老练和深沉，不过凌通对靖康王所教的能做到活学活用，倒的确出乎靖康王的意料之外，也可见凌通的聪明本性。

这种强手与强手相联合的方式的确是一个先例，也更能够增强竞争的能力。

靖康王萧正德极为信任凌通，更刻意去给凌通创造条件，当然，他绝对不会放心凌通这么一个大孩子能够控制好这个大局面，所以，凌通虽名为老板，却是由靖康王府打点一切，只有到凌通完全有能力控制大局之时，才会由他真正地掌权，或许，这是萧正德所预留的一条后路。

凌通这段时间没事可干，因为正在设计如何建造这第一流的大赌坊，虽然他有很多东西要学，可萧正德仍让他去多休息几天。

凌通却提出要去琅琊山狩猎，因为他到建康的路上，见琅琊山地势雄奇，林密枝茂，虽然无法与太行山相比，却有紫气相绕，里面定多奇珍异兽，早就有去琅琊山狩猎的念头，是以，此刻他想先到琅琊山去玩一趟也好。

萧正德并不反对，但却派出一队好手相护，家将亲兵相随，这并不是为凌通，而是为了萧灵，这种场合，绝少不了萧灵，萧正德十分疼爱萧灵，自然不想她出任何意外。

樵夫，一脸憨直，那黑黑的脸庞，像山间的老树。

抗月掏出的银两都将他给吓住了，一个普通樵夫，的确未曾见过什么世面。

樵夫所拥有的，只有斧头、扁担和绳索，一双草鞋，冻得那双粗糙的大脚通红通红，在凄寒的风中，像是一棵颤巍巍的枯树。

萧衍以一种异样的目光审视着他，心头涌起了一种无奈之感，在如此寒冷的天气中，仍穿着草鞋，破败的衣裳，如何能抗寒？如何能够抵御这割衣欲裂的寒风？而像这种人，天下又有多少？比这种人更苦更累的人又有多少呢？

“老伯，你家住在哪里？”萧衍以难得温和的口吻问道。

那樵夫虽然见眼前这汉子似乎有伤在身，但那股自然流露的皇者之气，却有着不灭的威仪，让人生出无限的仰慕和膜拜之情。

“小的……小的乃是北村的，大爷要小的衣服，小的给你就是，可这银子……银子，小的却不敢要……”那樵夫似乎有些受宠若惊地道。

抗月不再犹豫，很快就与樵夫换了衣服，那破烂的衣服似乎有些滑稽，脚上穿着草鞋，冰凉冰凉的，刺骨的寒风让那似乎比较柔弱的脚趾变得有些僵硬。

樵夫换上抗月的衣服，似乎对这华丽柔软的衣服极为喜爱，只是满身的血腥却大损了衣服的感觉。

“大爷，小的这顶竹笠也给你吧。”樵夫似乎想起了什么道。

抗月眼中闪过一丝杀机，他绝不容许任何人对萧衍造成威胁，萧衍是何等尊贵，而且这一路上凶险异常，为了保证萧衍的安全，那就得将所有知道萧衍行踪的人全部除去。

樵夫似乎根本就未曾感觉到死神的逼近，完全不知情地双手捧着竹笠向抗月送去。

萧衍心中有些不忍，他自然知道抗月要干什么，也知道抗月是为了什么，但为了他的安全，有时候的确是要牺牲很多，这也是无可奈何的事。

“你家中还有些什么人呢?”萧衍又问道，他依然有些不忍心，是以他要对樵夫的家人进行补偿，才会有此一问。

“小的家里还有一个女儿翠花，已是个大姑娘了!”樵夫似乎微有些自豪地道。

抗月不再犹豫，在樵夫仍未曾反应过来的时候，手掌疾拍而出，他要在樵夫仍未感到痛苦之时死去，也许，这是最仁慈的做法。

樵夫依然在笑，只是笑容变得有些诡秘，让人难以想象的诡秘，与刚才那种憨厚和淳朴有着天壤之别。

抗月最先发现这诡秘的笑容，只此发现，让他的心都凉透了。

“啪!”抗月的手掌斩在樵夫的脖子上!

蔡风走进客栈，便感觉到有些异样，因为所有的目光全都在刹那间移向了他们，落眼之处，自然是凌能丽和元定芳那惊世绝俗的容颜。

世人的爱美之心，是不用置疑的，当然，美只是一种意念，一种感观的享受，每个人都对这些无比敏感。

让蔡风敏感的，却是几双极为锐利的目光，蔡风目光过处，却发现几个尖高鼻梁，穿着极为异样却又华丽无比的年轻汉子，那种暗灰色的眼睛，极异于中土的人。头发也结成一个小结，给人以悍野之气，那种华丽与人相匹配却又显得那般俗气，就像是一个糟老头穿着花花绿绿的外衣一般，抑或是一个老农穿着莽袍。

这些人的目光似乎有些发直，有一人嘴角竟流出涎水，恶形恶相暴露无遗。

凌能丽和元定芳都显出厌恶之色。

蔡风不想多惹麻烦，这些人一个个太阳穴高鼓，显然都不是好惹的角色，此刻他又要追踪那神秘的凶手，没有闲情去惹麻烦。

原来，两只狗王并未让他失望，竟在双涧集再一次嗅到了元叶媚的气息。

对方果然不敢经过蒙城，要知道，蒙城守将是刘家的人，要从蒙城经过，就不得不考虑很多问题，所以对方只能在双涧集上岸，避开水路，改向望盱集，过西淝河向太和方向行走。

蔡风估计对方可能会自太和由首界顺颍河进入河南境内。

这已是第四天，他们竟已追赶了近千里路，到达太和后，犹未能发现对方的踪影，但却闻到有一大队人马自这里经过，只要有此结果就已经足够，蔡风估计，这大批人马就是劫走元叶媚与刘瑞平诸人的人。

元定芳并非江湖儿女，虽然生在都督之家，却未曾习过什么高深的武学，不似凌能丽已身具三十年的功力，更具有无相神功，蔡风实在不想让她太过于劳累，也就选择一家客栈休息一下。

一路上，虽然蔡风对元定芳极为细心地照顾，但她仍然挡不住疲惫的侵袭。

“小二，给我烫两斤热酒，再加两碗人参燕窝汤，甜的!”三子呼喝道。

蔡风并不说话，只是选个安静而又暖和的角落，静坐下来。

葛家庄的几名兄弟系好马匹，也踏入客栈中，选了一张靠近蔡风几人的桌子坐下，呼喝着要酒菜。

三子拉开椅子在蔡风这一桌坐下，低声向蔡风问道："风哥，要不要我去教训一下那群鸟人!"

"是呀，阿风，这群人的确很讨厌，恶形恶相的，不去教训他们一顿，心里似乎老放不下。"凌能丽也有些微恼地道。

"你看那个又丑又怪的人，就他最讨厌了!"元定芳斜了一眼那嘴角挂着涎水的汉子，厌恶地道。

蔡风笑了笑，道："当初我看见你们时，还不是那个样子？这是男人最正常的反应。再说他们又没太过分招惹我们，只怪你们长得太美了。"

凌能丽和元定芳不由得被逗笑了，凌能丽笑骂道："你当初要是像他们那样，我肯定一脚把你踢到好远好远，理都懒得理你。"

蔡风不由得大为好笑，反问道："那当初我又是什么样子呢?"

"不记得了，看来你当初大概是个小混混。"凌能丽笑道。

元定芳也忍不住有些好笑。

店小二很快就将酒和人参燕窝汤送了上来。

"再给我切两斤熟牛肉，再来一斤花生。"蔡风淡淡地道。

"好的!"小二恭敬地应了声，目光却忍不住惊羡地望了元定芳与凌能丽一眼。

"快去，还呆着干吗?"三子笑着在小二的手上重重拍了一下，喝道。

"是，是……"店小二有些失魂落魄地退了出去，有种说不出的惆怅。

蔡风苦笑着摇了摇头，道："我的两位宝贝最好将你们美丽的容颜掩盖一下，否则这些男人的口水都会把我淹死。"

"哈哈，你怕了吗?"元定芳笑着反问道。

蔡风端起三子倒的一杯酒，调笑道："我怕了，就喝杯酒壮壮胆，更何况还有另外两位宝贝保护我，怕什么呀?"

三子也禁不住为蔡风那一脸无赖形象给逗得差点将口中的酒喷了出来。

凌能丽和元定芳也掩口笑得花枝乱颤。

“那几个人似乎真的有些讨厌!”三子忽然冷冷地斜了一眼不远处的一桌人道。

“不要惹太多的麻烦，我们还必须尽快赶路!”蔡风说着，目光微微扫了扫那群人，却发现有几人竟有跃跃欲试的表情，不由得冷哼一声，转向元定芳和凌能丽，爱怜地道：“让你们跟着受累了，快把这汤喝了吧，活络一下气血!”

凌能丽和元定芳各自飞了一个能让蔡风融化的媚眼，以无比优雅的动作轻掀着汤匙。

店小二一声呼喝：“熟牛肉和花生来喽!”

“啊!”小二突然一声惊呼，身子一个踉跄，竟然扑到地上，托盘之中的两大盘熟牛肉片与花生，顿时飞洒出去。

四周的客人一阵惊呼，那盘冒着热气的熟牛肉向蔡风这一桌撞来，花生更是四散乱飞。

邻桌的葛家庄弟子大怒，他们亲眼看见那高挺鼻梁、一脸悍气的汉子伸脚一绊，显然是故意想让蔡风出出丑。

蔡风依然自顾地喝着酒，似乎并不知道这一切般。

凌能丽和元定芳忍不住微惊，但她们对蔡风有着绝对的信心，知道只要有蔡风在，一切都不用担心。

第一百一十三章　异国幼主

蔡风没有出手，店小二忍不住叫了一声“小心”，但就在这时，空中多了一只筷子，突如其来。

筷子，是三子的，就像是一根竖在空中的擎天柱，准确无比地出现在那只盘子的前面，一晃不晃挡住盘子的去势。

不仅如此，装有牛肉的盘子竟猛地倒旋而回，“啪”的一声，撞在那盛有花生的盘子上。

两盘相撞，装有牛肉的盘子再次飞向三子这一桌。

仍是一只筷子，轻轻地托住斜斜下落的盘子，再无声无息地落在蔡风面前的桌子上。

众人惊呼再起，那装满花生的盘子竟以比飞向蔡风那一桌时快上数倍的速度，向那伸脚绊倒店小二的怪人桌子上撞去。

“好！好!”凌能丽和元定芳忍不住拍手叫好起来。

三子的这一招的确漂亮至极，更显现了其功力之精纯，用劲之巧妙。

店小二正准备爬起来，那盘子已自头顶呼啸而过，那盘中的花生在此刻竟也像爆散的雨花般飞散向那一桌人，盘子速度不减地撞向伸脚滋事的那汉子。

那汉子满目阴鸷，耳上戴着两个以红宝石镶成的耳环，低低发出“咦”的一声惊呼，也同样伸出两只筷子去挡盘子。

“啪!”盘子竟在那两只筷子快要相接之时，也正在那张桌子的中心爆成无数碎片，四处飞散，在众人来不及反应的当儿，洒入那一桌人的酒菜之中，更将那些人弄得灰头土脸的。

“哈哈……”客栈中发出一阵哄笑，葛家庄的众好手更是笑得放肆和得意。

叫好之声也是不绝于耳，三子这一手的确漂亮至极，无论是力道，还是用劲之巧几乎达到了无以复加之境，特别是借物传力的手法更是神乎其神。虽然客栈中人并不都是行家，可是将那盘子、筷子像是玩魔术般的绝活，任谁都会叫好，除非他是瞎子。更难得的，却是让盘子准确无误地飞到桌子中心之时爆开，单凭这一点就不得不让所有人叫绝。

那些外族的怪人个个大怒，谁也没有想到这个对手竟会如此厉害，但这些人早被三子这一招给激怒了。

“古娃叽咪，稀里呼啦……”那戴耳环之人身边一名面色阴沉的汉子，猛地立起，用一种稀奇古怪的话“叽咕”地吼叫了一番，但看表情，却是在骂人。

客栈之中的人笑得更为厉害，几乎所有人都笑得直打跌，哪想到这怪人居然这般骂人，也不知道是什么语言，反正让人觉得十分好笑。

蔡风亦忍不住笑了，众人这一笑只让那人气得两眼发白，他骂人不成，反被别人当傻瓜般调笑一番，怎叫他不气？不怒？

“你们想找死，竟敢对我们王子无礼，还不过来跪下道歉！”一名似模似样的老头，从邻桌上站了起来，以生硬的汉语叱道。

那群异族人，个个神情凶狠，倒似是一群欲择人而食的野兽，但目光大多数仍狠狠地盯着凌能丽与元定芳，不住地咽口水。

一边大笑的客人倒有一半停了下来，因为他们知道，这群人定是极有来头，其中又有什么王子，定不简单，他们可不想惹上大麻烦。

“小二，给我再来一盘花生，刚才那一盘连盘子一起都记我的账！”蔡风毫不在意地道。

店小二早被这种场面给骇呆了，听到蔡风这么一喝，才回过神来，慌忙退下。

“我叫你向我们王子跪下道歉，你听到没有？”那老头又凶狠地叱道。

“你是什么东西？你们王子又是什么东西？”蔡风将一只脚微微抬起，搭在一条空凳上，端起手中的酒，傲慢无比地冷笑道，眼神之中又恢复了那种傲然而又狂妄的意态，更多了几分轻蔑与不屑。

蔡风此言一出，众人哗然。

“锵”的一声，那群异族人全都拔出了战刀，一副即将斩人的架势。

“哎，算了，不要跟他计较！”那戴耳环的年轻人冷傲地摇了摇手，意味深长地望了凌能丽与元定芳一眼，强压住那贪婪的眼神，装出一副极有风度的样子道。

这群人倒也真的听话，狠狠瞪了蔡风一眼，极不甘心地坐了下来。

蔡风并不领情，更有些不屑，虽然这些人占尽人数的便宜，也有不少是硬手，可这点实力根本就不在蔡风的话下，就是当初莫折大提的大营他也照闯不误，并取其首级，这群人与莫折大提相比，却相差不止一个档次，此刻蔡风未曾先找他们的麻烦，已是他们的天幸了。

凌能丽轻蔑地向那些异族人望了一眼，却见到那个打扮得有些古怪的老头轻步向他们走来，目光牢牢地盯着她与元定芳，似乎根本就未将蔡风放在心上，不过似乎并无敌意。

那古怪的老者来到蔡风的这一桌旁边，只是向凌能丽和元定芳微微行了一礼，以生硬的汉语道：“我叫木贴赞，我们王子想请问一下两位姑娘的芳名，如果两位姑娘肯赏脸的话，就请两位姑娘过去一述。”

凌能丽和元定芳脸色微变，她们并不是因为木贴赞的话，而是气恼这些人对蔡风和三子如此视若无物，她们绝不容许有人轻蔑地对待蔡风。

“你们是什么国的王子？”元定芳强压住内心的不忿，冷冷问道。

木贴赞听到元定芳那若黄莺出谷般甜美而轻柔的声音，禁不住骨头酥软，声音更是有些结巴地道：“我们王子乃是高车国的二王子，也是我们高车国的第一勇士，哈鲁日赞。王子仰慕两位姑娘的绝世芳容，特想与两位姑娘交个朋友……啊……”

话刚说完，就接着发出一声惨叫，却是三子在桌下用板凳压住了木贴赞的脚面，并以千斤坠下压。

木贴赞也不知道怎么会这样，惨叫之声连凌能丽都吓了一跳，犹如杀猪一般凄号。

那边的哈鲁日赞众人也是不知所以，明明见蔡风和三子两人根本就未曾出手，甚至连手指也没有碰木贴赞一下。

三子向蔡风眨了眨眼，不经意地挪动了一下屁股，移开长凳。

木贴赞这才像虾子一般弯下身子，双手抱着那只几乎被压碎了趾骨的脚，大呼小叫起来。

葛家庄众人先是一愣，旋即明白是怎么回事，不由得大笑起来。

哈鲁日赞勃然大怒，他身边那瘦黑的高个汉子站了起来，肤色如铁，立身而起就像是一座铁塔。

“你们欺人太甚！”那汉子挤出几个比冰还冷的字，形成一句让人心惊的话。

“是你们太目中无人，更是癞蛤蟆想吃天鹅肉！想交朋友最好是滚回漠外的高车！”三子毫不客气地回敬道。

“呼！”木贴赞哪想到三子会来这么阴毒的一手，让他大失颜面，禁不住怒火狂涌，杀气暴升，双掌一错，由下向上狂袭三子。

“小心！”葛家庄的几名兄弟惊呼出声。

“噗！”三子并指如刀，直削而下，正中木贴赞的掌心，竟如击中败革一般。

木贴赞形如厉鬼，面目极为狰狞，竟似乎不怕三子两指的重击，反乘机一把握住对方两指，像拗木捧一般猛拗，似乎定要将这两指拗成两截才甘心。

三子也吃了一惊，怎么也没想到，他这洞金穿石的两指击在对方的掌心，对方就像没事一般，这实在大大出乎他的意料之外，待反应过来后，双指已经被对方紧握。

一股巨力自两指传到，在痛楚传至手臂之时，三子的左手已重重击在木贴赞的胸口。

“哇！”木贴赞狂喷出一口鲜血，飞跌而出。

"吱……"蔡风将手中的酒顺手泼出，就像是一层气雾般紧紧包裹住那洒落的鲜血，再一起坠落在一旁的地上，没有一滴血溅到三子的身上和桌上。

三子左手忙捂着那被拗的两指，心中暗叫侥幸，这两根手指差点就被真个拗断，那可真不是件好玩的事情，此刻依然隐隐作痛，再也不敢对这批人太过小看，若非他反应急速，今次吃亏的也就变成他了。

"木贴赞，怎么样了？"那高大如铁塔般的汉子急切地问道。

"哗！"一张桌子像是一张天罗地网般向三子这桌飞撞而来，凌厉无比的劲风，夹着桌子上的碗盘，没头没脑地盖向三子和蔡风。

抗月的脸色都变绿了，他竟发现自己的这一掌没有半丝力道。

樵夫自然没死，若是抗月这一掌注满力道的话，那樵夫只怕此刻早已经颈断骨折了，以抗月的功力，即使是萧衍这般功力的人，也不敢以脖子硬抗如此一击。

樵夫没有死，这不可怕，可怕的是抗月居然觉得丹田空荡荡的，真气跑到哪儿去了呢？这几乎是不可能的。

正因为本不可能的事变成了事实，抗月才会感到可怕。

可怕只是一种思维的反射，只是一种意念，没有任何实质或实在的形式，只是通过大脑的思维形成模式。

如果，让人感觉不到可怕，那就只有一个形式，一个结果——让对方死亡！也只有死人才会没有七情六欲与五相，更不会感到可怕。

人死神灭，什么都不知道了，抑或什么都知道了，没有秘密的事情自然不可怕。

死，抗月想到了这个意念！

樵夫手中的竹笠似乎一下子充满了无尽的活力，在抗月的眼角之下，竟然发现竹笠的边缘多了一圈像锯齿般的利刃。

在樵夫脸上诡秘的笑容扩展到抗月的心中之时，他感觉到了一阵深深的刺痛。

叶倩香一声娇叱，她虽然江湖经验很欠缺，但凭借女性的那种敏锐的直觉，她就可以完全清楚是怎么回事。

除非是瞎子，看不清抗月表情的瞎子。

叶倩香的剑，绝对没有人敢小觑，就连萧衍都不能够，虽然这些年来他的武功一日千里，连黄海和蔡伤都不一定可以占得了便宜，可他对叶倩香的剑法始终无法参透。

那是因为她的剑的确太过神奇，天痴尊者乃一代宗师，对他的三个弟子所授的武技竟然全都不同，但每个人都深切地掌握了剑的精义，在剑道之上各有特色，而且所教出的弟子也无一不列入超级高手级别。

黄海为首徒，根据剑义创出了天下闻名的“黄门左手剑”，曾在江湖之中红极一时，而万俟丑奴也同样是名动西部，就连尔朱世家都将他列入了头号大敌，而叶倩香以女流的身份，异辟一途，与黄海、万俟丑奴的剑式又有不同，却万变不离其宗，始终无法逃离剑义的精髓。

他们的剑法源于对剑道的领悟，而非真正的什么剑法，是以萧衍永远都无法看破叶倩香的剑法。

在那竹笠切入抗月胸肌之时，一点亮芒也在抗月和樵夫的眼中扩张，犹如突然在虚空中爆开的烟花，亮起一幕灿烂无比的强芒。

剑气所激，那樵夫没有选择的余地，除非他也想与抗月一起死。

萧衍隐隐感到有些微微的不妥，也便在他感到不妥之时，他看到了箭。

像是从地狱抑或阴冥中蹿出来一般，劲箭以一种快得不可思议的速度向他的面部射到。

萧衍虽然重伤未好，但其高明的眼力绝对未减分毫，他甚至可以清楚地捕捉到那箭行过的轨迹。

瘦死的骆驼比马大，虽然萧衍身负重伤，但像这样的两支劲箭还是难不倒他，事实上也是如此。

萧衍的手，宽厚而白皙，也的确，位及人君，一切的保养自是与众不同。

萧衍很自豪自己拥有这样一双手，他自小就很爱惜这双手。脑子，是一切行动的主宰，也是生命注满活力的根源，而手却是一切行动的执行者。手对于人来说不仅仅是装扮一种作用。

萧衍从来都不这么认为，他知道手可以用来做出很多很多的事，比如此刻，他的手就可以用来救命。

箭，就在进入萧衍一尺多远的范围之时，萧衍的手突然出现在虚空之中。

脚不动，身不动，却以无比准确的角度紧紧钳住两支要命的箭。

萧衍背靠着树，他必须以树身来支撑身体的稳固度，这样就会减少很多顾虑，更可以用尽可能大的力气对付眼前的危机。

他本是一名最为优秀的战将，自然知道如何审时度势，如何去应付将要面对的危机，更有着无比镇定而冷静的头脑。

最镇定的人并非每一刻都会保持面色的沉静，萧衍也不能。

他毕竟是人，既然是人，就会有惊、惧、慌、忧，萧衍的脸色变了！

是因为一柄雪亮的圆月弯刀，在空中打着美丽的旋儿，有若一片飘飞的白桦叶，在暗淡多云的天空之中，形成一种异样的光华。

这是一柄充满邪异魔力的刀，萧衍最忠实的另一名护卫就是被这柄刀切去了脑袋。

那是一种无法形容和掌握的轨迹，像是长了翅膀的精灵，所以萧衍的脸色也不得不变了。

樵夫暴喝，声若闷雷，在刹那间，竹笠回切，他不得不放弃割开抗月的胸膛，因为叶倩香的剑实在太快，剑气实在太厉，若凛冽凄号的北风，更有着肃杀阴森的死气，几可让人为之窒息！

“轰！”竹笠竟在剑气交击之下，碎裂成无数的碎片，那樵夫有若雷击，身子仿佛秋叶一般飘退，他无法抗拒叶倩香剑中的杀意和狂涨的气势。

抗月捂胸而退，虽然功力无法提起，但依然不顾一切向虚空中那柄要命的圆月弯刀扑去。

他知道，只有以生命和鲜血为代价，才可强抑这柄刀的凶邪之气，他的另一个伙伴就是这样代替萧衍死的。

死，的确是一个神秘而又古老的形式，没有人能够参透其中的奥妙，而参透其中奥妙的人，却再也无法向人们解说什么。

在很多人的眼中，死亡的确是一件很可怕的事情，但有些人根本不在意这些，这是因为他们发觉有比死更重要的东西，为了这更重要的东西，他们随时随刻已经做好了死的准备。

这样的人，死亡对他来说，只是一种解脱。

抗月根本不在意死亡，因为他正是以上所说的第二种人，萧衍的生命，就是他宁可去死也要保全的最重要的东西。

求死，不一定就会死！

抗月的功力几乎尽失，虽然有心护主，但动作始终跟不上，那柄圆月弯刀太快。

“啪啪！”萧衍手中的两支劲箭在这一刻竟起到了意想不到的效果，居然挡住了这一刀，只可惜，箭身立刻断为两截。

箭身断，刀，依然来势未竭，只是缓了一缓。

有时候，生死只是这么一线之间，今次也是一样。

只这么短短的一瞬之间，就已足够使一名高手做太多太多的事情。

高手相争，往往就是这一刹那之间，叶倩香松了一口气，因为萧衍终还是为她制造了这一瞬间的空间和时间。

“叮！”

萧衍避无可避之时，一柄剑却若自异空跳出，轻挑在这圆月弯刀之上。

叶倩香不得不放弃对樵夫的攻击，毕竟萧衍的命是没有人能够与之相比的。

叶倩香再不敢犹豫，她必须立刻逃，逃离这死域般的荒野。

她知道这圆月弯刀的主人是谁，也知道这人的可怕之处，自然，以她的武功，绝对不会怕这个人，但对方肯定不只一人，她能够不惧这个人，可又能不惧众人联手吗？更何况，她根本就无法放开手去抢攻，无法不去顾及萧衍的安全。

重伤之下的萧衍，就是她致命的弱处，而对方却专拣致命的弱处攻击，所以她只有逃，带着萧衍和抗月逃。

琅玡山离此不远，那里林密洞多，只有到了琅玡山，也许才有机会找到休歇之处，让萧衍好好调养，当萧衍的伤势恢复后，即使有千军万马也不可能挡得住他们返回建康。

樵夫单脚挑起地上的扁担，以极快的速度飞扑而上，他绝不想让萧衍逃掉，哪怕能阻一刻是一刻，也就多一份机会，更能为后来之人创造条件。

抗月大感愤怒，他知道失去劲道的主要原因可能是这樵夫做了手脚，而最佳做手脚的地方，就便是衣服，而且可以肯定，对方是在衣服上做了手脚，是以他对樵夫几乎恨之入骨。

“娘娘，你带着皇上先走，别管我！”抗月挣开叶倩香的手，不退反进地迎向樵夫。他知道，若是依照这种情况发展下去，他只会拖累萧衍，而他的义务是保护萧衍的生命，哪怕身死也在所不惜。是以，他毫不畏惧地扑向樵夫。

那樵夫眼中闪了一丝冷厉的杀机，也带有一丝不屑，抗月此刻功夫全失，如此扑来，只有送死一途而已，所以，他觉得有些不屑。

萧衍没有再说什么，只是心头微微有些发痛，有些悲愤，看着一个个忠心护主的人死去，没有人会不感到悲愤，但也深深地感到无奈，他很了解抗月的心思，所以他明白抗月为什么会选择这一举动。

叶倩香也有些无奈，她知道若带着抗月和萧衍两人，那么绝对无法摆脱对方的追踪，她更不能放下萧衍去救抗月。

抗月眼角露出一丝坚定而无畏的神色，那种无惧生死的气概，使他在刹那之间好像变成了一尊巨神。

樵夫的扁担以雷霆万钧之势狂击而下，他要一下子击碎抗月的脑袋，只有死人才不会挡路，只有死人才无法反抗。

可是樵夫的脸色变了，变成了惨白的暗灰色。

那雷霆一击犹如顺风飘散的碎雨，同时他的身子也飞坠而下。

抗月扑了上去，竟在刹那之间与樵夫抱在一起，樵夫几乎无法相信这是事实，但这的确是事实。不仅是事实，抗月的刀子更深深地扎入了他的心脏，然后，他从抗月的口中听到了最后一句话："我的衣服也涂有烈性毒药！"

樵夫倒下了，抗月也跟着倒下了，就像是两截木桩，抗月被压在底下，便若死了一般。

没有人会想到这个结局，难道两人是同归于尽了？

萧衍只是匆匆地瞥了抗月最后一眼，在他的那个角度，刚好能够注意到这一切发生的动作和情形，心头禁不住又涌起了一丝希望，但叶倩香带着他很快就掠入了灌木之中。

风声过处，五道身影横空掠过，快捷无伦，黑色披风掠过之处，有若乌云遮日，向萧衍失去的方向急追而去。

"呼！"一道人影冲天而起，向其中一人飞撞而去。

不，应该是两道人影，因为这道人影在半空中竟分了开来，分别撞向两名若大鸟般掠过的人。

是抗月，也是樵夫！

抗月并没有死，不仅没有死，反而恢复了功力，死的只是樵夫。

抗月估计得没错，樵夫的确是给他做了手脚，正是衣服之上，那破旧的衣服上竟涂了一种若软骨散之类的药物，但樵夫没有估计到，萧衍的八大护卫，每个人身上都是致命的武器，包括一双鞋子，一双袜子，都有可能成为致命之物，而抗月的衣服也同样涂上了剧毒之物，只是他一直未曾催发而已，而在生与死的关头，这涂有致命毒物的衣服终于起到了作用，从而让抗月反死为生，在别人犹未看清楚是怎么回事之时，就已将短刀刺入了樵夫的心脏，那樵夫甚至连惨叫声都来不及发出。

抗月更同时让两人一起倒下，以扰乱对方的眼线，而萧衍却看得十分清楚。

抗月能成为八大护卫，排名仅次于彭连虎，其所表现的不仅仅是武功，更因其智慧。他绝对是一个聪明的人，当他发现自己中毒后，就立刻开始判断对方究竟将解药放在哪里，而刚才他与樵夫换衣服之时并未发现解药，那么定是藏在头上，再回想起刚才樵夫说话与唱那首歌之时，声音有些差异，唱歌之时，声音清晰，字正腔圆，可说话却显得微微有些大舌头，这就是细微之处，若非抗月这类每时每刻都保持警惕之人，绝对难以发现这细微的差异。

如此一来，抗月立刻判断樵夫的嘴里有问题，居然被他算中，在他倒地的同时，竟自樵夫舌底掏出一块像晶石般透明，却化掉了一半的药丸，也不管是否就是解药，反正死马当作活马医，横竖也是死，还不如赌上一把，因此也不顾药丸的肮脏，便纳入口中。

反应之神速连他自己都吃了一惊，竟然立刻让他神志一清，应手而生力，这的确让抗月大喜过望，但无论如何，他都必须阻止这些人对萧衍的追杀，这也是他的责任！是以，他出手了。

桌子若碎开的花瓣纷纷洒落。

一张椅子却像花瓣之中突起的花蕊，反向哈鲁日赞撞去。射人先射马，擒贼先贼王，无名五早就不想与对方这般纠缠下去了，是以，在对方一动手之际，就立刻摔出身下的椅子。

蔡风根本就懒得动，无名五的这一切早在他的预料之中，所以，他完全不需要动。

高车国的众人全都“哇啦咕啦”狂扑而上，三子刚才的出手，的确是激怒了他们，而这批人在草原之上从未受过此等霉气，自然不肯放手。

无名五的身子跟在椅子之后，若一杆枪般向哈鲁日赞撞去。

哈鲁日赞的那一桌人也全都大惊，立刻有两人挥掌迎向那张椅子。

但椅子犹未曾到哈鲁日赞那张桌子，就已经被人给截住。

正是那询问木贴赞的汉子，高大如铁塔，连两只手都像是钢条拧扭而成。

“咔嚓!”椅子竟被他一拳击成粉碎，在无名五微顿的当儿，重拳已经逼至无名五的面门。

拳速之快，连无名五都为之吃了一惊，他想也不想，就立刻出掌。

拳掌相击的当儿，却有两人自侧面狂扑而至，气劲汹涌。

无名五一声冷笑，掌劲化作虚无一片，身子在空中轻旋，若一截在风中舞动的柳枝，两脚旋扭着分踢而出。

那铁塔般的汉子一愣，他的拳便若击在缥缈的云端，竟毫无着力之处，而无名五的双脚却准确无比地击在自侧面攻来的两人手臂上，身形借劲弹起。

白光闪过，自高空下击的却是一柄斩马刀，刀化一幕云彩，风雷隐动。

无名五骇然狂扭身形，脚尖巧妙地在一人头顶上轻点，倒射而回，他根本没有把握接下这一刀。斩马刀的力量，在凌空下击之时更能发挥得淋漓尽致，再加上对方双臂挥刀，更劲道倍增，是以，以无名五的武功，也不敢轻迎其锋。

无名五退，但非所有的人都会退，对于葛家庄的好手，若连这一点挑战都无法面对，那葛家庄也不会如此名扬天下。

葛家庄绝对不会有真正退缩的人，这样一刀，自然有人接下。

接下的人是无名四，无名四以短刀对长刀，竟然准确无比，也显得无比从容，但短刀却是切在斩马刀刀柄之处，因此费力最小。

无名四绝对不是一个傻子，而且精得可怕，他几乎可以清楚地捕捉和计算到斩马刀其余任何一处的力道之可怕。

“当!”无名四和对方同时落地，在落地的同时，无名四竟一下子踢出了四脚，快得让人有些不可思议，但这四脚全都不曾踢到对方的身上，而是被人挡住了。

毕竟对方的人多，人多在有些时候的确会占很多的便宜，至少在眼下是这样。

挡开这四脚的人是两个，其中那高大若铁塔般的汉子硬接了无名四的三脚。

无名四退，借劲飞退，若凌波乳燕，他也必须退，因为在他踢出第四脚的时候，头顶之上的风雷声再次滚过，是那柄长长的斩马刀。

这三人的配合似乎极为默契，居然让无名五和无名四两人都无功而退。

这的确有些出乎人的意料之外，连三子都感觉到有些意外，这一群高车国的人还真不好对付，他很清楚无名五与无名四两人的实力，无论在葛家庄之中抑或是江湖之中，都可以跻身高手之列，可此刻却冲不破对方三人的联手之击，那只能说明这三人的确有些门道。

无名五和无名四后退，便即进入了众高车部将的攻击范围之中，葛家庄虽然只有几名兄弟，但其力量足以与这群人相抗衡。这些高车人竟也懂得武学，在众葛家庄兄弟的印象之中，这些人似乎只善于在马背上作战，像是马贼之流，而他们竟然在马背之下也能够表现出这种狠劲，的确有些出人意料。

抗月的出手也的确有些出乎那几人的意料之外，他们似乎想不到抗月不仅没有死，还有动手能力，这是个意外。

任何意外都可能造成意外的后果，这是绝对不容置疑的。

樵夫的尸体所撞之处，却是黑袍上绣有一只火鸟图，完全看不清其脸面的怪人。

那散披的头发，在风中轻飘，却也为他的脸挡成了一道屏障。

这人正是不死尊者，也是这群人中最为可怕的一个，至少抗月是这么认为的。那圆月弯刀也是这神秘的不死尊者的杰作，从而夺去了他那名好兄弟的性命。是以抗月第一个要阻止的人就是他，若能阻下这人，其他的几人就不足以对叶倩香构成太大的威胁。

抗月的胸口仍在流血，但他似乎完全感觉不到伤口的疼痛，他只有一个信念，那就是拼尽全力也要阻住眼前这批可怕的杀手。

黑弧闪过，那是一根扁担，是抗月手中所握的樵夫的扁担，这样一件最原始的武器，有时候也会产生意想不到的效果，抑或是比之刀剑更有效，也更猛烈的力道。

抗月的对手，是个老者，脸上的皱纹就像是龟壳，沟壑纵横，也不知道刻有多少沧桑和年龄。

面对抗月这疯狂的一击，他不得不付出全力，也许他的年龄比抗月大，也许他的阅历会比抗月深，但说到武学，却完全不是以年龄来衡量的。

抗月的武功绝对没有人敢小觑，其实萧衍的任何一个护卫，都绝对不能小觑，他们没有一个不是千里挑一的高手，这也是身为皇者侍卫最基本的条件。

“轰！”樵夫的尸体竟然在空中爆炸开来。

碎肉横飞空中，不死尊者犹若折翼的飞鸟般斜斜坠落。

抗月心中一阵欣慰，他的这颗轰天雷终于产生了效果，至少，能让不死尊者这样的高手也上当，那就是了不起的杰作。

尸体的炸开，不仅影响了不死尊者，也同时影响了其他几人，至少面对出乎他们意料之外的冲击，使他们的身形变缓。

五人皆惊，唯有抗月沉着冷静！这一切早在他的预料之中，也使他的斗志大涨。

虚空中，避无可避，唯能做到的，就是硬击，在对手精神微一松懈之时，抗月的扁担已破劲而入。

扁担的灵活程度绝对不逊于棍剑，扁担本属于棍械之类，而棍更具王者之风，抗月的扁担，有若凝聚了九天之气，劲气的摩擦之声，极为锐利。

那老者竟然在惊诧之间出掌，舍刀不用，双掌若开合之五岳，向扁担的顶端疯挤。

抗月没能抽出这双掌的攻势之外，虽然扁担重若千钧的劲力，竟在对方双掌之间化为无形。

两人的身形也跟着同时着地，老者的脸都给涨红了，高手相争，绝对不能分神，而他分了神，分神总会要付出代价的。

“嗞！”那老者的刀竟自脚下发出，出刀的不是手，而是脚！一个能以脚御刀的人。

抗月的脸色变了，他没想到这老者如此狡猾，竟以脚御刀，不由得一声狂号，全身的功力犹如狂涛骇浪般自扁担上撞向对方，他必须不让对方有丝毫分力的机会。

对方若想以脚御刀，那么手上的劲道定会减弱，这是任何人都不可能改变的问题。

果然，老者的脸色更红，那一道道皱纹就像是颤动的鸡皮，恶心至极。

抗月眸子之中射出狂热的杀机，他必须以速战的方式给对方造成最大的损伤，这样他就完成了任务，以他的武功和眼前的状态，与这五大高手相抗衡的确是有死无生。

“啪！”扁担竟然裂成了数十条竹丝，自老者的掌前散开。

抗月在大惊的同时，又大喜，惊的是自他左侧攻来的那要命一掌，炙热如火，掌未到，那狂野的劲气已经让他有种喘不过气来的感觉，却是不死尊者的攻击。

刚才那颗轰天雷竟然没能要他的命，不过，他也至少受了伤，胸前的衣衫竟被炸得半片不剩，那焦黑的胸膛，让人感觉更是恐怖莫名。用以遮挡颜面的长发，居然也被烧焦，露出了一张刻满刀痕的脸，那野兽般阴森的眸子之中，射出幽深而冷酷的杀机，整个人犹如被恨火充斥的厉鬼。

抗月无法不为之心惊，但他却知道，如果自己失去镇定，那么死的人一定就是他！但，此刻他似乎充满了斗志，充盈着无限的激情，就是因为他的对手，那位老者给他创造了机会。

那碎成十数条竹丝的扁担，若散开的冥灵之花，擦过对手的双掌，以无可匹敌之势嵌入对方的身体。

那老者在不小心之下震碎了扁担，立刻知道不妙，可是因为脚下正御刀攻击，想退都来不及。他的刀未能刺入抗月的身体，但抗月的扁担却化作十数柄利剑深深嵌入了他的躯体中，这的确是一种悲哀。

不死尊者的眸子之中杀机更盛，掌出更快，虽然他也受伤不轻，可抗月所受之伤同样不轻，两人的处境几乎相同，可论及武功他绝对要胜过抗月一筹，或许更多，但在刹那之间，不死尊者也被骇了一跳。

他看到了一蓬剑芒，闪亮闪亮的剑芒，吸收着微弱的阳光，却泛出璀璨瑰丽的色彩。

抗月不见了，隐没在剑芒之中。

这几乎是在梦境之中一般，连不死尊者这等高手也禁不住在心里打了个寒战，他不明白这一剑来自何方，弄不清楚抗月怎会拿到这柄剑的。

事情本来就有些扑朔迷离，但无论如何，这柄剑的确是真实的，剑啸之声甚至盖过了那老者的惨叫。

“叮叮……”抗月的身形显现，他的剑竟无法斩入不死尊者的肌肤，这更不可思议。

但不死尊者也被锐利的剑气给逼得退后数步，也许他可以承受刀剑的斩击而不受伤，但剑锋之间所蕴的罡气，却无法不让他顾忌，几乎使他手臂发麻。

“噗！”不死尊者身形刚定，却被一柄刀重重刺在被炸得焦黑的胸膛之上。

抗月竟也用脚御刀，那老者未能杀死抗月的刀，却被抗月所利用。

谁也想不到，在樵夫的扁担之中竟会藏着一柄剑，而在扁担碎裂的当儿，抗月就立刻发现了这柄剑的存在，是以他才会真的大喜，这时对那炸成碎片的樵夫竟隐带一丝谢意。抗月的动作的确快如闪电，这柄剑的出现有着奇兵之妙，因此他才会捡得这个便宜。

而借着剑光的掩盖，脚底下出刀，这一招的确是让人无法防范，以不死尊者的可怕，也还是着了道儿。

刀，只深入一分，便若击在败革之上，无法再得寸进。

不死尊者一声狂号，劲气一发，那柄刀竟寸寸而断，在抗月一惊的当儿，那只若黑铁般的手已经击到了他的面门。

抗月差点乐极生悲，百忙之中横剑一挡。

“啪！”剑身断为两截，这一掌更重重地击在他的面门上。

“呀！”抗月一声惨叫，鲜血之中，夹着几颗门牙，狂喷而出，同时他的身子也若陨石一般飞跌入身后的山坡。

紧接着就是“哗啦哗啦……”的一阵爆响，显然是撞断灌木的声音。

不死尊者杀机未减，抗月的确激起了他的怒火，自到中原后，他还从未受过如此伤势和怨气，但才一举步，胸口便传来一阵绞痛。

低头一看，鲜血竟然自伤口缓缓滑出，原来，他的胸口起先被轰天雷给炸成暗伤，那强大的震伤力和摧毁力，绝不是血肉之躯所能阻抗的，不死尊者虽然身体刀枪不入，更有神功护体，但依然无法使胸膛的肌肤和内腑不受震伤。而抗月更知道挑伤处攻击，竟能够一刀刺入他的肌肤，更将罡气注入他的体内，而不死尊者却以内劲震碎刀身，便使得伤上加伤，肌肤和内腑根本就承受不住，鲜血也给激了出来，此刻想去追击抗月，也有点力不从心了。

那老者早已死亡，十几根竹枝透体而过，就是想活也活不成了。

另外三人迅速飞落不死尊者的身边，急问道：“尊者，你怎么样了？”

“没事，你们快追萧衔，不要让他跑了，同时立刻通知各路人马进行围截！不用管那小子！”不死尊者说完缓缓闭上眼睛。

那三人盯视望了一眼，迅速向萧衔消失的方向追去。